EDGAR ALLAN POE/UNHEIMLICHE GESCHICHTEN

EDGAR ALLAN POE

UNHEIMLICHE GESCHICHTEN

ERZÄHLUNGEN

VERLEGT BEI

KAISER

Die Übersetzung aus dem Amerikanischen
besorgte Hertha Lorenz

Schutzumschlag: Volkmar Reiter unter Verwendung
eines Fotos von Artreference, Frankfurt
Reproduktion: Schlick KG., Graz
Fotosatz: Times 10 Punkt, Druck: Wulfenia, Feldkirchen
Bindearbeit: Kaiser, Klagenfurt

DER UNTERGANG DES HAUSES USHER

Ich war an einem düsteren, dunklen und ruhigen Herbsttag, an dem die Wolken tief herunterhingen, den ganzen Tag lang durch eine menschenleere, unfreundliche Landschaft geritten; als schließlich die Abendschatten hereinsanken, fand ich mich in Sichtweite des Hauses Usher entfernt, welches auf mich einen melancholischen Eindruck ausübte. Ich weiß nicht, worauf es zurückzuführen ist — aber als ich den ersten Blick auf das Gebäude warf, wurde ich von unerträglichem Trübsinn erfaßt. Ich nenne dieses Gefühl unerträglich, denn es wurde auch nicht durch eine jener beinahe angenehmen romantischen Empfindungen gemildert, mit welchen man gewöhnlich selbst die bedrückendsten Bilder der Einsamkeit und des Grauens aufnimmt. Ich blickte auf das Bild, das sich mir darbot — auf das einsam daliegende Gebäude, auf die eintönige Umgebung — ich blickte auf die kahlen Mauern, auf die leeren Fenster, die wie Augen wirkten, auf ein paar Büschel Schilfgras, und auf die weiß schimmernden Stümpfe abgestorbener Bäume — dabei wurde meine Seele von einer unbeschreiblichen Niedergeschlagenheit erfaßt, die ich nur mit dem Gefühl eines Opiumrauchers vergleichen kann, wenn er aus seinen Träumen erwacht — wenn der Schleier grausam von seinen Augen schwindet und er wieder in die traurige Wirklichkeit des Alltagsleben zurückkehrt. Eine eisige Kälte erfaßte das Herz, ich fühlte all meine Lebenskraft schwinden — ich wurde von einer Melancholie erfaßt, gegen die es keine Hilfe gab, und in der auch meine Phantasie nichts Erhabenes finden konnte. Ja, was war es denn — ich hielt in meinem Ritt inne, um darüber nachzudenken — das mich beim Anblick des Hauses Usher so niederschmetterte? Es war für mich ein völlig unerklärtes Rätsel; ich konnte mich der düsteren Wahngebilde, die mich überfielen, ganz einfach nicht erwehren, mußte mich aber schließlich mit der unbefriedigenden Erklärung abfinden, daß es sich, darüber konnte es keinen Zweifel geben, um ein Zusammentreffen ganz gewöhnlicher Naturerscheinungen handelte, um Erscheinungen, die auf uns eine unheimliche Gewalt ausüben, einen Einfluß, den zu erfassen außerhalb unserer Fähigkeiten liegt. Sicher wäre es möglich, dachte ich mir, daß eine geringfügige Veränderung, die sich nur auf unbedeutende Einzelheiten erstreckte, ausreichen würde, den unheimlichen Eindruck abzuschwächen, wenn nicht gänzlich zum Verschwinden zu bringen; und während ich diesen Gedanken weiter verfolgte, lenkte ich mein Pferd an das steile Ufer eines schwarzen, düsteren Teiches, der schimmernd neben dem Bauwerk lag, und blickte hinab — aber da befiel mich ein noch größerer Schauder, als ich die verzerrten und auf dem Kopf stehenden Spiegelbilder der grauen Binsen, der gespenstischen Baumstümpfe und der leeren, wie Augen wirkenden Fenster erblickte.

Dennoch hatte ich vor, in diesem düsteren Gebäude einen Aufenthalt von mehreren Wochen zu nehmen. Der Eigentümer des Hauses, Roderich Usher, war seinerzeit in meiner Kindheit einer meiner besten Freunde gewesen; aber seit unserer letzten Begegnung waren schon viele Jahre vergangen. Zuletzt hatte ich in einem entlegenen Teil des Landes einen Brief bekommen, der in drängendem Ton war und nur eine mündliche Beantwortung zuließ. Das Schreiben hatte eine unerhört nervöse Stimmung verraten. Der Schreiber hatte von einer schweren körperlichen Erkrankung berichtet, von einer peinigenden Verstörtheit des Gemüts, und den dringenden Wunsch ausgedrückt, mich, seinen besten, und in Wirklichkeit einzigen persönlichen Freund zu sehen; er hoffe, meine muntere Gesellschaft werde seine Krankheit mildern können. Die Art und Weise, in der dies alles gesagt worden war, erlaubte es nicht, länger zuzuwarten; und daher kam ich ohne Zögern dieser eigentümlichen Bitte nach.

Obwohl wir als Knaben sehr vertraute Freunde gewesen waren, wußte ich auch jetzt noch sehr wenig über meinen Freund. Er war allgemein äußerst zurückhaltend. Trotzdem war es mir nicht verborgen, daß seine Familie schon seit jeher wegen ihres überaus feinfühligen Gemüts bekannt war, welches sich schon durch viele Generationen hindurch in erhabenen Kunstwerken äußerte; später wurde dies durch großmütige unaufdringliche Taten der Nächstenliebe bestätigt, außerdem befaßten sich seine Vorfahren mit leidenschaftlichem Interesse mehr mit den tieferen Problemen der Musik als mit ihren leicht faßlichen

Schönheiten. Es war mir auch die bemerkenswerte Tatsache zur Kenntnis gelangt, daß der Stamm der Familie Usher, die zu jeder Zeit hochangesehen war, niemals eine Nebenlinie hervorgebracht hatte; mit anderen Worten, die Abstammung der ganzen Familie war in direkter Linie abzuleiten. Indem ich mir Gedanken machte, wie die äußeren Umstände möglicherweise auf den Charakter der Personen eingewirkt haben könnten, sagte ich mir, daß die Tatsache, daß das Besitztum immer ungeteilt vom Vater auf den Sohn überging, ebenso der Name, vielleicht der Grund dafür war, daß der ursprüngliche Name des Besitztums, der eigenartige Name »Haus Usher«, schließlich von den Bauern der Umgebung, sowohl für die Familie selbst als auch für deren Besitztum verwendet wurde.

Ich habe gesagt, daß der einzige Erfolg meines etwas kindlichen Unterfangens — ich meine den Blick auf den Teich — darin bestanden hatte, daß mein ursprüngliches Gefühl noch verstärkt wurde. Darüber kann es gar keinen Zweifel geben, daß mein Bewußtsein über die Vergrößerung meines Wahnsinns — weshalb sollte ich dieses Gefühl nicht so bezeichnen? — ganz dazu angetan war, die Wirkung noch weiter zu verstärken. Es war mir schon seit langem bekannt, daß dies eine widersinnige Eigenschaft aller Gefühle ist, welche durch das Grauen hervorgerufen werden. Und dies dürfte auch der einzige Grund dafür gewesen sein, daß, als ich meinen Blick wieder auf das Bauwerk richtete, sein Spiegelbild im Teich eine vollkommen unwirklich erscheinende Vorstellung in meinem Geist hervorrief — eine Vorstellung, die so lächerlich war, daß ich sie nur deshalb erwähne, um den lebhaften Eindruck, den meine Wahrnehmungen auf mein Empfinden ausübten, zu zeigen. Ich hatte mich mit meinen Wahngebilden so sehr beschäftigt, daß ich mir wirklich einbildete, es liege über dem Haus und seiner Nachbarschaft auch eine ganz sonderbare Atmosphäre — eine Atmosphäre, die nichts gemein hatte mit der normalen Himmelsluft, sondern die von den abgestorbenen Bäumen, von den grauen Mauern und von dem stillen Teich aufstieg — ein giftiger und geheimnisvoller, trüber, träger, kaum erkennbarer, bleifarbener Dunst.

Nachdem ich jene Empfindungen, die ich für das Ergebnis eines Traums halten mußte, aus meinem Geist verscheucht hatte, ging ich nun ernsthaft daran, den wirklichen Anblick des

Gebäudes zu untersuchen. Vor allem schien es von außerordentlichem Alter zu sein. Die Zeit hatte seiner Farbe stark zugesetzt. Winzige Schwämme hingen überall in einem feinverschlungenen Gewebe von der Dachrinne herab. Jedoch von einem besonders starken Verfall war das Bauwerk weit entfernt. Nirgends war ein Teil des Mauerwerks eingestürzt, und man konnte einen überraschenden Gegensatz zwischen dem unversehrten Ganzen und dem Zustand der einzelnen Steine feststellen, die schon stark zerbröckelt waren. Und dies erinnerte mich an ein wurmzerfressenes Holzgetäfel, welches jahrelang in einem unbetretenen Kellergewölbe, ohne Erschütterung durch einen Lufthauch von außen, vermodert, äußerlich aber vollkommen unversehrt erscheint. Abgesehen von jenen Spuren des Verfalls zeigte das Haus nur geringe Zeichen von Baufälligkeit. Vielleicht hätte das Auge eines prüfenden Beobachters eine kaum wahrnehmbare Spalte entdeckt, die an der Vorderseite des Gebäudes, vom Dach ausgehend, ihren Weg in Zickzacklinien bis hinunter zum Wasser des düsteren Teiches nahm.

Diese Dinge wahrnehmend, ritt ich über einen kurzen Dammweg ins Haus. Ein Diener, der mich schon erwartet hatte, nahm mein Pferd in Empfang, und ich betrat den gotischen Kreuzgang der Halle. Hierauf führte mich ein Lakai mit leisem Schritt geräuschlos durch viele dunkle, scheinbar nicht enden wollende Gänge zum Gemach seines Herrn. Vieles, was mir auf dem Weg begegnet war, trug dazu bei, ich weiß nicht weshalb, mein beängstigendes Gefühl, von dem ich schon berichtet habe, weiter zu verstärken. Obwohl die Gegenstände, die mich umgaben, das Schnitzwerk an den Decken, die düsteren Wandtapeten, die ebenholzglänzenden Fußböden, und der phantastische Waffenschmuck, der bei meinem Vorbeischreiten klirrte, lauter Dinge waren, mit denen ich schon seit meiner Kindheit vertraut war, wunderte ich mich trotzdem, festzustellen, welch eigenartige Vorstellungen ein solch gewohnter Anblick in mir wachrufen konnte. Auf einer der Treppen begegnete ich dem Hausarzt. In seinem Gesichtsausdruck glaubte ich gleichzeitig Durchtriebenheit und Unruhe feststellen zu können. Er blickte mit einiger Bestürzung auf mich und ging dann weiter. Der Lakai öffnete nun eine Tür und wies mich in das Empfangszimmer seines Herrn.

Der Raum, in welchem ich mich nun befand, war sehr groß

und hoch. Die Fenster hatten Spitzbogenform, sie lagen so hoch über dem dunklen Eichenfußboden, daß man sie vom Boden aus nicht erreichen konnte. Ein schwacher rötlicher Lichtschimmer durchdrang die vergitterten Scheiben und reichte gerade dazu aus, um die wichtigsten Gegenstände ringsherum erkennen zu können; trotzdem war es ein aussichtsloser Versuch, die entfernteren Winkel mit den Augen zu erreichen oder in die Tiefen des Deckengewölbes vordringen zu wollen. Dunkle Teppiche hingen an den Wänden. Die gesamte Einrichtung war überladen, ungemütlich, altertümlich und abgenützt. Herumliegenden Büchern und Musikinstrumenten gelang es nicht, Leben in die Umgebung zu bringen. Ich fühlte, daß ich in eine trostlose Atmosphäre geraten war. Ein Hauch von ernster, tiefer und unheilbarer Schwermut lastete auf allem.

Bei meinem Eintritt erhob sich Usher vom Sofa, auf welchem er vorher ausgestreckt gelegen war, und begrüßte mich mit lebhafter Wärme, die mir im ersten Augenblick übertrieben schien — so etwa wie die erzwungene Liebenswürdigkeit eines blasierten Weltmannes. Ein Blick auf sein Gesicht jedoch überzeugte mich von seiner vollkommenen Aufrichtigkeit. Wir setzten uns; und eine kurze Weile, während der er nichts sagte, starrte ich ihn halb mitleidig, halb erschrocken an. Sicherlich war nie vorher ein Mensch innerhalb solch kurzer Zeit so furchtbar gealtert wie Roderich Usher! Es gelang mir nur mit Mühe, in dem Menschen, der vor mir saß, den Kameraden aus meiner frühen Kindheit zu erkennen. Ja, es ist wahr, sein Gesichtsausdruck war schon immer sehr merkwürdig gewesen. Eine leichenhafte Blässe, große, klare und unvergleichlich stark leuchtende Augen, sehr dünne und bleiche Lippen, aber von ungemein edlem Zug, eine Nase von zartem, leicht jüdischem Aussehen, aber mit ungewöhnlich großen Nasenlöchern, ein edel geformtes Kinn, dessen wenig kräftige Form von mangelnder Charakterstärke zu zeugen schien, und Haare, zart und fein wie Spinnfäden, diese Einzelheiten in Verbindung mit einer außerordentlich breiten Stirne bildeten zusammen eine Physiognomie, die nur schwer zu vergessen war. Und nun hatte die übertriebene Entwicklung dieser einzlenen Merkmale dazu ausgereicht, ihn so zu verändern, daß ich kaum mehr wußte, zu wem ich sprach. Die nunmehrige geisterhafte Blässe seiner Haut, der geheimnisvolle Glanz, den seine Augen nun aufwiesen, bestürzten mich vor allem anderen und versetzten mich sogar in Schrecken. Auch das seidige Haar hatte ein ungewöhnliches Wachstum entfaltet, und wie es da wie ein Altweibersommer sein Gesicht umspielte, konnte ich sein arabeskenhaftes Aussehen trotz meines Bemühens nicht im geringsten mit dem Begriff Menschenhaar in Verbindung bringen.

In dem Benehmen meines Freundes fiel mir plötzlich eine gewisse Verwirrtheit auf — er sprach unzusammenhängend —, und bald erkannte ich, daß dies auf sein aussichtsloses Bemühen zurückzuführen war, sein gewohntes Zittern zu unterdrükken, das Zeichen ungewöhnlicher Aufregung. Ich war auf manches dieser Art gefaßt, nicht weniger durch seinen Brief, als auch durch die Erinnerung an gewisse Eigenschaften, die er schon als Knabe an den Tag gelegt hatte, und auch durch bestimmte Folgerungen, die sich aus seiner besonderen körperlichen und seelischen Verfassung ergaben. Sein Benehmen war abwechselnd lebhaft und mürrisch. Seine Stimme wechselte in kurzen Abständen von zaghafter Unentschlossenheit — dann nämlich, wenn seine Lebensgeister in äußerster Erschlaffung ruhten — zu fester Entschiedenheit — zu jenem abgehackten, wie Rufe klingenden Tonfall — zu jenen sonderbar ausgeprägten Kehllauten, welche man bei sinnlos Betrunkenen oder bei unheilbaren Opiumrauchern in der Zeit ihrer höchsten Erregung feststellen kann.

Er war es, der vom Zweck meines Besuches sprach, von seinem heftigen Verlangen, mich zu sehen, und von der Erholung, die meine Gegenwart ihm bedeuten würde. Schließlich begann er nach einiger Zeit auch davon zu sprechen, was er von seiner Krankheit hielt. Es handle sich, sagte er, um ein Erbübel der Familie, eine Krankheit, für die er voll Verzweiflung eine Arznei suche — weiter nichts als eine nervöse Gemütsverfassung, fügte er sogleich hinzu, die ohne Zweifel bald vorübergehen werde. Sie äußere sich in einer Unzahl abnormer Empfindungen. Als er einige davon genauer schilderte, erregten sie mein lebhaftestes Interesse und machten mich gleichzeitig bestürzt, doch mögen dazu auch die Ausdrücke, die er gebrauchte, und überhaupt die Art und Weise seiner Erzählung das ihre beigetragen haben. Er litt unerhört unter einer geradezu mörderischen Empfindlichkeit seiner Sinne; nur das allergeschmackloseste Essen konnte er zu sich nehmen; seine Kleidung mußte aus einem ganz bestimmten Gewebe bestehen; der Geruch jeder Art von Blumen irritierte ihn; seine Augen wurden vom schwächsten Licht gequält; und es gab nur ganz besondere Laute gewisser Saiteninstrumente welche ihn nicht mit Panik erfüllten.

Ich fand, daß er der Sklave der eigenartigsten Ängste war. »Ich werde zugrunde gehen«, sagte er, »ich muß in diesem furchtbaren Wahn zugrunde gehen. So, auf diese Weise und nicht anders, werde ich untergehen. Ich fürchte mich vor den Ereignissen der Zukunft, nicht um ihrer selbst willen, sondern ihrer Auswirkungen wegen. Ich schaudere bei dem Gedanken an das geringste Ereignis zusammen, welches diese unerträgliche Seelenpein verschlimmern könnte. Ich habe in der Tat keine Angst vor der Gefahr selbst, sondern nur von ihrer unausbleiblichen Wirkung — dem Schrecken. In dieser niederdrükkenden, in dieser elenden Verfassung fühle ich, daß früher oder später die Zeit kommen wird, da ich sowohl Leben als auch Verstand im Kampf mit dem fürchterlichen Wahngebilde, nämlich der Furcht, hingeben werde müssen.«

Im Laufe der Zeit erfuhr ich aus abgerissenen und vagen Andeutungen eine andere sonderbare Eigenheit seiner Verfassung. Er wurde durch gewisse abergläubische Vorstellungen in bezug auf das Gebäude, dessen Herr er war, und welches er noch nie verlassen hatte, geplagt — er fühlte sich von einer Gewalt zurückgehalten, dessen geheimnisvolle Macht er mir in solch dunklen Andeutungen mitteilte, daß es mir unmöglich ist, sie an dieser Stelle wiederzugeben. Er stand unter dem Einfluß gewisser Besonderheiten in der Form und dem Baumaterial seines Stammhauses, die während seines langen Leidens Macht über seinen Geist bekommen hatten, eine Macht, welche sich durch den Charakter der grauen Wände und Türme und des dunklen Teiches, auf den sie alle blickten, ausdrückte, und sein ganzes Wesen gefangengenommen hatte.

Er gestand, wenngleich mit einigem Zögern, daß für jene Düsterkeit, welche seine Seele bedrückte, auch eine natürlichere, handgreiflichere Ursache vorhanden sei, nämlich die ernste und langdauernde Krankheit, ja sogar der herannahende Tod seiner zärtlich geliebten Schwester, lange Jahre seine einzige Gefährtin, und schließlich seine einzige Verwandte auf Erden. Ihr Tod, sagte er mit einer Bitterkeit, die ich niemals vergessen werde, würde ihn — den hoffnungslos Gebrechlichen — zum letzten des Stammes Usher machen. Während er dies sprach, schritt Lady Madeline — so hieß sie nämlich — langsam durch einen entfernten Teil des Gemachs und verschwand, ohne meine Gegenwart zur Kenntnis genommen zu haben. Ich blickte ihr mit äußerstem Erstaunen, das nicht ganz frei von Furcht war, nach — und es war mir unmöglich, über meine Gefühle klar zu werden. Ich erstarrte geradezu, als ich ihren sich entfernenden Schritten nachblickte. Nachdem sich schließlich die Tür hinter ihr geschlossen hatte, suchte mein Blick mit einer instinktiven Begierde das Antlitz des Bruders — aber dieser hatte sein Gesicht in den Händen vergraben, und ich konnte lediglich bemerken, daß durch seine Finger, die noch bleicher als gewöhnlich waren, viele leidenschaftliche Tränen hindurchsickerten.

Die Krankheit Lady Madelines hatte lange der Kunst der Ärzte gespottet. Eine beständige Teilnahmslosigkeit, ein andauerndes Dahinsiechen, und häufige, wenn auch vorübergehende Anfälle teils kataleptischer Art waren die ungewöhnlichen Kennzeichen ihres Leidens. Bisher hatte sie mutig der Gewalt der Krankheit getrotzt, und noch hütete sie auch nicht das Bett; aber am Abend meiner Ankunft unterlag sie der vernichtenden Macht des Zerstörerischen — wie es mir ihr Bruder in der Nacht in unaussprechlicher Verzweiflung erzählte; und ich sollte erfahren, daß der Blick, den ich auf sie geworfen hatte, vermutlich der letzte sein würde — daß ich die Frau, so lange sie noch lebte, kein zweites Mal mehr sehen würde.

An den darauffolgenden Tagen wurde ihr Name weder von Usher noch von mir erwähnt: und während dieser Zeit war ich ernstlich bemüht, den Kummer meines Freundes zu lindern. Wir malten und lasen gemeinsam; oder ich lauschte traumverloren den eigenartigen Improvisationen auf seiner Gitarre. Und je mehr ich solcherart durch die immer inniger werdende Vertrautheit immer rückhaltloser in die Tiefen seiner Seele eindrang, desto bitterer wurde für mich die Erkenntnis, daß es ein ganz aussichtsloses Unterfangen sei, ein Gemüt aufzuheitern, dessen Düsterkeit wie eine unzerstörbare, bestimmte Eigenschaft alle stofflichen und seelischen Dinge des Universums mit ewigem düsterem Schein zu überdecken schien.

Niemals werde ich die vielen ernsten Stunden, die ich mit dem Oberhaupt der Familie Usher verbrachte, aus dem Gedächtnis verlieren. Jedoch müßte jeder Versuch fehlschlagen, eine genaue Vorstellung von der Art seiner Studien oder von den Beschäftigungen zu geben, in die er mich einführte, oder zu denen er mir den Weg wies. Ein erregter und äußerst übertriebener Idealismus warf über alles einen schwefeligen Glanz. Seine langen improvisierten Trauerweisen werden mir immer im Ohr klingen. Unter anderem habe ich eine Paraphrase zu Carl Maria von Webers letztem Walzer in schmerzlicher Erinnerung.

Die Bilder, in denen sich seine ruhelose Phantasie äußerte, und die seltsam verschwommen waren, machten mich schaudern, und das umso mehr, da ich keinen Grund für meinen Schauder finden konnte. Wenngleich mir seine Bilder noch lebhaft vor den Augen stehen, würde ich mich vergeblich bemühen, eine bessere Vorstellung davon zu geben, als es eben geschriebene Worte allein vermögen. Durch die äußerste Einfachheit, durch die Nacktheit seiner Bilder, fesselte und erzwang er die Aufmerksamkeit. Wenn es einem Sterblichen je gelang, eine Idee zu malen, so war dies Roderich Usher. Ich wenigstens wurde unter den damaligen Umständen durch die reinen Abstraktionen, die der Hypochonder auf seine Leinwand zu werfen vermochte, von einem unerträglichen Schauder erfaßt, von dem ich niemals einen Schatten hatte empfinden können, nicht einmal bei der Betrachtung der sicherlich unheimlichen, aber doch noch konkreten Träumen Fuselis.

Eines der phantastischen Bilder meines Freundes, eines, das nicht so außerordentlich abstrakt war, soll hier schattenhaft beschrieben werden — wenngleich dies mit Worten nur mangelhaft möglich ist. Ein kleines Bild stellte das Innere eines unerhört langen rechtwinkeligen Gewölbes oder Tunnels dar, mit niederen, glatten weißen Mauern, die nirgends eine Unterbrechung oder eine Teilung aufwiesen. Durch gewisse unscheinbare Andeutungen in der Zeichnung wurde der Eindruck wachgerufen, daß dieser Schacht unerhört tief unter der Erdoberfläche gelegen sei. In seiner ganzen Länge fand sich nirgends eine Öffnung, und man konnte auch keine Fakkel oder eine andere künstliche Lichtquelle entdecken; dennoch wurde er überall von intensiven Strahlen durchflutet, welche alles in eine gespenstische und ungewohnte Helligkeit tauchten.

Ich habe bereits von der krankhaften Überempfindlichkeit seines Gehörs gesprochen, welche dem Leidenden jede Art von Musik, mit Ausnahme des Klanges ganz bestimmter Saiteninstrumente unerträglich machte. Vielleicht war es vor allem die dadurch bedingte Beschränkung auf die Gitarre, die seinen Vorträgen einen solch phantastischen Charakter verlieh. Aber das war dennoch keine Erklärung für die wilde Lebhaftigkeit seiner Impromptus. Sowohl die Musik als auch ihr Text — denn er begleitete sein Spiel nicht selten mit improvisierten Versgesängen — müssen das Ergebnis jener außerordentlichen Geistesanstrengung gewesen sein, von der ich schon früher erwähnt habe, daß sie nur in seltenen Augenblicken äußerster künstlerischer Erregung bemerkbar war. Den Text einer seiner Balladen habe ich noch gut im Gedächtnis. Sie machten vielleicht einen umso stärkeren Eindruck auf mich, als ich in ihren mystischen Worten zu bemerken glaubte, daß Usher sich dessen bewußt war, wie sehr sein großartiger Geist ins Wanken geraten war. Diese Verse, die den Namen »Das Geisterschloß« trugen, lauteten etwa, wenn nicht wörtlich, folgendermaßen:

In dem schönsten aller Täler,
wo die Engel heimisch waren —
krönte ein Palast den Hügel
und ein Seraph rührt' die Flügel
ob dem strahlend wunderbaren,
dem Palast, dem keiner gleich.
Drinnen der Gedanke herrschte,
in dem eignen Königreich.

Gelbe Banner, sonnenfarben,
wehten, glänzten von den Dächern
— dies geschah zu einer Zeit,
die nun schon unendlich weit —.
Winde tändelten mit Fächern,
Winde, die im Wehen starben,
süßer Düfte sanfte Wogen
übern Wall hinüberzogen.

Wandrer, die das Tal durchfahren,
blickten durch die hellen Fenster,

sahen liebliche Gespenster,
die beim Wohlklang der Gitarren
sich wiegten in gemeßnem Schwung
um des Thrones Purpurglanz.
Ihrem Herrn zur Huldigung
schritten sie im Reigentanz.

Von Perlen und Rubinen strahlend
war dies Palastes Tor,
daraus quollen, weithin schallend,
Lieder, Melodien hervor —
da Echo brachte sie zurück —.
Ihres Herren hohe Weisheit
zu verkünden weit und breit,
war der Sänger Pflicht und Glück.

Doch im Kleide schwarzer Sorgen
ohn' Erbarmen, ohne Güte
schlichen sich Dämonen ein,
stürmten unsres Königs Thron.
Laßt uns trauern, denn kein Morgen
tagt ihm mehr, dem Göttersohn! —
All der Glanz und all die Blüte
wird nur Traum und Sage sein.

Wandrer, dem es heute einfällt,
durch das Tal den Weg zu nehmen,
sieht dort tanzen ekle Schemen,
durch die Fenster, rot erhellt.
Dann vorbei am bleichen Wächter
stürzt einer hinterm andern her,
unter Mißklang und Gelächter —
und es lächelt niemand mehr.

Ich erinnere mich noch gut, daß der Eindruck, den diese Ballade machte, uns auf ein Gespräch brachte, in welchem Usher einer Anschauung Ausdruck gab, die ich weniger ihrer Neuheit wegen erwähne — denn andere haben schon ähnliche vertreten — als vielmehr wegen der Hartnäckigkeit, mit der er sie vertrat. Sie bestand in erster Linie darin, daß er den Pflanzen ein Empfindungsvermögen zuschrieb. Aber in seinem verworrenen Geist hatte diese Meinung einen noch viel größeren Umfang angenommen, indem er sie nämlich unter gewissen Voraussetzungen auch auf das Reich des Anorganischen ausdehnte. Mir fehlen die Worte, um die ganze Tragweite derselben und die unbeirrbare Überzeugung meines Freundes auszudrücken. Dieser Glaube war mit den grauen Steinen des Hauses seiner Vorfahren eng verbunden. Die Voraussetzungen für dieses Empfindungsvermögen war, wie er sich einbildete, in der besonderen Art der Steine — in ihrer Anordnung, dem Pilzbewuchs, welcher sie überzog, in den abgestorbenen Bäumen, welche alles umgaben und vor allem in dem jahrelangen, nie gestörten Bestehen von allem dem, und in seiner Verdopplung in dem stillen Wasser des Teiches, zu suchen. Der Beweis — der Beweis jener Beseeltheit läge, so sagte er — und bei diesen Worten schrak ich zusammen — in der langsamen aber unaufhaltsamen Verdichtung der Atmosphäre, welche das Wasser und die Mauern umgab. Das Ergebnis dieses Vorganges sei, so fügte er hinzu, in jenem lautlosen, unabwendbaren und schrecklichen Einfluß zu erblicken, welcher schon seit Jahrhunderten das Geschick seiner Familie bestimmt und ihn zu dem gemacht habe, als den ich ihn jetzt vor mir sehe — zu dem, was er jetzt sei. Solche Meinungen bedürfen keiner Erläuterung, und daher will ich dem auch nichts hinzufügen.

Unsere Bücher — die Bücher, welche lange Jahre hindurch zu einem nicht unbedeutenden Teil den Geist des Kranken beeinflußt hatten — entsprachen, wie man leicht vermuten kann, genau diesem phantastischen Charakter. Gemeinsam grübelten wir über Werken wie: *Vertvert et Chartreuse* von Gresset, *Belphegor* von Machiavelli, *Himmel und Hölle* von Swedenborg, *Die unterirdische Reise des Nicolaus Klimm* von Holberg, *Die Handlesekunst* von Robert Flug, Jean D'Indaginé und de la Chambre; wir studierten *Die Reise ins Blaue* von Tieck und *Die Stadt der Sonne* von Campanella. Eines unserer Lieblingswerke war eine kleine Oktavausgabe des *Directorium Inquisitorium* des Dominikaners Emmerich von Gironne; und es gab in *Pomponius Mela* Stellen, die von den alten afrikanischen Satyrn und Ögipans berichteten, über denen Usher stundenlang in Träume versunken sitzen konnte. Sein Hauptentzücken jedoch fand er in dem Studium eines äußerst seltenen und seltsamen

Buches in gotischem Quartformat, dem Handbuch einer vergessenen Kirche — der *Vigiliae Mortuorum secundum Corum Ecclesiae Maguntinae.*

Ich mußte an das seltsame Ritual dieses Werkes und seinen möglichen Einfluß auf das Gemüt des Schwermütigen denken, als er mir eines Abends, nachdem er mir in kurzen Worten mitgeteilt hatte, daß Lady Madeline verschieden sei, die Absicht aussprach, ihren Leichnam für etwa vierzehn Tage, wonach die endgültige Bestattung stattfinden sollte, in einem der zahlreichen Gewölbe innerhalb der Grundmauern des Gebäudes aufzubahren. Der äußere Grund, den er für dieses Vorgehen angab, war solcherart, daß ich kein Recht fühlte, darüber zu diskutieren. Er, der Bruder, so sagte er mir, sei infolge der besonderen Art der Krankheit der Verstorbenen, infolge gewisser eindringlicher und genauer Fragen von seiten ihres Arztes und infolge der verlassenen und abgeschiedenen Lage des Familienfriedhofes zu diesem Entschluß gelangt. Ich will nicht bestreiten, daß ich, wenn ich mir den finsteren Gesichtsausdruck jenes Mannes, dem ich am Tag meiner Ankunft auf der Treppe begegnete, vorstellte, kein Verlangen fühlte, einer Maßnahme zu widersprechen, die ich bestenfalls als eine harmlose, aber keinesfalls unnatürliche Vorsichtsmaßregel empfand.

Auf die Bitte Ushers half ich ihm selbst bei den Vorkehrungen für das vorläufige Begräbnis. Nachdem wir den Leichnam in den Sarg gelegt hatten, trugen wir zwei ihn ganz allein in die Ruhestätte. Das Gewölbe, in welches wir ihn stellten, und das schon so lange nicht mehr geöffnet worden war, daß unsere Fackeln in seiner drückenden Atmosphäre nahezu erstickten, gab uns nur wenig Gelegenheit zu einer genaueren Untersuchung. Es war klein, dumpf und gestattete dem Licht keinerlei Zutritt; es lag sehr tief unterhalb der Erdoberfläche, unmittelbar unter jenem Teil des Gebäudes, in welchem sich mein Schlafzimmer befand. Offensichtlich war es in früheren Zeiten der Feudalherrschaft als Verlies in übelster Verwendung gewesen, später hatte es dann als Lagerraum für Schießpulver oder für irgendeinen anderen leicht entzündlichen Stoff gedient, denn ein Teil des Fußbodens wie auch das ganze Innere des langen Bogenganges, durch welchen wir eingetreten waren, war sorgfältig mit Kupfer verkleidet. Die Tür, welche aus massivem Eisen bestand, war ähnlich geschützt. Ihr unerhörtes Gewicht verursachte einen ungewöhnlich scharfen, kreischenden Ton, als sie sich in ihren Angeln drehte.

Nachdem wir unsere traurige Last in diesem Raum des Schreckens auf ein Gestell niedergesetzt hatten, schoben wir den noch losen Sargdeckel ein wenig zur Seite und blickten in das Antlitz der Toten. Und dabei wurde meine Aufmerksamkeit von der verblüffenden Ähnlichkeit der Geschwister gefangengenommen; Usher, der vielleicht meine Gedanken erraten hatte, murmelte ein paar Worte, welchen ich entnahm, daß die Verstorbene und er Zwillinge gewesen seien, und daß zwischen ihnen eine ganz ungewöhnliche Zuneigung bestanden habe. Unsere Blicke blieben jedoch nicht lange auf der Toten ruhen, denn wir konnten sie nicht ohne Schauder betrachten. Die Krankheit, welche das Mädchen in ihren besten Jahren dahingerafft hatte, hatte, wie dies bei Krankheiten ausgesprochen kataleptischen Charakters im allgemeinen der Fall ist, Hals und Gesicht mit einer schwachen Röte überzogen und auf den Lippen ein argwöhnisch lauerndes Lächeln zurückgelassen, welches bei den Toten so schrecklich wirkt. Nun legten wir den Deckel wieder an seinen Platz und schraubten ihn fest, und nachdem wir die Eisentür wieder verschlossen hatten, gingen wir mühsam den Weg in die kaum weniger düsteren Räume der oberen Stockwerke des Gebäudes zurück.

Und jetzt, nach ein paar Tagen bittersten Kummers, änderte sich die Ausdrucksweise der Geistesverwirrung meines Freundes sichtbar. Sein übliches Benehmen war dahin. Seine gewöhnlichen Beschäftigungen vernachlässigte er oder hatte er vergessen. Er durchstreifte die Zimmer mit eiligem, ungleichmäßigem und ziellosem Schritt. Die Blässe seines Gesichts hatte möglicherweise ein noch gespenstischeres Aussehen angenommen — aber der Glanz seiner Augen war vollständig verschwunden. Seine frühere Heiserkeit war nicht mehr vernehmbar; und ein Zittern, wie von großer Angst, überfiel gewöhnlich seine Stimme. Es gab Zeiten, in welchen ich dachte, daß sein ununterbrochen tätiger Geist von irgendeinem Geheimnis bedrückt werde, zu dessen Bekenntnis er den Mut suche. Zu anderen Zeiten war ich gezwungen, all das als Äußerungen seiner Krankheit aufzufassen, denn ich sah ihn stundenlang mit dem Ausdruck gespanntester Aufmerksamkeit ins Leere starren, so als hörte er auf irgendein eingebildetes Geräusch. Es ist kein

Wunder, daß mich dieser sein Zustand in Schrecken versetzte, und daß er mich ansteckte. Ich merkte, wie seine phantastischen Wahnvorstellungen langsam aber sicher auch über mich Einfluß gewannen.

Besonders am siebenten oder achten Tag nach der Bestattung Lady Madelines im Gewölbe geschah es, nachdem ich mich spät in mein Schlafzimmer zurückgezogen hatte, daß ich die ganze Kraft dieser Empfindung zu spüren bekam. Ich konnte keinen Schlaf finden. Stunde um Stunde schlich qualvoll dahin. Ich bemühte mich, für die Aufregung, die von mir Besitz ergriffen hatte, einen Grund zu finden. Ich versuchte, mir einzubilden, daß an meinem Gefühl zum größten Teil, wenn nicht ausschließlich, die düstere Einrichtung des Zimmers schuld sei; vor allem die dunklen zerschlissenen Wandteppiche, welche, vom Hauch eines aufkommenden Sturmes bewegt, stoßweise auf- und niederschwankten und gegen die Verzierungen des Bettes raschelten. Aber meine Anstrengungen waren erfolglos. Ein nicht zu unterdrückendes Zittern überfiel allmählich meinen ganzen Körper; und schließlich legte sich ein vollkommen unbegründetes Entsetzen wie ein Alp auf mein Herz. Tief Atem holend rang ich mich von diesem Bann los, setzte mich im Bett auf, und indem ich angestrengt in die tiefe Finsternis des Zimmers blickte, horchte ich — ich weiß nicht weshalb, vielleicht von einer instinktiven Ahnung getrieben — auf gewisse dumpfe, unbestimmbare Laute, welche in langen Zwischenräumen, wenn sich der Wind legte, von irgendwoher zu mir drangen. Von einem Gefühl außerordentlichen Schauders überwältigt, das mir sowohl unerklärlich als auch unerträglich erschien, bekleidete ich mich hastig — denn ich merkte, daß ich in dieser Nacht nicht mehr schlafen würde können — und versuchte mich aus der elenden Verfassung, in die ich verfallen war, aufzuraffen, indem ich in meinem Zimmer auf und ab ging.

Ich war aber erst ein paarmal so hin und her gegangen, als Schritte auf einer benachbarten Treppe meine Aufmerksamkeit in Anspruch nahmen. Ich erkannte sogleich den Schritt Ushers. Einen Augenblick später klopfte er leise an meine Tür und trat ein, eine Laterne in der Hand. Sein Gesicht war wie gewöhnlich leichenblaß — aber darüber hinaus zeigten seine Augen eine irrsinnige Heiterkeit —, sein ganzes Betragen zeugte von einer offensichtlich zurückgehaltenen Hysterie. Der Klang seiner Stimme ließ mich vor Schreck erblassen — aber all das war der Einsamkeit, die ich so lange ertragen hatte, vorzuziehen, und daher begrüßte ich sein Kommen sogar als eine Erlösung.

»Und du hast es nicht gesehen?« sagte er plötzlich, nachdem ich ihn einige Augenblicke lang schweigend angestarrt hatte — »du hast es nicht gesehen? — Doch still, du sollst!« Solches sprechend, lief er, nachdem er seine Lampe sorgfältig beschattet hatte, zu einem der Fenster und öffnete es weit dem Sturm.

Die heftige Gewalt des hereinstürmenden Windstoßes ließ uns dagegen anstemmen. Es war wirklich eine stürmische, aber dennoch sehr schöne Nacht, eine, die einzig dastand in ihrem Schrecken und ihrer Schönheit. Ein Wirbelwind hatte offensichtlich sein Zentrum in der Umgebung; denn die Windrichtung änderte sich häufig stoßartig; und die außerordentliche Dichte der Wolken, die so tief hingen, als drückten sie auf die Türme des Schlosses, konnten uns nicht daran hindern, die ungewöhnliche Schnelle, mit welcher sie aufeinander zustürzten, ohne jedoch weiterzuziehen, festzustellen. Ich sage, sogar ihre unerhörte Dichte hinderte uns nicht an dieser Wahrnehmung — dennoch sahen wir keinen Schimmer des Mondes oder der Sterne, und auch kein Blitzstrahl erhellte die Gegend. Aber die unteren Schichten der jagenden Wolkenmassen und die Dinge im Freien, die sich in unserer Nähe befanden, erglühten im unnatürlichen Licht eines schwach leuchtenden, deutlich wahrnehmbaren gasartigen Dunstes, der das Haus einhüllte.

»Du darfst nicht — du sollst das nicht ansehen!« sagte ich schaudernd, als ich ihn mit sanfter Gewalt vom Fenster weg zu einem Stuhl führte. »Diese Erscheinungen, die dich in Schrekken versetzen, sind nur elektrische Vorgänge, die durchaus nicht ungewöhnlich sind — oder vielleicht haben sie ihren gespenstischen Ursprung in der starken Ausdünstung des Teiches. Wir wollen das Fenster schließen; die Luft ist kalt und deiner Gesundheit nicht zuträglich. Hier ist eine deiner Lieblingsgeschichten. Ich werde sie dir vorlesen, und du sollst zuhören; und so werden wir diese furchtbare Nacht miteinander verbringen.«

Der altertümliche Band, den ich zur Hand genommen hatte, war der *Mad Trist* von Sir Lancelot Canning; aber ich hatte das Buch mehr in traurigem Scherz als im Ernst als ein Lieblingswerk Ushers genannt; denn in Wirklichkeit gibt es in seiner ungefügen und phantasielosen Ausführlichkeit wenig, was das Interesse des hochfliegenden, idealistischen Geistes meines Freundes erregen konnte. Es war jedoch das einzige Buch, das ich im Augenblick zur Hand hatte; und ich hegte die leise Hoffnung, daß die Erregung, die von dem Hypochonder Besitz ergriffen hatte, gerade in den Übertreibungen jener Geschichte, die ich vorlesen wollte — das Gebiet der Geisteskrankheiten ist voll von ähnlichen Widersprüchen — Beruhigung finden würde. Hätte ich wirklich aus der gespannten Aufmerksamkeit, mit der er meinen Worten zuhörte oder zuzuhören schien, etwas schließen dürfen, so hätte ich mir zu dem Erfolg meines Beginnens Glück wünschen können.

Ich war zu der bekannten Stelle in der Geschichte gekommen, wo Ethelred, der Held des *Mad Trist,* nach dem vergeblichen Versuch, auf friedliche Weise Einlaß in die Behausung des Einsiedlers zu erlangen, darangeht, sich mit Gewalt Eintritt zu verschaffen. Hier lauten die Worte der Erzählung, wie man sich erinnern wird, folgendermaßen:

»Und Ethelred, der von Natur ein tapferes Herz hatte, und der nun auch durch den Wein, den er getrunken hatte, Riesenkräfte fühlte, hatte nicht länger Lust, mit dem Einsiedler Unterhaltung zu pflegen, der wirklich voll Trotz und Bosheit war, sondern erhob sogleich, da er auf seinen Schultern schon den Regen spürte und den nahenden Sturm fürchtete, seine Keule, und mit einigen Streichen verschaffte er sich in den Planken der Tür schnell Platz für seine behandschuhte Hand; und nun schlug er derb zu, und er zerhackte und zerbrach und schlug alles mit solcher Gewalt zusammen, daß der Lärm des ausgetrockneten, dumpf krachenden Holzes durch den Wald schallte und hallte.«

Nach diesem Satz fuhr ich plötzlich auf und hielt im Lesen inne; es erscheint mir nämlich — obwohl ich mir sogleich sagte, daß mich meine erregte Phantasie getäuscht hatte —, als dringe von einem weit entfernten Teil des Gebäudes kaum wahrnehmbar ein Geräusch an meine Ohren, welches aufgrund seiner Ähnlichkeit ein ersticktes, dumpfes Echo jenes Krachens und Berstens hätte sein können, daß Sir Lancelot in allen Einzelheiten beschrieben hatte. Ohne Zweifel war es nur ein zufälliges Zusammentreffen, welches meine Aufmerksamkeit erregt hatte, denn inmitten des Rüttelns der Fensterläden und der vielfältigen Laute des immer stärker werdenden Sturmes hatte das Geräusch selbst sicher nichts, was meine Aufmerksamkeit erregen oder mich beunruhigen hätte können. Ich fuhr also mit der Geschichte fort:

»Aber als der tapfere Streiter Ethelred nun in die Tür getreten war, geriet er in höchsten Zorn und größte Bestürzung, keine Spur des böswilligen Einsiedlers zu bemerken, sondern an seiner Stelle einen großen Drachen mit feuriger Zunge, der als Wächter vor einem goldenen Palast mit einem silbernen Boden saß; und an der Wand hing ein Schild von glänzendem Stahl, in welchem die Inschrift eingraviert war:

> Wer hier herein will dringen, der muß den Drachen
> bezwingen, um den Schild zu erringen.

Und Ethelred hob seine Keule und hieb auf den Schädel des Drachen ein, welcher vor ihm niederstürzte und seinen übelriechenden Atem aufgab, mit einem so schrecklichen, so schrillen und zugleich durchdringenden Schrei, daß Ethelred das Verlangen fühlte, sich die Ohren vor diesem Laut zuzuhalten, desgleichen nie vorher vernommen worden war.«

Hier hielt ich wieder plötzlich inne, diesmal mit einem Gefühl äußerster Bestürzung, denn es konnte darüber gar keinen Zweifel geben, daß ich in diesem Augenblick — ich fand es allerdings unmöglich zu sagen, aus welcher Richtung — einen dumpfen und offensichtlich entfernten, aber schrillen, langgezogenen und ganz ungewöhnlich kreischenden oder schleifenden Laut — das genaue Gegenstück zu der Vorstellung von dem Schrei des Drachens, die die Beschreibung des Dichters in mir geweckt hatte — vernahm.

Trotz der Bestürzung, die dieses zweite außergewöhnliche Zusammentreffen in mir hervorgerufen und obwohl tausend widerstreitende Gefühle, in denen Staunen und äußerstes Entsetzen vorherrschten, auf mich eindrangen, so hatte ich dennoch genügend Geistesgegenwart bewahrt, um zu vermeiden, durch irgendeine diesbezügliche Bemerkung die Aufregung meines Freundes noch zu vermehren. Es war nämlich keinesfalls sicher, daß er die Laute auch vernommen hatte; obgleich allerdings während der letzten paar Minuten eine ungewöhnliche Veränderung mit ihm vorgegangen war. Vorher war er mir gegenübergesessen, nach und nach hatte er aber seinen Stuhl so herumgedreht, daß er mit seinem Gesicht zur Tür des Zimmers saß. Auf diese Weise konnte ich seinen Gesichtsausdruck nur zum Teil erkennen, trotzdem sah ich, daß seine Lippen zitterten, so als ob er unhörbar etwas vor sich hin spreche. Sein Haupt war auf die Brust gesunken — doch ich wußte, als ich den Glanz seiner weit und starr geöffneten Augen im Profil sah, daß er nicht eingeschlafen war. Das gleiche sagte mir die Bewegung seines Körpers — denn er bewegte sich in unausgesetzter gleichmäßiger Bewegung leicht hin und her. Nachdem ich dies alles mit raschem Blick erkannt hatte, fuhr ich in der Erzählung Sir Lancelots fort:

»Und da nun der Held dem furchtbaren Grimm des Drachen entronnen war und an den stählernen Schild dachte, dessen Zauber er gebrochen, räumte er den Kadaver vor sich aus dem Weg und näherte sich über das silberne Pflaster beherzt dem Schloß, an dessen Wand der Schild hing. Dieser aber wartete nicht, bis er ganz herangekommen war, sondern fiel mit starkem, schrecklich klingendem Dröhnen vor seinen Füßen auf den Silberboden nieder.«

Kaum waren diese Worte über meine Lippen gekommen, als ich deutlich einen gedämpften, metallisch klingenden Widerhall vernahm, so als sei in der Tat ein eiserner Schild schwer auf einen Boden von Silber gefallen. Gänzlich die Beherrschung verlierend sprang ich auf die Füße, aber das gleichmäßige Schaukeln Ushers war nicht zum Stillstand gekommen. Ich stürzte zu dem Stuhl, in welchem er saß. Seine Augen waren starr nach vorn gerichtet, sein Antlitz schien wie zu Stein geworden. Aber als ich meine Hand auf seine Schulter legte, befiel ein starkes Beben seinen ganzen Körper; ein schmerzliches Lächeln überzog seine Lippen; und ich sah, daß er leise, gehetzt und unverständlich vor sich hin murmelte, so als sei er sich meiner Gegenwart nicht bewußt. Mich tief über ihn beugend, nahm ich schließlich den gräßlichen Sinn seiner Worte auf.

»Es nicht hören? — ja, ich höre es, und ich habe es gehört. Lange, lange Zeit — viele Minuten, viele Stunden, viele Tage lang habe ich es gehört — doch ich wagte es nicht — wehe mir, mir elenden Kreatur, die ich bin — ich wagte es nicht — ich wagte nicht zu sprechen! Wir haben sie lebend ins Grab gelegt! Sagte ich nicht, meine Sinne seien scharf? Nun sage ich dir, daß ich ihre ersten schwachen Bewegungen im dumpfen Sarg gehört habe. Ich habe sie gehört — schon vor vielen, vielen Tagen — aber ich wagte nicht — ich wagte nicht zu sprechen! Und nun — heute nacht — Ethelred — ha, ha! — das Aufbrechen der Tür des Einsiedlers, der Todesschrei des Drachen und das Dröhnen des Schildes! — sage lieber, das Aufbrechen ihres Sarges, das Kreischen der eisernen Angeln ihres Gefängnisses und ihr Vorwärtskämpfen durch den kupfernen Bogengang des Gewölbes. Wohin soll ich fliehen? Wird sie nicht sogleich hier sein? Wird sie nicht eilen, mir meine Eile vorzuwerfen? Habe ich nicht schon ihre Schritte auf der Stiege gehört? Kann ich denn nicht das starke schreckliche Pochen ihres Herzens vernehmen? Wahnsinniger!« Bei diesem Wort sprang er wie rasend auf und stieß die Worte heraus, so als wolle er seine Seele aufgeben: »Wahnsinniger! Ich sage dir, sie steht jetzt draußen vor der Tür!«

So als wäre in der übermenschlichen Kraft seines Ausrufes eine Zaubermacht gelegen — in diesem Augenblick rissen die altertümlichen Torflügel langsam ihre mächtigen Kinnladen von Ebenholz auf. Es war das Werk des rasenden Sturmes — aber wirklich, außerhalb der Tür stand aufrecht die verhüllte Gestalt Lady Madeline Ushers. Blutflecken waren auf ihrem weißen Gewand und die Zeichen schwerster Kämpfe waren überall an ihrem abgezehrten Körper zu erkennen. Einen Augenblick blieb sie zitternd und taumelnd auf der Schwelle stehen, dann fiel sie mit einem leisen klagenden Laut ins Zimmer auf den Körper ihres Bruders, und in ihrem heftigen, nun endgültigen Todeskampf, riß sie ihn mit sich zu Boden, ein Opfer der Schrecken, die es im voraus erlitten hatte.

Entsetzt floh ich aus diesem Zimmer und aus diesem Haus. Der Sturm wütete noch immer mit voller Gewalt, als ich den alten Dammweg überquerte. Plötzlich schoß ein seltsames Licht über den Weg, und ich wandte mich um, um zu sehen, woher ein solch ungewöhnlicher Schein kommen könne, denn hinter mir befand sich nur das große Schloß mit seinen Schatten. Der Glanz kam vom blutroten Vollmond, der im Untergehen war und nun hell durch den früher kaum wahrnehmbaren Spalt schimmerte, von dem ich schon früher gesagt habe, daß er sich zickzackförmig vom Dach des Schlosses bis zur Erde erstreckte. Während ich gebannt darauf hinstarrte, erweiterte sich dieser Riß mit großer Schnelligkeit und ich sah auf einmal das volle Rund des Mondes — mein Verstand stand still, als ich die mächtigen Mauern auseinanderbersten sah —, dann hörte man ein langes, lautes Donnern, wie das Tosen von tausend Wasserfällen, und dann schloß sich der tiefe unheimliche Teich zu meinen Füßen über den Trümmern des Hauses Usher.

DER MORD IN DER RUE MORGUE

Die Eigenschaften des Geistes, die man als analytische bezeichnet, sind in ihrer Art einer Untersuchung nur schwer zugänglich. Wir beurteilen sie nur nach ihren Wirkungen. Wir wissen von ihnen unter anderem, daß sie dem, der sie besitzt, wenn er sie in ausschweifender Weise benützt, eine Quelle der lebhaftesten Genüsse bieten. So wie sich ein starker Mann über seine Körperkraft freut und Muskelübungen ihm Spaß machen, so ist der Analytiker auf seine Geschicklichkeit stolz, Verworrenes zu entwirren. Er freut sich über die lächerlichste Gelegenheit, bei der er sein Können unter Beweis stellen kann. Er beschäftigt sich gern mit Rätseln, Scherzaufgaben, Hieroglyphen; in allen seinen Lösungen findet sich immer ein Grad von Scharfsinn, der einem Durchschnittsmenschen jedesmal übernatürlich erscheint. Seine Schlußfolgerungen, auf die er durch eine raffiniert ausgebaute Methode kommt, machen in der Tat ganz den Eindruck von Intuition.

Die Fähigkeit, etwas zu entwirren, wird möglicherweise durch mathematische Studien stark gefördert, und ganz besonders von deren höchsten Zweigen, welche zu Unrecht, einzig und allein aus der Betrachtung ihrer rückläufigen Operationen, Analysis genannt werden. Rechnen ist nicht dasselbe wie analysieren. Ein Schachspieler tut das eine, ohne sich mit dem anderen zu belasten. Daraus kann man folgern, daß das Schachspiel in bezug auf die geistigen Anforderungen vollkommen falsch eingeschätzt wird. Ich möchte hier keine Abhandlung schreiben, sondern einzig und allein eine etwas ungewöhnliche Geschichte durch einige Gedanken, die mir gerade einfallen, einleiten; daher möchte ich bei dieser Gelegenheit die Behauptung aufstellen, daß die besonderen Fähigkeiten strengen Denkens sich beim einfachen Damespiel eher zeigen und auch durch dieses mehr geschult werden, als bei den verfeinerten Spitzfindigkeiten des Schachspiels. Das letztere, bei dem die einzelnen Figuren verschiedene und wunderliche Züge machen, mit verschiedenen und veränderlichen Werten, was nur eine Vermischung ist, wird fälschlich — ein nicht alltäglicher Irrtum — für etwas Tiefsinniges gehalten. Die Aufmerksamkeit ist hier voll und ganz auf das Spiel gerichtet. Wenn sie nur einen Augenblick davon abschweift, verliert man die Übersicht, woraus ein Nachteil oder sogar die Niederlage erwächst. Die möglichen Züge sind nicht nur mannigfaltig, sondern auch verwickelt, Zufälle spielen bei einer solchen Fülle eine bedeutende Rolle; und in neun von zehn Fällen siegt der aufmerksamere Spieler gegen den intelligenteren. Im Gegensatz dazu ist beim Damespiel, bei dem die einzelnen Züge gleichwertig sind und nur wenige Möglichkeiten offenlassen, die Bedeutung des Zufalls viel weniger ausschlaggebend, die reine Aufmerksamkeit muß verhältnismäßig wenig herangezogen werden, und jeder Vorteil, gleichgültig, welche der Parteien ihn erlangt, wird durch besonderen Scharfsinn errungen. Um weniger abstrakt zu sprechen, stelle man sich ein Schachspiel vor, bei welchem die Figuren auf vier Könige beschränkt sind, wobei man selbstverständlich keine Übersicht haben kann. Es ist klar, daß hier der Sieg — vollkommen gleichwertige Spieler vorausgesetzt — nur durch einen ganz besonderen Zug entschieden werden kann, dem Ergebnis einer äußersten Anstrengung des Verstandes. Wenn gewöhnliche Hilfsmittel nicht zur Verfügung stehen, versetzt sich der Analytiker in die Person seines Gegners, er identifiziert sich mit ihm, und nicht selten findet er, mit einem Blick, eine einfache Methode — bisweilen eine geradezu lächerlich einfache —, durch welche er ihn zu einem Fehler verleitet oder in die Irre führt.

Das Whistspiel ist schon lange wegen seines Einflusses auf die Fähigkeit der Vorausberechnung berühmt, und Leute von höchster Intelligenz sind dafür bekannt, daß sie daran ein unbeschreibliches Vergnügen gefunden haben, während sie Schach als kleinlich abtaten. Zweifellos gibt es nichts Ähnliches, das die analytischen Fähigkeiten so sehr in Anspruch nimmt. Der beste Schachspieler ist eben nicht viel mehr als eben der beste Schachspieler. Jedoch beweist Geschicklichkeit beim Whistspiel auch Erfolgsaussichten in allen Belangen, bei welchen Geist gegen Geist kämpft. Wenn ich von Geschicklichkeit spreche, so meine ich damit eine Vollkommenheit, die alle Mittel beinhaltet, durch welche man einen ehrlichen Sieg erringen kann. Diese sind nicht nur sehr zahlreich, sondern auch sehr verschieden, sie liegen meist nicht offen da, und sind einem Menschen mit gewöhnlichem Verstand unzugänglich. Genau aufpassen ist das gleiche wie ein gutes Gedächtnis haben; und in dieser Beziehung wird sich der an Konzentration gewöhnte Schachspieler gut bewähren, wenn er die Regeln von Hoyle, die die Kunst des Whistspiels vermitteln, zur Genüge erfaßt hat. Daher glaubt man allgemein, es sei für ein gutes Spiel vollkommen ausreichend, ein gutes Gedächtnis zu haben und nach »dem Buch« vorzugehen. Aber die Geschicklichkeit des Analytikers erweist sich in Dingen, die außerhalb der Regel liegen. In aller Stille macht er eine Menge von Beobachtungen und zieht Schlüsse. Seine Mitspieler verfahren vielleicht ebenso; aber der Unterschied im Erfolg liegt nicht so sehr im Scharfsinn des Schlusses, als viel mehr in der Art der Beobachtung. Es ist notwendig zu wissen, was man beobachten soll. Unser Spieler kümmert sich nicht um alles, er verachtet es auch nicht, nur deshalb, weil das Spiel seine Hauptbeschäftigung ist, Folgerungen aus Dingen zu ziehen, die eigentlich nicht zum Spiel gehören. Er prüft genau den Gesichtsausdruck seiner Gegner. Er achtet auf die Art, wie jeder seine Karten in der Hand ordnet; oft zählt er einen Trumpf nach dem anderen, Honneurs auf Honneurs nur durch die strahlende Miene, die ihre Besitzer zur Schau stellen. Es entgeht ihm im Laufe des Spiels keine Veränderung im Blick seines Gegners, dabei sammelt er eine Menge Gedanken durch die Unterschiede des Gesichtsausdrucks, bei einem Gefühl der Sicherheit, bei einer Überraschung, bei einem Triumph oder bei einem Ärger. Aus der Art, wie jemand einen Stich aufnimmt, schließt er, ob er noch einen in dieser Farbe machen kann. Er erkennt, wann eine List angewandt wird, aus der Art, wie die Karte auf den Tisch geworfen wird. Ein zufälliger unbedachter Ausruf, ein unüberlegtes Fallenlassen oder Aufheben einer Karte, wobei sich der Betreffende durch Ängstlichkeit, um es zu verbergen, oder durch Sorglosigkeit verrät; das Zählen der Karten, wobei sie nach ihrem Wert geordnet werden; Verwirrung, Stottern, Erregtheit oder Bestürzung — all das verrät seiner immer gegenwärtigen, intuitiven Aufmerksamkeit den wahren Stand der Dinge. Nach den ersten zwei oder drei Runden weiß er ganz genau, welche Karten jeder einzelne in der Hand hält, und von da an legt er seine Karten mit einer Sicherheit auf den Tisch, als ob alle übrigen Mitspieler ihm die ihren gezeigt hätten.

Das Analysierungsvermögen darf man jedoch nicht einfach mit Intelligenz gleichsetzen; denn während der Analytiker notwendigerweise intelligent ist, ist ein intelligenter Mensch zum Analysieren oft bemerkenswert schlecht geeignet. Die Vorstellungs- oder Kombinationsgabe, durch die sich die Intelligenz im allgemeinen offenbart, und die die Phrenologen — fälschlich, wie ich glaube — einem besonderen Organ zugeschrieben haben, wobei sie dachten, daß sie angeboren sei, hat man oft bei Menschen feststellen können, deren Verstand auf anderen Gebieten geradezu an Dummheit grenzt, so daß sie die allgemeine Aufmerksamkeit der Moralschriftsteller auf sich gezogen haben. Zwischen Scharfsinn und Analysationsgabe besteht ein weit größerer Unterschied als zwischen einer Phantasie und einer Vorstellung, er ist jedoch von genau derselben Art. In der Tat kann man feststellen, daß die scharfsinnigen Menschen immer schwärmerisch sind, während die wahrhaft erfinderischen nie anders als analytisch sind.

Die folgende Erzählung wird dem Leser als Erläuterung im Sinne der vorangehenden Ausführung erscheinen.

Als ich im Jahre 18 . . im Frühjahr und zu Anfang des Sommers in Paris lebte, wurde ich mit einem Monsieur C. Auguste Dupin bekannt. Dieser junge Mann stammt aus einer ganz hervorragenden, in der Tat, aus einer berühmten Familie, aber durch eine Reihe widriger Ereignisse war er in eine erbärmliche Lage geraten, der sein Charakter nicht gewachsen war, so daß er alle Bemühungen aufgab und sich durchaus nicht um die Wiedererlangung seiner Reichtümer kümmerte. Der Anständigkeit seiner Gläubiger hatte er es zu verdanken, daß ihm ein kleiner Rest des väterlichen Erbes erhalten geblieben war, und aus den Einkünften daraus bestritt er unter übergroßer Sparsamkeit die notwendigen Dinge zum Leben, ohne sich Überflüssiges zu leisten. Bücher waren wirklich sein einziger Luxus, und in Paris kommt man ja leicht dazu.

Unsere erste Begegnung fand in einer versteckten Bibliothek in der Rue Montmartre statt, wobei wir dadurch näheren Kontakt fanden, daß wir beide dasselbe seltene und bemerkenswerte Buch suchten. Von da an sahen wir uns immer wieder. Ich interessierte mich sehr für seine unbedeutende Familiengeschichte, über die er mit einer solchen Offenheit sprach, wie dies ein Franzose gern tut, wenn er von sich selbst spricht. Ich staunte auch über seine unerhörte Belesenheit; und vor allem fühlte ich mich durch sein hitziges Temperament und durch sein lebhaftes Vorstellungsvermögen angezogen. Da er sich aus den gleichen Gründen in Paris aufhielt wie ich, war es mir klar, daß die Gesellschaft solch eines Menschen für mich ein unbezahlbarer Gewinn war, und ich verheimlichte ihm dies auch gar nicht. Zuletzt beschlossen wir, während meines ganzen Aufenthaltes in der Stadt zusammen zu wohnen, und da meine Verhältnisse viel besser waren als seine, konnte ich es mir erlauben, ein verfallenes und wunderlich aussehendes Häuschen auf einem abgelegenen Teil des Faubourg St. Germain, das aus Gründen, um die wir uns nicht kümmerten, lange Zeit verlassen und baufällig war, zu mieten.

Wäre der Welt unser Leben dort bekannt gewesen, so hätte sie uns für Narren gehalten — vielleicht allerdings für harmlose Narren. Unsere Abgeschiedenheit war vollkommen. Wir empfingen keine Besuche. In der Tat wurde unser Aufenthaltsort sorgfältig vor meinen eigenen früheren Bekannten geheimgehalten; und Dupin hatte schon vor Jahren alle Bekanntschaften in Paris vernachlässigt. Wir lebten nur mehr ganz für uns allein.

Es war eine Grille oder ein Hirngespinst — oder wie sollte ich es sonst nennen — meines Freundes, daß er in die Nacht um ihrer selbst willen verliebt war; und dieser Verrücktheit verfiel ich, genauso wie allen seinen anderen, ich verfiel ihr vollständig und ich gab mich selbst für diese Laune vollkommen auf. Die schwarze Nacht wollte nicht immer bei uns sein, aber wir konnten sie uns künstlich schaffen. Beim ersten Morgengrauen schlossen wir alle die massiven Fensterläden unseres alten Hauses; nur zwei Kerzen, die einen sehr angenehmen Duft verbreiteten, sandten ein schwaches Licht aus. Bei ihrem Schimmer wiegten wir uns in Träumen — wobei wir lasen, schrieben oder miteinander sprachen, bis uns die Abendglocken die echte Dunkelheit verkündeten. Dann gingen wir auf die Straße, Arm in Arm, und setzten unser Gespräch vom Tag fort, oder wir gingen in der Umgebung bis spät in die Nacht spazieren, wobei wir inmitten der unzähligen Lichter und Schatten der dichtbevölkerten Stadt jene Inspiration, die eine ruhige Beobachtung erschließt, suchten.

Bei solchen Gelegenheiten konnte ich nicht umhin, bei Dupin

— obwohl ich wegen seines reichen Seelenlebens darauf vorbereitet war — eine besondere analytische Begabung festzustellen und zu bewundern. Auch schien er ein lebhaftes Vergnügen daran zu haben, diese unter Beweis zu stellen — wenn gleich er auch nicht damit prahlte — und er hatte auch keine Bedenken, dies zuzugeben. Er rühmte sich mir gegenüber mit leisem Kichern, daß die meisten Leute für ihn ein Fenster in ihrer Brust hätten, und er pflegte solchen Behauptungen unmittelbare und geradezu bestürzende Beweise folgen zu lassen, aus denen hervorging, daß er mein innerstes Seelenleben kenne. In diesen Augenblicken war sein Benehmen kalt und abweisend, seine Augen verloren jeden Ausdruck; dabei erhob sich seine Stimme, sonst ein klangvoller Tenor, zu einem Diskant, der sich geradezu trotzig angehört hätte, hätte er nicht mit Überlegung gesprochen und seine Meinung ganz eindeutig zum Ausdruck gebracht. Wenn ich ihn so sah, mußte ich oft an die alte Philosophie der Zweiseelentheorie denken, und ich belustigte mich an der Vorstellung eines zweifachen Dupin — eines schöpferischen und eines zerstörenden.

Man möge jedoch aus dem, was ich eben gesagt habe, nicht schließen, daß ich die Absicht habe, irgendein Geheimnis zu entschleiern oder einen Roman zu schreiben. Was ich hier in der Person dieses Franzosen beschrieben habe, war nur die Äußerung eines erregten, vielleicht eines krankhaften Gehirns, aber von der Art seiner Bemerkungen, die er in solchen Zeiten von sich gab, wird ein Beispiel die beste Vorstellung geben.

Eines Nachts schlenderten wir durch eine lange, schmutzige Straße in der Umgebung des Palais Royal. Wir waren beide sichtlich in Gedanken versunken, und schon seit fünfzehn Minuten hatte keiner von uns auch nur eine einzige Silbe gesprochen. Ganz plötzlich sprudelte Dupin folgende Worte hervor:

»Er ist ein sehr kleiner Kerl, das ist klar, und er würde besser für das Théâtre des Variétés passen.«

»Daran ist gar nicht zu zweifeln«, antwortete ich unwillkürlich, und es fiel mir auch nicht gleich — so sehr war ich in Nachdenken versunken — der außergewöhnliche Zufall auf, wie meine Überlegungen mit den seinen übereinstimmten. Einen Augenblick darauf hatte ich mich wieder gefaßt und mein Staunen kannte keine Grenzen.

»Dupin«, sagte ich ernst, »das geht über meinen Verstand.

Ja, ich möchte sagen, daß ich geradezu bestürzt bin. Wie war es denn möglich, daß du wußtest, daß ich an —« Hier machte ich eine Pause, um mich völlig zu überzeugen, ob er wirklich wußte, was ich dachte.

»— an Chantilly dachtest du«, sagte er, »warum stockst du denn? Du sagtest dir, daß seine kleine Gestalt nicht für tragische Rollen paßt.«

Ganz genau zu diesem Schluß war ich mit meinen Überlegungen gekommen. Chantilly war ein Flickschuster aus der Rue St. Denis, der von der Theaterleidenschaft erfaßt worden war, und sich in der Rolle des Xerxes, in Crébillons gleichnamiger Tragödie, versucht hatte, ohne einen anderen Erfolg, als daß man sich über seine Bemühungen lustig gemacht hatte.

»Um Himmels willen«, rief ich aus, »verrate mir den Trick — wenn es dafür einen Trick gibt —, durch den es dir möglich war, bei dieser Gelegenheit meine Gedanken so genau zu ergründen.« Ich war bestürzter, als ich mir anmerken lassen wollte.

»Der Obsthändler«, antwortete mein Freund, »brachte dich zu der Überzeugung, daß der Sohlenflicker für einen Xerxes nicht groß genug sei.«

»Der Obsthändler! Du setzt mich in Erstaunen — ich kenne überhaupt keinen Obsthändler.«

»Nun, der Mann, der mit dir zusammenstieß, als wir in die Straße einbogen — es dürfte ungefähr fünfzehn Minuten her sein.«

Und nun erinnerte ich mich, daß wirklich ein Obsthändler, der auf seinem Kopf einen großen Korb mit Äpfeln trug, mit mir unabsichtlich zusammengestoßen war, als wir aus der Rue C. in die Durchfahrt, in der wir nun standen, einbogen, aber was das mit Chantilly zu tun hatte, konnte ich allerdings nicht verstehen.

Dupin hatte keine Spur von Scharlatanerie an sich. »Ich werde es dir erklären«, sagte er, »und damit du auch alles verstehst, werden wir uns zuerst den Gang deiner Überlegungen von dem Moment an, da ich zu dir etwas sagte, bis zu dem, in welchem der Obsthändler mit dir zusammenstieß, ins Gedächtnis zurückrufen. Die wichtigsten Glieder dieser Kette sind folgende — Chantilly, Orion, Dr. Nichols, Epikur, Stereotomie, das Steinpflaster, der Obsthändler.«

Es gibt nur wenige Leute, denen es nicht hin und wieder in ihrem Leben Vergnügen bereitet hätte, sich im nachhinein darüber klar zu werden, welchen Gang ihre Gedanken genommen haben, um zu einem bestimmten Resultat zu gelangen. Diese Beschäftigung ist oft sehr interessant, und der, der dies zum erstenmal versucht, ist oft erstaunt über den grenzenlosen Abstand und den fehlenden Zusammenhang zwischen dem Ausgangspunkt und dem Ergebnis seiner Gedankenfolge. Wie groß mußte daher meine Verblüffung sein, als ich den Franzosen das eben Vorhergegangene sprechen hörte, und ich konnte nicht leugnen, daß er damit Recht hatte. Er fuhr fort:

»Wenn ich mich recht erinnere, hatten wir von Pferden gesprochen, gerade bevor wir die Rue C. verließen. Das war das letzte, worüber wir uns unterhalten hatten. Als wir diese Straße überquerten, lief uns der Obsthändler mit dem großen Korb auf dem Kopf in die Quere und stieß dich auf einen Haufen von Pflastersteinen, der an einer Stelle lag, wo momentan der Weg ausgebessert wird. Du bist auf eines der lockeren Bruchstücke getreten, ausgerutscht und hast dir leicht den Knöchel verstaucht, du schienst ärgerlich oder gereizt, du murmeltest ein paar Worte, blicktest noch einmal auf den Haufen, und dann gingst du ohne ein weiteres Wort fort. Ich achtete nicht genau auf dich, aber das Beobachten ist für mich zu einer Art Notwendigkeit geworden.

Du hattest deine Augen auf den Boden geheftet und sahst mit trotzigem Blick auf die Löcher und Spalten des Weges — auf diese Weise hatte ich gesehen, daß du noch immer an die Steine denken mußtest —, bis wir dann die Rue Lamartine erreichten, die versuchsweise mit ineinandergreifenden Holzpflöcken gepflastert war. Hier erhellte sich dein Gesicht, und, wie ich sah, daß du deine Lippen bewegtest, konnte ich nicht daran zweifeln, daß du das Wort ›Stereotomie‹ murmeltest, eine für diese Art der Pflasterung sehr erkünstelte Bezeichnung. Ich wußte, daß du das Wort ›Stereotomie‹ nicht zu dir sagen konntest, ohne an die Atome denken zu müssen, oder an die Lehren Epikurs; und als wir damals vor nicht allzulanger Zeit über dieses Thema gesprochen hatten, hatte ich dich darauf hingewiesen, welch einzigartige Bestätigung die vagen Vermutungen jenes genialen Griechen, wenn dies auch heute kaum beachtet wird, in den neuesten Erkenntnissen der Nebelkosmogonie gefunden haben. Ich hatte das Gefühl, daß du den unbezwingbaren Drang verspürtest, deine Augen auf den großen Nebel im Orion zu richten, und erwartete mit Sicherheit, daß du es tun würdest. Du sahst hinauf; und nun war ich vollständig sicher, daß ich deinen Gedanken ganz genau gefolgt war. In jener abfälligen Kritik über Chantilly, die in der gestrigen Ausgabe des *Musée* erschien, zitierte der Verfasser, der sich einige gehässige Anspielungen auf die Namensänderung des Schusters erlaubte, welche dieser beim Besteigen der Kothurne für notwendig gehalten hatte, einen lateinischen Spruch, über den wir uns oft unterhalten haben. Ich denke an den Spruch:

Perdidit antiquum litera prima sonum.

Ich hatte dir erzählt, daß sich dies auf Orion, der früher Urion geschrieben wurde, bezog; und wegen gewisser Schärfen in jener Kritik, war ich überzeugt, daß du sie nicht vergessen hattest. Daher war es klar, daß du unfehlbar zugleich an den Orion und an Chantilly denken mußtest. Ich entnahm aus der Art deines Lächelns, welches über deine Lippen glitt, daß du die beiden Gedanken miteinander verbandest. Du dachtest an die Opferung des armen Flickschusters. Da hieltest du in deinem Gang inne; aber nun sah ich, wie du dich ganz aufrichtetest. Da war ich sicher, daß du an die kleine Gestalt Chantillys dachtest. An dieser Stelle unterbrach ich deine Gedanken, um zu bemerken, daß er wirklich ein sehr kleiner Mann ist — daß sich Chantilly besser für das Théâtre des Variétés eignen würde.«

Nicht viel später sahen wir eine Abendausgabe der *Gazette des Tribunaux*, wobei der folgende Artikel unsere Aufmerksamkeit in Anspruch nahm.

»*Ein sensationeller Mord*: Heute gegen drei Uhr früh wurden die Einwohner des St.-Roch-Quartiers von einer Reihe furchtbarer Schreie, die offenbar aus dem vierten Stock eines Hauses in der Rue Morgue kamen, dessen einzige Bewohner, wie man wußte, Madame L'Espanaye und deren Tochter Mademoiselle Camille L'Espanaye waren, aus dem Schlaf gerissen. Nach einiger Verzögerung, verursacht durch den nutzlosen Versuch, sich auf die übliche Art Zugang zu verschaffen, wurde die Tür mit einem Brecheisen geöffnet, und acht oder zehn Nachbarn traten, von zwei Gendarmen begleitet, ein. Zu dieser Zeit waren die Schreie schon verstummt; aber als die Leute die erste Treppe hinaufgelaufen waren, vernahmen sie zwei rauhe Stimmen, die zornig miteinander stritten und vom oberen Teil des Hauses zu kommen schienen. Als sie den zweiten Treppenabsatz erreicht hatten, waren auch diese Töne verstummt, und es herrschte vollkommene Stille. Die Leute beschleunigten ihren Lauf und eilten von einem Raum in den anderen. Als sie in ein großes dunkles Zimmer im vierten Stock gekommen waren — die Tür war von innen versperrt und wurde gewaltsam geöffnet —, bot sich ein Anblick dar, der jeden einzelnen nicht weniger mit Schrecken als mit Staunen erfüllte.

Die Wohnung befand sich in ärgster Unordnung — die Einrichtung war zertrümmert und in alle Ecken verstreut. Es gab nur ein einziges Bett; und von diesem war das Bettzeug heruntergerissen und auf den Fußboden geworfen worden. Auf einem Sessel lag ein blutiges Rasiermesser. Auf dem Herd lagen zwei oder drei lange und starke Locken von grauem Menschenhaar, welche ebenfalls blutig waren und mit den Wurzeln ausgerissen worden zu sein schienen. Auf dem Fußboden wurden vier Napoleons, ein Topasohrring, drei große Silberlöffel, drei kleinere aus Neusilber und zwei Beutel, die nahezu viertausend Francs in Gold enthielten, gefunden. Die Laden eines Schreibtisches, der in einer Ecke stand, waren herausgezogen und offensichtlich geplündert worden, obwohl sich noch viele Dinge darin befanden. Unter dem Bettzeug — nicht unter dem Bett — entdeckte man eine kleine eiserne Kassette. Sie war offen, und der Schlüssel steckte im Schloß. Außer ein paar alten Briefen und anderen unbedeutenden Papieren befand sich nichts darin.

Von Madame L'Espanaye war hier keine Spur zu entdecken; doch da man auf der Feuerstelle eine ungewöhnlich große Menge Ruß sah, untersuchte man den Kamin und — es ist gräßlich, dies zu berichten — der Leichnam der Tochter wurde hier, mit dem Kopf nach unten, hervorgezogen; er muß mit ungeheurer Gewalt die kleine Öffnung hinaufgeschoben worden sein. Der Körper war noch ganz warm. Als man ihn untersuchte, bemerkte man viele Hautabschürfungen, die ohne Zweifel durch die Gewalt, mit der der Körper hinaufgestoßen und wieder heruntergezogen wurde, verursacht waren. Auf dem Gesicht zeigten sich sehr viele tiefe Kratzwunden, und auf dem Hals sah man schwarze Quetschungen und tiefe Eindrücke von Fingernägeln, so als ob die Tote erwürgt worden wäre.

Nachdem jeder Winkel des Hauses gründlich untersucht worden war, ohne daß man noch irgend etwas Neues entdeckte, ging die Gesellschaft in einen engen gepflasterten Hof hinter dem Haus, wo die Leiche der alten Dame lag. Ihr Hals war fast vollständig durchtrennt, so daß ihr Kopf bei dem Versuch sie aufzuheben, vom Rumpf abriß. Der Körper und der Kopf waren grauenhaft verstümmelt — der erstere so sehr, daß er kaum noch menschenähnlich zu nennen war.

Soviel wir wissen, gibt es bis jetzt nicht den leisesten Anhaltspunkt für die Klärung dieses furchtbaren Verbrechens.«

Am nächsten Tag brachte die Zeitung noch folgende Einzelheiten:

»*Die Tragödie in der Rue Morgue*: In Verbindung mit dieser ganz außergewöhnlichen und gräßlichen Angelegenheit sind schon viele Personen verhört worden, aber es kam nichts zutage, was irgendein Licht in diese Affäre gebracht hätte. Anschließend bringen wir die wichtigsten Aussagen.

Pauline Dubourg, eine Wäscherin, sagt aus, daß sie beide Opfer seit drei Jahren gekannt und für sie die Wäsche gewaschen habe. Die alte Dame schien sich mit ihrer Tochter gut zu vertragen — sie waren immer sehr nett zueinander. Sie hätten immer sehr gut gezahlt. Über ihre Lebensgewohnheiten und über ihre Beschäftigung konnte sie nichts sagen. Sie glaubt, daß Madame L'Espanaye von Beruf Wahrsagerin gewesen sei. Sie sei nie irgendjemandem in besagtem Haus begegnet, wenn sie Wäsche abgeholt oder zurückgebracht hätte. Offenbar war nur der vierte Stock möbliert.

Pierre Moreau, ein Trafikant, sagt aus, daß er Madame L'Espanaye schon seit vier Jahren immer kleine Mengen von Rauch- und Schnupftabak verkauft hätte. Er ist in der Gegend geboren und hat auch immer dort gelebt. Die alte Dame und ihre Tochter haben in dem Haus, in welchem man die Leichen gefunden hat, seit mehr als sechs Jahren gewohnt. Vorher war es von einem Juwelier bewohnt worden, der die oberen Räume an verschiedene Leute in Untermiete gegeben hatte. Das Haus hatte Madame L'Espanaye gehört. Sie war durch den vorhin erwähnten Mißbrauch ihres Mieters aufgebracht worden und selbst in das Haus eingezogen, wobei sie es abgelehnt hatte, irgendwelche Räume davon zu vermieten. Die alte Dame war ein wenig kindisch. Der Zeuge sagt, er hätte die Tochter höchstens fünf- oder sechsmal gesehen. Die beiden hatten sehr zurückgezogen gelebt, man glaubte, daß sie Geld hatten. Er sagt, er hätte von den Nachbarn gehört, daß Madame L'Espanaye Wahrsagerin sei — er glaube es aber nicht. Er hätte nie irgendjemanden ins Haus gehen sehen, mit Ausnahme der alten Dame und ihrer Tochter, ein- oder zweimal einen Dienstmann, und acht- oder zehnmal einen Arzt.

Viele andere Personen bekräftigten diese Behauptung. Es war überhaupt keine Rede davon, daß irgendwer das Haus regelmäßig besucht hatte. Man wußte nicht, ob Madame L'Espanaye und ihre Tochter mit der Außenwelt überhaupt Kontakt pflegten. Die straßenseitigen Fensterläden wurden selten geöffnet, die hinteren waren dauernd geschlossen, außer denen des großen Hinterzimmers im vierten Stock.

Isidore Musèt, ein Gendarm, sagt aus, daß er etwa um zwei Uhr früh zu jenem Haus gerufen wurde, wo schon zwanzig oder dreißig Leute beim Haustor versammelt waren, die sich Zugang zu verschaffen suchten. Schließlich habe er es gewaltsam mit einem Bajonett, nicht mit einem Brecheisen, geöffnet. Es war nicht schwer gewesen, es zu öffnen, deshalb, weil es sich um eine Flügeltür handelte, die weder oben noch unten zugeriegelt war. Die Schreie hatten angehalten, bis die Tür erbrochen war, und dann hörten sie auf einmal auf. Es habe ihm geschienen, daß es sich um das Geschrei einer oder mehrerer Personen in größter Todesnot handelte. Sie seien laut und langgezogen gewesen, nicht leise und kurz. Der Zeuge rannte die Treppe hinauf. Als er den ersten Treppenabsatz erreicht hatte, hatte er zwei Stimmen laut miteinander schelten gehört — die eine hatte sehr mürrisch, die andere kreischend geklungen — eine ganz fremdartig anmutende Stimme. Von der ersteren, welche die eines Franzosen war, hatte er einige Worte verstehen können. Er sei ganz sicher, daß es sich um keine weibliche Stimme gehandelt hat. Er habe die Worte ›sacré‹ und ›diable‹ unterscheiden können. Die kreischende Stimme habe ausländisch geklungen. Er habe nicht erkennen können, ob es sich um einen Mann oder um eine Frau handelte. Er hatte auch nicht verstehen können, was gesagt wurde, doch er glaube, daß es Spanisch gewesen sei. Der Zustand des Zimmers und der Leichen wurde von diesem Zeugen so beschrieben, wie wir es gestern berichteten.

Henri Duval, ein Nachbar, von Beruf Silberschmied, sagt

aus, daß er als einer der ersten von der Gruppe das Haus betreten habe. Er bestätigt im großen und ganzen die Aussage von Musèt. Sobald sie sich gewaltsam Eintritt verschafft hatten, hatten sie das Tor wieder verschlossen, um die Menge fernzuhalten, die sich trotz der späten Stunde schnell angesammelt hatte. Jene besagte schrille Stimme sei die eines Italieners gewesen. Er sei ganz sicher, daß es nicht französisch gewesen sei, was sie sprach. Er könne nicht mit Sicherheit angeben, ob es eine männliche Stimme war. Es hätte auch eine weibliche sein können. Er selbst könne nicht Italienisch. Er habe die einzelnen Worte nicht unterscheiden können, aber der Tonfall habe ihn davon überzeugt, daß der Sprecher ein Italiener war. Er habe Madame L'Espanaye und deren Tochter gekannt. Er habe sich oft mit beiden unterhalten. Er sei ganz sicher, daß die schrille Stimme von keinem der beiden Opfer stammte.

Odenheimer, ein Restaurateur. Dieser Zeuge war nicht geladen, er kam freiwillig. Da er nicht Französisch spricht, wurde er mit Hilfe eines Dolmetschers verhört. Er stammte aus Amsterdam. Er sagt aus, daß er zur Zeit der Schreie am Haus vorüberging. Sie dauerten etwa zehn Minuten an, waren langgezogen und laut, ein furchtbares und jammervolles Schreien. Er ist ebenfalls in das Haus eingedrungen. Der Zeuge bekräftigt die vorigen Aussagen in allen Punkten bis auf einen. Er ist davon überzeugt, daß die kreischende Stimme eine männliche war und einem Franzosen gehörte. Er hat die Worte, die ausgestoßen wurden, nicht unterscheiden können. Sie waren laut und schnell gesprochen worden und schienen sowohl angsterfüllt als auch erzürnt. Die Stimme habe barsch geklungen — nicht so sehr kreischend, als vielmehr barsch. Er kann sie durchaus nicht als eine kreischende Stimme bezeichnen. Die mürrische Stimme sagte immer wieder: ›sacré‹, ›diable‹, und dann ›mon Dieu‹.

Jules Mignaud, ein Bankier, der Inhaber der Firma Mignaud & Söhne in der Rue Deloraine gibt folgendes zu Protokoll: Er ist der ältere Mignaud. Madame L'Espanaye hat bei ihm einiges Vermögen gehabt. Sie hat bei seiner Bank seit Frühling des Jahres 18 . . — also seit acht Jahren — immer wieder kleinere Summen eingelegt. Sie hatte nie Geld abgehoben, außer drei Tage vor ihrem Tod, als sie sich persönlich viertausend Francs in Gold auszahlen ließ. Ein Kommis brachte ihr das Geld ins Haus.

Adolphe Le Bon, der Kommis des Bankhauses Mignaud & Söhne, machte folgende Aussage: Er hatte an dem besagten Tag, etwa um die Mittagszeit, Madame L'Espanaye in ihre Wohnung begleitet. Das Geld hatte sie in zwei Säcke gegeben. Als die Tür geöffnet wurde, war Mademoiselle L'Espanaye erschienen und hatte aus seinen Händen einen Beutel erhalten, während die alte Dame ihm den anderen abgenommen hatte. Dann hatte er sich empfohlen und war gegangen. Er hatte keinen einzigen Menschen in der Straße gesehen. Sie ist eine ganz einsame Nebenstraße.

William Bird, ein Schneider, gibt folgendes zu Protokoll: Er gehört ebenfalls zu den Leuten, die in das Haus eindrangen. Er ist ein Engländer. Er lebt seit zwei Jahren in Paris. Er ist als einer der ersten die Treppe hinaufgeeilt. Er hatte die streitenden Stimmen vernommen. Die mürrische Stimme habe einem Franzosen gehört. Er hatte einzelne Worte unterscheiden können, aber er kann sich nicht mehr an alle erinnern. Er konnte ganz deutlich die Worte ›sacré‹ und ›mon Dieu‹ verstehen. In diesem Augenblick hatte man ein scharrendes Geräusch gehört, so als ob mehrere Personen miteinander rauften. Die schrille Stimme war sehr laut, lauter als die mürrische. Er sei sicher, daß es sich um keinen Engländer handelte. Die Stimme habe deutsch geklungen. Es hätte auch eine Frauenstimme sein können. Der Zeuge selbst versteht die deutsche Sprache nicht.

Vier der eben erwähnten Zeugen sagten bei einer neuerlichen Befragung aus, daß die Tür des Zimmers, in welchem man die Leiche von Mademoiselle L'Espanaye gefunden hatte, von innen verriegelt war, als die Leute dazukamen. Es herrschte vollkommene Ruhe, kein Stöhnen oder irgendein anderes Geräusch war zu hören. Nachdem man die Tür aufgebrochen hatte, war überhaupt niemand zu sehen. Die Fensterläden des hinteren und des vorderen Zimmers waren niedergelassen und von innen fest verschlossen. Eine Tür zwischen den beiden Räumen war geschlossen, aber nicht versperrt. Die Tür zwischen dem vorderen Zimmer und dem Gang war von innen zugesperrt. Ein kleines Zimmer im vierten Stock an der Vorderseite des Hauses, am oberen Ende des Ganges, war offen. Dieser Raum war mit alten Betten, Kisten und ähnlichem angeräumt. Er wurde ausgeräumt und auf das sorgfältigste untersucht. Ebenso wurden alle anderen Winkel des Hauses außerordentlich genau untersucht. Die Kamine wurden gekehrt. Das Haus ist vierstökkig. Außerdem gab es noch Mansardenzimmer. Auf dem Dach befand sich eine Falltür, die fest zugenagelt war. Es schien, als sei sie schon seit Jahren nicht mehr geöffnet worden. Die Zeit vom Augenblick an, da man die streitenden Stimmen gehört hatte, bis zu dem Zeitpunkt, als die Zimmertür aufgebrochen wurde, wurde von den Zeugen verschieden angegeben. Die Angaben schwankten zwischen drei und fünf Minuten. Die Tür konnte nur unter Schwierigkeiten geöffnet werden.

Alfonzo Garcio, ein Unternehmer, sagt aus, daß er in der Rue Morgue wohne. Er ist in Spanien geboren. Er war auch unter denen, die in das Haus eindrangen. Er ging aber nicht die Treppe hinauf. Er ist sehr nervös und fürchtete sich vor den Folgen der Aufregung. Er hat die streitenden Stimmen gehört. Die rauhe Stimme habe Französisch gesprochen. Er konnte nicht verstehen, was gesagt wurde. Die schrille Stimme hätte von einem Engländer gestammt — dessen sei er sicher. Er versteht nicht Englisch, aber er schließt dies aus dem Klang.

Alberto Montani, ein Konditor, sagt folgendes aus: Er war einer der ersten, welche die Treppe hinaufliefen. Er hat die fraglichen Stimmen gehört. Die barsche Stimme habe Französisch gesprochen. Er hat einige besondere Worte verstanden. Der Sprecher schien zu schelten. Die Worte der schrillen Stimme konnte er nicht verstehen. Sie habe schnell und stoßweise gesprochen. Er denkt, daß es sich um die Stimme eines Russen handelte. Im übrigen stimmte seine Aussage mit jener der übrigen Zeugen überein. Er hat nie mit einem gebürtigen Russen gesprochen.

Mehrere Zeugen, die nochmals aufgerufen wurden, gaben an, daß alle Kamine im vierten Stock zu eng waren, als daß ein Mensch durchklettern hätte können. Mit der Bezeichnung Besen sind jene runden Besen gemeint, wie sie die Kaminkehrer zum Fegen der Schornsteine verwenden. Mit diesen Besen wurden alle Schornsteine gründlich gekehrt. Es gibt in jenem Haus keinen anderen Ausweg, durch welchen der Mörder entkommen hätte können, während die Leute die Treppe hinaufliefen. Die Leiche der Mademoiselle L'Espanaye war mit solcher Gewalt in den Kamin gestopft worden, daß es der gemeinsamen Anstrengungen von vier oder fünf Männern der Gruppe bedurfte, um sie hervorzuziehen.

Paul Dumas, ein Arzt, sagt aus, daß er bei Tagesanbruch an den Tatort gerufen worden sei, um die Leichen zu untersuchen. Zu dieser Zeit lagen beide auf der Matratze des Bettes, welches sich im Zimmer befand, in dem Mademoiselle L'Espanaye gefunden worden war. Der Leichnam der Tochter hatte sehr viele Quetsch- und Schürfwunden aufgewiesen. Die Tatsache, daß er in den Kamin gezwängt worden war, sei eine ausreichende Erklärung dafür. Der Hals war fest zusammengepreßt. Unter dem Kinn hat er tiefe Kratzer und einige blaue Flecken feststellen können, die offenbar Eindrücke von Fingernägeln darstellten. Das Gesicht war schrecklich verfärbt, und die Augäpfel waren aus ihren Höhlen hervorgetreten. Die Zunge war zum Teil durchgebissen. Eine große Quetschwunde war auf der Herzgrube zu bemerken, die offensichtlich auf den Druck eines Knies zurückzuführen sei. Nach der Meinung des Arztes war Mademoiselle L'Espanaye erwürgt worden. Der Körper der Mutter war gräßlich verstümmelt, alle Knochen des rechten Beines und des Armes waren mehr oder weniger gebrochen, das linke Schienbein und alle Rippen der linken Seite vollständig zersplittert. Der ganze Körper war grauenhaft verstümmelt und verfärbt. Es war unmöglich festzustellen, wodurch die Verwundungen verursacht worden waren. Vielleicht habe eine schwere Holzkeule oder eine andere mächtige, schwere stumpfe Waffe, die von einem starken Mann benützt wurde, solche Verletzungen angerichtet. Eine Frau hätte unmöglich mit irgendeiner Waffe solche Schläge austeilen können. Der Zeuge sagt, daß der Kopf, als er die Leiche besichtigte, bereits vom Rumpf getrennt und ebenfalls sehr verstümmelt war. Der Hals sei offensichtlich mit einem sehr scharfen Werkzeug durchtrennt worden — möglicherweise mit einem Rasiermesser.

Alexandre Etienne, ein Chirurg, war gleichzeitig mit Monsieur Dumas zur Leichenbeschau gerufen worden. Er bestätigte die Aussagen und Ansichten von Monsieur Dumas.

Außer dem eben Berichteten kam bei der Untersuchung nichts mehr von Bedeutung zutage, obwohl noch mehrere andere Zeugen einvernommen worden waren. Ein geheimnisvollerer und in allen seinen Einzelheiten so unerklärlicher Mord ist in Paris noch nie verübt worden — wenn es sich überhaupt um einen Mord handelt. Die Polizei hat noch nicht die geringste Spur gefunden — was bei Vorfällen solcher Art äußerst ungewöhnlich ist. Es besteht bis jetzt nicht die geringste Aussicht auf Aufklärung.«

Die Abendausgabe jener Zeitung berichtete, daß im St.-Roch-Quartier noch immer größte Aufregung herrsche — daß der Tatort noch einmal auf das sorgfältigste untersucht worden sei und daß noch verschiedene andere Zeugen vernommen wurden, doch sei alles umsonst gewesen. Im letzten Absatz war zu lesen, daß Adolphe Le Bon festgenommen und in Untersuchungshaft gebracht worden sei, obwohl ihn durchaus nichts zu belasten schien.

Dupin schien sich für den Verlauf dieser Angelegenheit ganz besonders zu interessieren — ich schloß dies wenigstens aus seinem Benehmen, denn er selbst sagte kein Wort. Einzig und allein nachdem er gelesen hatte, daß Le Bon verhaftet worden sei, fragte er mich um meine Meinung über jenen Mord.

Meine Meinung stimmte mit jener von ganz Paris überein, daß es sich um ein unlösbares Geheimnis handelte. Ich entdeckte kein Mittel, mit dem man dem Mörder auf die Spur kommen konnte.

»Wir dürfen nicht nach den Ergebnissen dieser oberflächlichen Untersuchung urteilen«, sagte Dupin. »Die Pariser Polizei, die ihres Scharfsinns wegen berühmt ist, ist nur schlau, weiter nichts. Ihr Vorgehen ist ganz ohne Methode, es richtet sich nur nach dem augenblicklichen Anschein. Sie wendet eine Unzahl verschiedener Verfahren an. Die Ergebnisse, die auf diese Weise erzielt werden, sind nicht selten verblüffend, aber zum größten Teil sind sie auf ganz gewöhnlichen Fleiß und Anstrengung zurückzuführen. Wenn diese Fähigkeiten nicht ausreichen, so stimmen auch ihre Ergebnisse nicht. Vidocq, zum Beispiel, war geschickt im Raten und von großer Ausdauer. Aber da sein Denken nicht genügend geschult war, unterliefen ihm andauernd Fehler durch den allzugroßen Eifer seiner Untersuchungen. Er betrachtete alles zu sehr aus der Nähe und verlor dadurch den Überblick. Er hat sicher einzelne Punkte mit außerordentlicher Schärfe gesehen, aber auf diese Weise verlor er zwangsläufig die Übersicht über die Angelegenheit als ganzes. Dieser Fall ist ein Musterbeispiel für etwas, das allzu tiefsinnig zu sein scheint. Die Wahrheit ist nicht immer in einem tiefen Brunnen verborgen. In der Tat, glaube ich, daß sie, wenn es sich um bedeutsame Dinge handelt, unveränderlich an der

Oberfläche liegt. Die Tiefe liegt nicht in den Tälern, wo wir sie suchen, sondern auf Bergspitzen, wo wir sie finden. Die Art und Weise dieses Irrtums zeigt uns die Beobachtung der Himmelskörper sehr gut. Wenn man an einem Stern beinahe vorbeisieht, so daß sein Licht auf den äußeren Teil der Netzhaut fällt, welcher für schwache Lichtreize empfindlicher ist als die Mitte der Netzhaut, so sieht man den Stern hell und glänzend, so daß man den besten Eindruck von seiner Pracht empfängt; wenn man aber die Augen ganz genau darauf richtet, so nimmt sein heller Schein sofort ab. Tatsächlich treffen im letzteren Fall ja mehr Strahlen auf das Auge, jedoch scheint im ersteren eine verfeinerte Aufnahmefähigkeit vorhanden zu sein. Durch allzugroße Gründlichkeit verwirren und schwächen wir unsere Gedanken; und es ist sogar möglich, daß die Venus vom Firmament verschwindet, wenn wir allzu scharf und allzu gerade darauf blicken.

Was diese Mordtat betrifft, so wollen wir vorerst selbst einige Untersuchungen anstellen, bevor wir uns eine Meinung darüber bilden. Ich glaube, dies wird für uns sehr unterhaltsam sein«, — ich hielt diesen Ausdruck für unpassend, sagte aber nichts — »und überdies hat mir Le Bon einst einen Dienst erwiesen, für den ich mich ihm dankbar zeigen möchte. Wir werden uns an den Tatort begeben und denselben mit unseren eigenen Augen untersuchen. Ich kenne Monsieur G., den Polizeipräfekten, und ich denke, es wird nicht schwierig sein, die notwendige Bewilligung zu bekommen.«

Wir erhielten die Erlaubnis und begaben uns sofort in die Rue Morgue. Es ist dies eine jener schlechten Querstraßen zwischen der Rue Richelieu und der Rue St. Roch. Es war schon spät am Nachmittag, als wir dort ankamen, da diese Gegend weit von unserer Wohnung entfernt war. Das fragliche Haus fanden wir sofort, da immer noch viele Personen darum herumstanden und in zweckloser Neugierde von der gegenüberliegenden Straßenseite auf die geschlossenen Fensterläden gafften. Es war ein ganz gewöhnliches Pariser Haus mit einem Torweg, an dessen einer Seite ein Schiebefenster angebracht war, hinter dem sich ein Portierstübchen befand. Bevor wir das Haus betraten, gingen wir die Straße hinauf, dann bogen wir in eine Allee ein, und nachdem wir noch einmal unsere Richtung geändert hatten, kamen wir an der Rückseite des Hauses vorbei. Dabei beobachtete Dupin die ganze Umgebung und das Haus selbst mit peinlicher Aufmerksamkeit, für die ich keinen ausreichenden Grund wußte.

Nun kehrten wir um und kamen wieder an der Vorderseite des Hauses an. Wir läuteten an und wurden von den wachhabenden Polizeibeamten eingelassen, nachdem wir unseren Passagierschein vorgezeigt hatten. Dann gingen wir die Treppe hinauf in das Zimmer, in welchem die Leiche der Mademoiselle L'Espanaye gefunden worden war, und wo noch immer die beiden Toten lagen. Das Zimmer war, wie es in solchen Fällen üblich ist, in der vorgefundenen Unordnung belassen worden. Ich konnte nichts entdecken, worüber nicht schon in der *Gazette des Tribunaux* berichtet worden wäre. Dupin untersuchte alle Gegenstände — auch die Leichen der beiden Opfer. Hierauf begaben wir uns in die anderen Zimmer und in den Hof, wobei uns ständig ein Gendarm begleitete. Die Untersuchung nahm uns bis zum Einbruch der Dunkelheit in Anspruch, dann gingen wir. Auf dem Heimweg trat mein Freund noch auf einen Sprung in das Anzeigenbüro einer Tageszeitung.

Ich habe schon erwähnt, daß mein Freund die verschiedensten Grillen hatte, und daß ich mich ihnen meistens fügte. Es gefiel ihm plötzlich, die Mordtat bis zum Mittag des nächsten Tages mit keinem Wort mehr zu erwähnen. Dann fragte er mich unvermittelt, ob mir am Tatort nichts Besonderes aufgefallen sei.

Irgend etwas lag in der Betonung des Wortes »etwas Besonderes«, das mich schaudern machte, ohne daß ich wußte, weshalb.

»Nein, nichts Besonderes«, sagte ich; »nicht mehr als das, was wir beide schon in der Zeitung gelesen haben.«

»Die Zeitung«, antwortete er, »ist, wie ich fürchte, auf die ungewöhnliche Grausamkeit des Verbrechens gar nicht eingegangen. Aber laß den ganz und gar unbedeutenden Bericht jenes Blattes außer acht. Ich kann mich des Eindrucks nicht erwehren, daß diese Affäre gerade jener Tatbestände wegen für unaufklärbar gehalten wird, durch welche die Lösung unerhört erleichtert wird. — Ich denke dabei an die äußerst ungewöhnlichen Umstände jenes Mordes. Die Polizei ist durch das scheinbare Fehlen jeglichen Motives, nicht für den Mord an sich, sondern für die Grausamkeit, mit der er verübt worden war, in

Verwirrung gebracht worden. Auch die scheinbare Unmöglichkeit, die Tatsache, daß oben ein erregter Streit gehört worden war, mit der Tatsache in Einklang zu bringen, daß man oben dann außer der ermordeten Mademoiselle L'Espanaye niemanden fand, und daß niemand entfliehen hätte können, ohne von den hinaufeilenden Leuten bemerkt zu werden, hat die Polizei in Verwirrung gesetzt. Die wilde Unordnung im Zimmer, der mit dem Kopf nach unten in den Kamin gepreßte Leichnam, die gräßliche Verstümmelung der Leiche der alten Dame, diese Erwägungen und noch andere, die ich nicht zu erwähnen brauche, haben genügt, die Tatkraft der Polizei zu lähmen, indem sie ihren vielgerühmten Scharfsinn irregeführt haben. Sie ist in den groben, jedoch häufig vorkommenden Irrtum verfallen, das Ungewöhnliche mit dem Unbegreiflichen zu verwechseln. Aber es sind gerade diese Abweichungen vom normalen Ablauf, durch welche die Vernunft bei ihrer Suche nach der Wahrheit auf den richtigen Weg gewiesen wird. Bei Untersuchungen, wie unsere jetzige sollte man nicht so sehr fragen ›was ist geschehen‹, als vielmehr ›was ist geschehen, was vorher noch nie geschehen ist‹? In der Tat steht die Leichtigkeit, mit der ich zu der Lösung dieses Rätsels gelangen werde, oder vielmehr schon gelangt bin, in direktem Verhältnis zur scheinbaren Unlösbarkeit, die es in den Augen der Polizei hat.«

Ich starrte den Sprecher in stummem Erstaunen an.

»Ich erwarte in Kürze«, fuhr er fort, seinen Blick auf die Tür unserer Wohnung werfend, »jemanden, der, obwohl er vielleicht nicht der Urheber dieses Blutbades ist, doch in diese Affäre verwickelt sein muß. An den Greueltaten selbst ist er vielleicht unschuldig. Ich hoffe es wenigstens, daß meine Vermutung richtig ist; denn darauf baue ich meine Hoffnung, das Rätsel zu lösen. Ich erwarte den Mann jeden Augenblick hier in diesem Zimmer. Es ist möglich, daß er nicht kommen wird, aber ich halte sein Kommen für wahrscheinlich. Sollte er kommen, so wird es notwendig sein, ihn hier festzuhalten. Hier liegen Pistolen; und wir beide wissen sie zu gebrauchen, falls der Verlauf der Angelegenheit dies erfordern sollte.«

Ich nahm die Pistolen, kaum wissend, was ich tat, und ohne zu glauben, was ich hörte, während Dupin wie in ein Selbstgespräch versunken, fortfuhr. Ich habe schon über sein eigenartiges Benehmen bei solchen Gelegenheiten berichtet. Seine Rede war an mich gerichtet; seine Stimme, obwohl sie durchaus nicht laut war, hatte den Klang, als wenn sie für eine weit entfernte Person bestimmt wäre. Seine ausdruckslosen Augen waren unbeweglich auf die Mauer geheftet.

»Daß die erregten Stimmen nicht von den Frauen selbst stammen konnten«, sagte er, »ist durch die Zeugenaussagen vollständig erwiesen. Dies enthebt uns aber auch der Frage, ob vielleicht die alte Dame ihre Tochter zuerst ermordet und nachher Selbstmord begangen hat. Ich erwähne dies nur, um methodisch vorzugehen; denn die Kräfte der Madame L'Espanaye würden keinesfalls ausgereicht haben, um den Leichnam ihrer Tochter in den Kamin hinaufzuzwängen, so wie wir ihn dann gefunden haben; außerdem schließt die Art ihrer Verwundungen einen Selbstmord vollständig aus. Der Mord mußte also von Dritten ausgeführt worden sein; und deren Stimmen waren es, die man streiten gehört hatte. Laß mich einmal nachdenken — nicht an alle Aussagen bezüglich der Stimmen — sondern an das, was an diesen Aussagen außergewöhnlich war. Hast du dabei irgend etwas Besonderes bemerkt?«

Mir war aufgefallen, daß sich alle Zeugen darin einig gewesen waren, daß die mürrische Stimme die eines Franzosen gewesen sei, während die Aussagen über die schrille, oder über die kreischende Stimme, wie sie von einigen Zeugen bezeichnet wurde, sich vollkommen widersprachen.

»Das war auffallend«, sagte Dupin, »aber es war nicht das Besondere. Du hast nichts Besonderes bemerkt? Aber es gab etwas Auffallendes. Die Zeugenaussagen, die sich auf die rauhe Stimme bezogen, stimmten vollkommen überein. Aber das Besondere in bezug auf die schrille Stimme ist nicht, daß die Aussagen sich widersprachen, sondern daß ein Italiener, ein Engländer, ein Spanier, ein Holländer und ein Franzose, die sie zu beschreiben versuchten, sie immer für die Stimme eines Ausländers hielten. Der Franzose hält sie für die Stimme eines Spaniers und er ›hätte sicher einige Worte verstanden, wenn er Spanisch sprechen würde‹. Ein Deutscher vermutet, daß sie einem Franzosen gehört habe, aber wir haben gelesen: ›da der Zeuge nicht Französisch versteht, wurde er mit Hilfe eines Dolmetschers verhört‹. Der Engländer denkt, daß es sich um einen Deutschen gehandelt habe, aber ›er versteht kein Deutsch‹. Der Spanier ist sicher, die Stimme eines Engländers gehört zu haben

— er habe es aus dem Klang geschlossen — obwohl er des Englischen nicht kundig ist. Der Italiener glaubt, daß es die Stimme eines Russen war, aber er hat nie mit einem Russen gesprochen. Ein zweiter Franzose glaubt etwas anderes als der erste, und ist davon überzeugt, daß es die Stimme eines Italieners war, aber er ist dieser Sprache nicht mächtig, und er habe dies, wie der Spanier, aus dem Klang geschlossen. Nun, wie vollkommen fremdartig muß diese Stimme geklungen haben, daß die Aussagen darüber derart auseinandergehen, so daß darin die Vertreter von fünf großen europäischen Nationen nicht ihre Muttersprache erkennen konnten! Du kannst vielleicht sagen, daß es die Stimme eines Asiaten oder eines Afrikaners gewesen sein könne. Es gibt derer nicht viele in Paris, aber ohne die Möglichkeit bestreiten zu wollen, will ich deine Aufmerksamkeit auf drei Tatsachen lenken. Die Stimme wurde von einem Zeugen für mehr kreischend als schrill gehalten. Von zwei anderen wurde sie als ›schnell und abgebrochen‹ bezeichnet. Kein einziger Zeuge hat Worte oder wortähnliche Geräusche unterscheiden können.

Ich weiß nicht«, fuhr Dupin fort, »welchen Eindruck diese Überlegungen auf dich gemacht haben, aber ich zögere nicht, zu behaupten, daß folgerichtige Schlüsse, die man aus diesem Teil der Aussagen, der sich auf die mürrische und auf die kreischende Stimme bezieht, ausreichen, um einen Verdacht zu erregen, der für alle weiteren Nachforschungen richtungweisend sein sollte. Ich sagte ›folgerichtige Schlüsse‹; aber meine Gedanken sind damit nicht vollkommen ausgedrückt. Ich behaupte, daß diese Schlüsse die einzig richtigen sind, und daß sie nur einen einzigen Verdacht zulassen. Welchen Verdacht ich gefaßt habe, will ich dir noch nicht sagen. Ich möchte dir nur klarmachen, daß er dazu ausreichte, meine Untersuchungen in dem Zimmer in eine ganz bestimmte Richtung zu lenken.

Versetzen wir uns wieder im Geist in jenes Zimmer. Was wird das erste sein, das wir dort suchen? Den Ausweg, durch den die Mörder entkommen sind. Keiner von uns denkt doch im Ernst an übernatürliche Vorgänge. Madame und Mademoiselle L'Espanaye wurden nicht durch Geister ermordet. Die Täter waren leibliche Wesen und entkamen auch auf natürliche Weise. Aber wie? Glücklicherweise bleibt uns für die Klärung dieser Frage nur eine Möglichkeit offen, und diese muß uns zu einer endgültigen Entscheidung führen. Überlegen wir uns der Reihe nach die einzelnen Möglichkeiten der Flucht. Es ist klar, daß sich die Mörder in dem Raum, in dem Mademoiselle L'Espanaye gefunden wurde, aufgehalten haben beziehungsweise als die Zeugen die Treppe hinaufeilten, im benachbarten Zimmer. Deshalb müssen wir uns nur in diesen beiden Zimmern nach einer Gelegenheit zur Flucht umsehen. Die Polizei hat den Boden, die Decke, und das Mauerwerk in jeder Hinsicht auf das sorgfältigste untersucht. Kein geheimer Ausgang hätte ihrer Aufmerksamkeit entgehen können. Aber da ich ihren Augen nicht traute, überzeugte ich mich mit meinen eigenen. Es war wirklich kein geheimer Ausgang vorhanden. Beide Türen, die von den Zimmern in den Gang hinausführten, waren sorgfältig verschlossen, wobei der Schlüssel innen steckte. Wenden wir uns nun den Kaminen zu. Sie haben am unteren Ende die gewöhnliche Breite von acht bis zehn Fuß, verengen sich aber dann so sehr, daß nicht einmal eine größere Katze hindurchklettern könnte. Die Unmöglichkeit, durch die eben erwähnten Ausgänge zu entkommen, steht ganz außer Zweifel, so daß dazu nur noch die Fenster übrig blieben. Durch die straßenseitigen hätte niemand ins Freie gelangen können, ohne von den Leuten auf der Straße bemerkt zu werden. Die Mörder müssen also durch die Fenster des rückwärtigen Zimmers hinausgeklettert sein. Nachdem wir nun auf diese eindeutige Art zu diesem Schluß gekommen sind, dürfen wir, die wir der Sache nachgehen, ihn nicht wegen der scheinbaren Unmöglichkeit verwerfen. Uns bleibt nichts anderes übrig, als zu beweisen, daß diese scheinbaren Unmöglichkeiten gar nicht bestehen.

Im Zimmer gibt es zwei Fenster. Eines von ihnen ist nicht durch Möbel verstellt und vollständig sichtbar. Der untere Teil des anderen ist durch das Kopfende eines schweren Bettes der Sicht entzogen. Das erstere Fenster war von innen fest verschlossen. Es widerstand dem gemeinsamen Bemühen mehrerer Leute, es in die Höhe zu schieben. In die linke Seite des Rahmens war ein großes Loch hineingebohrt, und ein sehr starker Nagel war beinahe bis zu seinem Kopf eingeschlagen worden. Bei der Untersuchung des anderen Fensters fand man einen ähnlichen Nagel, der auch ähnlich hineingeschlagen worden war; und auch der angestrengte Versuch, dieses Schiebefenster zu öffnen, blieb erfolglos. Die Polizei war nun vollkommen davon überzeugt, daß auf diesem Weg kein Entkommen möglich gewesen sei. Deshalb hielt man es für unnötig, die Nägel herauszuziehen und die Fenster zu öffnen.

Meine eigenen Untersuchungen waren etwas genauer, und das aus dem Grunde, den ich dir schon früher genannt habe — denn ich wußte, daß hier alle scheinbaren Unmöglichkeiten in Wirklichkeit gar nicht vorhanden waren.

Ich schloß also a posteriori weiter: Die Mörder sind durch eines dieser Fenster entkommen. Wenn dies der Fall war, konnten sie die Fenster nicht von innen wieder verschließen — die gleiche Überlegung, welche durch ihre Selbstverständlichkeit den Nachforschungen der Polizei in dieser Richtung ein Ende bereitete. Aber trotzdem, die Fenster waren geschlossen worden. Daher mußten sie von selbst schließen. Diesem Schluß konnte man auf keine Weise ausweichen. Ich begab mich also wieder zum freiliegenden Fenster, zog den Nagel heraus und versuchte, es in die Höhe zu schieben. Es widerstand meinen Kräften, wie ich es nicht anders erwartet hatte. Aber eine Feder mußte nach meinem Dafürhalten irgendwo verborgen sein; und diese Bekräftigung meiner Vermutung brachte mich zu der Überzeugung, daß meine Voraussetzungen richtig waren, wenn die Sache mit den Nägeln auch noch so geheimnisvoll war. Eine sorgfältige Untersuchung brachte die verborgene Feder zutage. Ich drückte darauf, und, von dieser Entdeckung befriedigt, unterließ ich es einstweilen, das Fenster hinaufzuschieben.

Nun steckte ich den Nagel wieder an seinen alten Platz und sah ihn aufmerksam an. Wenn jemand durch das Fenster entflohen war, so konnte er es ohne weiteres geschlossen haben und die Feder wäre eingeschnappt, den Nagel aber konnte er nicht wieder hineingesteckt haben. Dieser Schluß war sonnenklar, und er verengte von neuem das Feld meiner Nachforschungen. Die Verbrecher mußten durch das andere Fenster entkommen sein. Angenommen, daß der Verschluß beider Fenster der gleiche war, so mußten die Nägel beziehungsweise die Art ihrer Befestigung einen Unterschied aufweisen. Ich tastete hinter dem Bett nach der Feder, die ich sofort fand, und drückte darauf. Sie war genau so beschaffen wie die vorige. Nun untersuchte ich den Nagel. Er war so stark wie der andere, schien auf die gleiche Weise befestigt und war bis zum Kopf hineingeschlagen.

Du denkst jetzt vielleicht, daß mich das in Verwirrung brachte; aber wenn du das glaubst, so hast du die Art meiner Schlüsse nicht verstanden. Ich befand mich auf keiner falschen Spur, keinen Augenblick lang hatte ich sie verloren. Kein Glied der Kette war mangelhaft. Ich hatte das Geheimnis bis an seinen letzten Punkt verfolgt — und dieser letzte Punkt war der Nagel. Ich betone, er sah in jeder Beziehung ganz gleich wie sein Nachbar im anderen Fenster aus; aber diese Tatsache hatte überhaupt nichts zu sagen, wenn man daran denkt, daß an diesem Punkt meine Spur endigte. ›An dem Nagel muß irgend etwas nicht stimmen‹, sagte ich mir. Ich zog an ihm; und ich hielt seinen Kopf und etwa ein Viertel Zoll seines Schaftes in der Hand. Der Rest des Schaftes befand sich in dem Bohrloch, wo er abgebrochen war. Der Nagel war schon vor sehr langer Zeit abgebrochen, denn die Bruchstellen waren rostig, und offensichtlich war dies durch den Schlag eines Hammers verursacht worden, mit dem man den Nagel in den Rahmen eingetrieben hatte. Ich steckte nun diesen oberen Teil wieder in die Bohrung, aus der ich ihn vorher herausgezogen hatte, und die Ähnlichkeit mit einem unversehrten Nagel war vollständig — vom Bruch war nichts mehr zu sehen. Ich drückte auf die Feder, schob das Fenster vorsichtig ein kleines Stück in die Höhe; dabei bewegte sich der Nagelkopf mit und blieb fest im Bohrloch stecken. Ich schloß das Fenster, und wiederum schien der Nagel unversehrt.

Dieses Rätsel war nun soweit gelöst. Der Mörder war durch das Fenster über dem Bett entkommen. Dieses war dann von selbst wieder zugefallen, oder möglicherweise mit Absicht geschlossen worden, und dann war die Feder eingeschnappt. Durch diese war das Fenster verschlossen gewesen, und nicht, wie die Polizei irrtümlich annahm, durch den Nagel. — Nach dieser Erkenntnis waren weitere Untersuchungen nicht mehr notwendig.

Die nächste Frage ist die, wie der Mörder hinuntergeklettert ist. Darüber habe ich mir Klarheit verschafft, als wir um das Haus spazierten. Ungefähr fünfeinhalb Fuß vom fraglichen Fenster entfernt befindet sich ein Blitzableiter. Von dort würde es für jeden Menschen unmöglich gewesen sein, das Fenster selbst zu erreichen, vom Hineinsteigen gar nicht zu sprechen. Ich sah aber, daß die Fensterläden im vierten Stock von der eigentümlichen Art waren, die die Pariser Zimmerleute ›Ferrades‹ nennen — eine Art, die heute schon ziemlich selten ist, die man aber an sehr alten Häusern in Lyon und Bordeaux noch oft sieht. Sie haben die Form einer einfachen, nicht einer Flügeltür, mit dem einzigen Unterschied, daß der untere Teil aus Latten oder offenem Gitterwerk besteht, welches für die Hände ein guter Halt ist. In diesem besonderen Fall sind die Läden volle dreieinhalb Fuß breit. Als wir sie von der Hinterseite des Hauses sahen, standen beide halb offen, das heißt, sie standen in rechtem Winkel zur Hausmauer. Es ist wahrscheinlich, daß die Polizei die Rückseite des Gebäudes, genau so wie ich, untersucht hat; aber, wenn dies der Fall ist, so ist ihr, als sie diese ›Ferrades‹ besah, was sie sicher getan hat, nicht ihre große Breite aufgefallen, oder zumindest hat sie diesem Umstand keine besondere Bedeutung beigemessen. In der Tat dürfte sie hier nur eine oberflächliche Untersuchung angestellt haben, da sie sich schon damit abgefunden hatte, daß es auf diesem Weg ohnehin keine Möglichkeit zur Flucht gab. Ich erkannte aber gleich, daß der Fensterladen des Fensters hinter dem Bett nur zwei Fuß vom Blitzableiter entfernt wäre, wenn er ganz geöffnet würde. Es war also ersichtlich, daß man sich, außerordentliche Geschicklichkeit und Mut vorausgesetzt, vom Blitzableiter auf diese Weise einen Eintritt verschaffen hätte können. Vorausgesetzt, daß der Laden ganz offengewesen wäre, hätte jemand über eine Entfernung von zweieinhalb Fuß greifend, das Gitter fest fassen können. Wenn der Mörder nun den Blitzableiter ausgelassen, seine Füße gegen die Mauer gestemmt und sich einen kühnen Stoß gegeben hätte, so hätte er mit dem Laden zum Fenster schwingen können, und wenn wir dazu noch annehmen, daß zu jener Zeit das Fenster gerade offenstand, so hätte er sich sogar in das Zimmer schwingen können.

Ich lege Wert darauf, daß du ganz besonders daran denkst, daß ich von einem äußerst ungewöhnlichen Maß an Geschicklichkeit als einer Voraussetzung für eine so gefährliche und schwierige Tat gesprochen habe. Es liegt mir in erster Linie daran, dir zu zeigen, daß es möglich gewesen wäre, eine solche Tat auszuführen — aber in zweiter Linie und ganz besonders, wünsche ich, daß du eine Vorstellung von der geradezu übernatürlichen Art dieser Geschicklichkeit, die dies zuwege gebracht haben könnte, bekommst.

Du wirst zweifellos, die Sprache der Juristen gebrauchend, sagen, ich sollte ›um meinen Fall auszuführen‹, lieber die für eine solche Tat nötige Körpergewandtheit niedriger ansetzen und nicht immer wieder darauf zurückkommen. Dies würde das übliche juristische Vorgehen sein, aber so kommt man der Sache nicht auf den Grund. Mein wichtigstes Anliegen ist es nur, die Wahrheit zu ergründen. Mein vordringlichster Zweck ist es, dich dazu zu bringen, die äußerst ungewöhnliche Geschicklichkeit, von der ich eben gesprochen habe, mit jener ganz eigenartigen, kreischenden beziehungsweise heiseren Stimme, über deren Nationalität keine zwei Personen eine übereinstimmende Meinung hatten, und in deren Klang man keine Gliederung feststellen konnte, in Zusammhang zu bringen.«

Nach diesen Worten gewann ich eine unbestimmte, schleierhafte Vorstellung von den Gedanken Dupins. Ich schien dem Verstehen nahe, ohne aber des Verständnisses fähig zu sein. — Es war so, wie wenn man sich auf etwas besinnt, ohne sich aber genau erinnern zu können. Mein Freund fuhr fort:

»Du siehst«, sagte er, »daß ich mich zuerst mit der Frage, wie der Mörder entkommen ist, beschäftigt habe, um dann zu untersuchen, wie er in das Haus gelangt ist. Ich habe mit Absicht den Gedanken verfolgt, daß beides auf dieselbe Weise und auf demselben Weg bewerkstelligt worden ist. Kehren wir nun wieder in das Innere des Zimmers zurück. Betrachten wir dessen Zustand. Die Schubladen des Schreibtisches seien geplündert worden, sagt man, obwohl sich darinnen noch eine Menge Schmuckgegenstände befanden. Diese Behauptung ist völlig aus der Luft gegriffen. Es ist eine reine Vermutung — eine sehr dumme noch dazu —, weiter nichts. Wie können wir wissen, ob die Gegenstände, die in den Laden gefunden wurden, vielleicht nicht überhaupt alle waren, die sich von Anfang an darin befunden hatten? Madame L'Espanaye und ihre Tochter lebten ein außerordentlich zurückgezogenes Leben: sie hatten nie Gesellschaft — sie gingen selten aus — sie hatten wenig Verwendung für eine große Toilette. Die Gegenstände, die man fand, waren von hohem Wert, wie sie vornehme Damen besitzen. Wenn ein Dieb irgend etwas davon entwendet hatte, warum nahm er nicht die besten Stücke, weshalb verzichtete er auf tausend Francs Gold, um sich vielleicht mit einem Bündel Kleider zu belasten? Das Gold war zurückgelassen worden. Nahezu die ganze vom Bankier Monsieur Mignaud erwähnte Summe ist in zwei Beuteln auf dem Boden gefunden worden. Ich hätte gern, daß du die irrige Annahme, es läge irgendein Motiv für die Tat vor, fahren läßt. Jene Idee kam nur durch die Aussagen jener Zeugen im Gehirn der Polizei zustande, die davon sprachen, daß Geld am Haustor abgegeben worden sei. Weitaus merkwürdigere Umstände, als daß Geld abgegeben wird und der Empfänger drei Tage darauf ermordet wird, treffen zu jeder Stunde unseres Lebens zusammen, ohne daß wir dem eine längere Aufmerksamkeit widmen. Ein solches Zusammentreffen von verschiedenen Umständen ist nur für jene schlechten Denker ein Hindernis, die von der Wahrscheinlichkeitstheorie keine Ahnung haben — jener Theorie, der die Wissenschaft die größten Triumphe verdankt. Wenn bei den gegebenen Umständen das Geld verschwunden gewesen wäre, würde die Tatsache, daß es drei Tage vorher abgegeben worden war, weitaus mehr bedeuten als eben nur ein zufälliges Zusammentreffen. Es würde die Meinung bestärken, daß dies das Motiv der Tat sei. Aber wenn wir bei den jetzigen Umständen das Gold für das Tatmotiv ansehen, so müssen wir annehmen, daß der Verbrecher ein wankelmütiger Idiot gewesen ist, der Gold und Motiv im Stich ließ.

Sehen wir nun auf das Blutbad selbst, wobei wir aber immer die Punkte, auf die ich deine Aufmerksamkeit gelenkt habe, jene seltsame Stimme, jene ungewöhnliche Körpergewandtheit und jenes auffallende Fehlen jeglichen Motivs für einen so außergewöhnlich grausamen Mord wie diesen, weiter im Auge behalten. Eine Frau wurde mit den Händen erwürgt und anschließend ihr Leichnam kopfabwärts einen Kamin hinaufgestoßen. Gewöhnliche Verbrecher verüben auf diese Weise keinen Mord. Ganz und gar nicht verbergen sie ihre Opfer auf diese Art. Du wirst zugeben, daß in der Art, wie der Körper in den Kamin gezwängt worden war, etwas so Gräßliches liegt, daß es der Vorstellung von menschlichem Tun und Handeln einfach zuwiderläuft, auch dann, wenn wir annehmen, daß die Übeltäter die allergrausamsten Menschen gewesen sind. Denke auch daran, welche unerhörte Kraft dazu notwendig war, um den Körper so stark in eine so enge Öffnung zu zwängen, daß die vereinigte Kraft mehrerer Männer kaum ausreichte, um ihn wieder herauszuziehen!

Wende dich nun den anderen Anzeichen zu, die für die Anwendung einer ganz außergewöhnlichen Kraft sprechen. Auf dem Herd fand man dicke Strähnen — sehr dicke Strähnen — grauen Menschenhaares. Diese waren an den Wurzeln herausgerissen worden. Du weißt, welche Kraft notwendig ist, um zwanzig oder dreißig Haare zugleich aus dem Kopf auszureißen. Du hast die fraglichen Haarsträhnen genauso wie ich gesehen. An ihren Wurzeln hingen noch Fetzen der Kopfhaut — ein gräßlicher Anblick, aber ein sicheres Zeichen für die unerhörte Kraft, die angewandt worden war, um eine Faust voll Haare zugleich auszureißen. Der Hals der alten Dame war nicht nur durchschnitten, er war ganz vom Rumpf getrennt: das Werkzeug, das dazu verwendet wurde, war ein gewöhnliches Rasiermesser. Denke auch besonders an die unerhörte Grausamkeit, mit der alle diese Taten vollbracht worden sind. Von den Quetschwunden an dem Leichnam von Madame L'Espanaye will ich nicht sprechen. Monsieur Dumas und sein Kollege, Monsieur Etienne, haben ausgesagt, daß sie von einem stumpfen Werkzeug herrührten, und soweit haben die Herren ganz recht. Das stumpfe Werkzeug war ganz einfach das Steinpflaster im Hof, auf welches die Tote aus dem Fenster über dem Bett geworfen worden war. Obwohl uns diese Überlegung nun sehr einleuchtend scheint, entging sie der Polizei aus demselben Grunde, aus welchem ihr die Breite der Fensterläden entgangen ist — wegen der Sache mit den Nägeln nämlich war ihre Vorstellungskraft gegen die Möglichkeit, daß die Fenster überhaupt geöffnet worden waren, verschlossen.

Wenn wir nun, indem wir alle diese Dinge, die wir in der wüsten Unordnung des Zimmers feststellen konnten, so weit gekommen sind, an eine ungewöhnliche Körpergewandtheit denken zu müssen, an eine übermenschliche Kraft, an die brutale Grausamkeit, an das ohne jeden Grund angerichtete Blutbad, an jene furchtbare Grausamkeit, die menschlichem Tun und Handeln so zuwiderläuft, wenn wir jene eigenartige Stimme in Betracht ziehen, in deren Klang Menschen der verschiedensten Nationalitäten nichts Bekanntes feststellen konnten, und deren Laute so vollkommen ungegliedert und unregelmäßig waren — welcher Schluß drängt sich da auf? Welchen Eindruck haben meine Ausführungen auf deine Phantasie gemacht?«

Ich fühlte einen Schauder, als Dupin diese Frage an mich

richtete. »Ein Irrer«, sagte ich, »hat dieses Verbrechen begangen — irgendein Tobsüchtiger, der aus der benachbarten Irrenanstalt entkommen ist.«

»In verschiedener Hinsicht«, antwortete er, »ist deine Meinung nicht von der Hand zu weisen. Aber auch die Stimme eines Irren gleicht selbst bei einem Tobsuchtsanfall niemals jener eigenartigen Stimme, die die Leute auf der Treppe vernommen haben. Auch Narren haben irgendeine Muttersprache und ihre Rede besteht immer aus Worten, wenn diese auch noch so wirr aneinandergefügt sind. Außerdem sieht das Haar eines Irren niemals so aus wie jenes, das ich jetzt in meiner Hand halte. Ich löste dieses kleine Büschel aus den verkrampften Fingern von Madame L'Espanaye. Sage mir, was hältst du davon?«

»Dupin!« sagte ich, vollkommen überwältigt; »dieses Haar ist ganz ungewöhnlich — das ist kein Menschenhaar.«

»Ich habe dies auch nicht behauptet«, sagte er, »aber bevor wir uns damit genauer beschäftigen, möchte ich, daß du einen Blick auf diese kleine Skizze wirfst, die ich auf dieses Papier gezeichnet habe. Es ist eine Zeichnung von dem, was in einem Teil der Aussagen als ›schwarze Quetschwunden und tiefe Eindrücke von Fingernägeln‹, die sich auf dem Hals von Mademoiselle L'Espanaye befunden haben, beschrieben und von Dumas und Etienne als ›eine Reihe blauer Flecken, offensichtlich Eindrücke von Fingern‹ bezeichnet wurde. Du wirst bemerken, daß diese Eindrücke auf einen festen Griff schließen lassen. Jeder einzelne Finger hat bis zum Tod des Opfers den furchtbaren Griff, mit dem er sich zuerst festgekrallt hatte, beibehalten. Versuche nun, alle deine Finger zugleich auf diese Eindrücke, wie du sie hier siehst, zu legen.«

Ich bemühte mich vergebens.

»Wir machen die Sache vielleicht nicht richtig«, sagte er. »Das Papier ist auf einer ebenen Fläche ausgebreitet; aber der Hals hat eine zylindrische Form. Hier ist ein rundes Holzstück, welches etwa den Durchmesser des Halses besitzt. Lege das Papier da herum und versuche die Sache noch einmal.«

Ich tat es; aber es war sogar noch schwieriger als vorher. »Das sind nicht die Eindrücke einer Menschenhand«, sagte ich.

»Lies einmal«, antwortete Dupin, »diese Stelle von Cuvier.« Es war dies ein ausführlicher anatomischer und allgemein beschreibender Bericht über den großen, schwarzbraunen Orang-

Utan von den Ostindischen Inseln. Die gigantische Körpergröße, die erstaunliche Kraft und Gewandtheit, die unbezähmbare Wildheit, und der Nachahmungstrieb dieses Säugetieres sind allen zur Genüge bekannt. Plötzlich kam mir der ganze Schrekken jenes Mordes zu Bewußtsein.

»Die Beschreibung der Finger«, sagte ich, »stimmt mit dieser Zeichnung genau überein. Ich sehe, daß kein anderes Tier außer einem Orang-Utan der hier erwähnten Art solche Eindrücke, wie du sie hier aufgezeichnet hast, hinterlassen konnte. Dieses rotbraune Haarbüschel stimmt ebenfalls mit der Beschreibung Cuviers überein. Aber ich kann mir trotzdem nicht die Einzelheiten dieses schauerlichen Geheimnisses zusammenreimen. Auch hat man zwei im Streit befindliche Stimmen gehört, und eine davon war zweifellos die eines Franzosen.«

»Das ist wahr; du wirst dich vielleicht erinnern, daß mehrere Zeugen übereinstimmend aussagten, den Ausdruck ›mon Dieu!‹ gehört zu haben. Über diesen hat einer der Zeugen, nämlich der Konditor Montani, ausgesagt, daß er wie eine Ermahnung oder ein Verweis geklungen habe. Auf diese beiden Worte habe ich in erster Linie die vollständige Lösung des Rätsels gebaut. Ein Franzose ist der Mitwisser des Mordes. Es ist möglich, es ist in der Tat mehr als wahrscheinlich, daß er an der blutigen Tat, die sich ereignet hat, unschuldig ist. Der Orang-Utan dürfte ihm entflohen sein. Er wird ihn dann bis zum Zimmer verfolgt haben; aber es dürfte ihm unter den gegebenen Umständen nicht mehr möglich gewesen sein, ihn wieder einzufangen. Wahrscheinlich treibt sich das Tier noch immer in Freiheit umher. Ich will indessen diese Vermutungen nicht weiter verfolgen — als mehr darf ich sie nämlich nicht bezeichnen —, denn sie sind so schwach begründet, daß sie kaum mein eigener Verstand anerkennt, und noch viel weniger kann ich erwarten, sie jemand anderem verständlich zu machen. Nun wir werden sie eben weiter wie Vermutungen behandeln. Wenn der besagte Franzose, so wie ich es mir vorstelle, an diesem gräßlichen Unglück unschuldig ist, so wird diese Annonce, die ich gestern abend auf unserem Rückweg in der Redaktion des *Le Monde* aufgab, ein Blatt, welches die Interessen der Schiffahrt vertritt und hauptsächlich von Seeleuten gelesen wird, ihn in unsere Wohnung bringen.«

Er reichte mir ein Exemplar, und ich las folgendes:

»*Eingefangen!* Im Bois de Boulogne ist am — (Hier war das

Datum des Mordtages zu lesen) — früh am Morgen ein sehr großer, rotbrauner Orang-Utan, der von Borneo stammt, eingefangen worden. Der rechtmäßige Besitzer, von dem man ermittelt hat, daß er ein Matrose auf einem maltesischen Schiff ist — kann das Tier abholen, wenn er die Kosten für das Einfangen und die Verpflegung bezahlt und sich als rechtmäßiger Besitzer ausweisen kann. Er möge sich in Faubourg-St. Germain, Rue —, Nr. —, dritter Stock melden.«

»Wie ist es denn möglich«, fragte ich, »daß du weißt, daß der Mann Matrose auf einem maltesischen Schiff ist?«

»Das weiß ich auch nicht«, antwortete Dupin. »Ich weiß es jedenfalls nicht sicher. Ich habe aber hier ein kleines Stück eines Bandes, das seiner Form und seinem fettigen Aussehen nach ohne Zweifel dazu gedient hat, um einen jener Zöpfe zu binden, wie sie die Matrosen so gern tragen. Noch mehr, diesen Knoten, zu dem es verschlungen ist, können nur Matrosen, und zwar hauptsächlich die maltesischen, knüpfen. Ich fand dieses Band unten beim Blitzableiter. Es kann keinem der beiden Opfer gehören. Aber auch wenn ich mich darin irre, daß der Franzose ein Matrose auf einem maltesischen Schiff ist, so kann meine Anzeige weiter nichts schaden. Ist meine Vermutung falsch, so wird der Mann höchstens denken, ich hätte mich durch einen Umstand, den zu ergründen er sich nicht die Mühe nehmen wird, irreführen lassen. Wenn ich aber damit recht habe, so ist sehr viel gewonnen. Der Franzose, der von dem Mord weiß, obwohl er daran unschuldig ist, wird naturgemäß zögern, auf die Anzeige zu antworten und nach seinem Orang-Utan zu fragen. Er wird sich folgendes überlegen: ›Ich bin unschuldig; ich bin arm; das Tier hat großen Wert für mich — für jemand in meiner Lage bedeutet es geradezu ein Vermögen — warum sollte ich es aus Furcht vor gar nicht vorhandenen Gefahren verlieren? Ich brauche es nur abzuholen. Das Tier wurde im Bois de Boulogne, also weit vom Tatort entfernt, gefunden. Wie könnte man je auf den Gedanken kommen, daß ein unvernünftiges Tier die Tat verübt habe? Die Polizei ist vollkommen ratlos, sie hat nicht einmal den leisesten Anhaltspunkt. Aber sogar, wenn es ihr gelänge, dem Tier auf die Spur zu kommen, wäre es immer noch unmöglich zu beweisen, daß ich der Mitwisser des Mordes bin, oder mich aufgrund dieser Mitwisserschaft wegen eines Verbrechens zu verfolgen. Aber vor allem, man kennt mich. Der Verfasser der Anzeige bezeichnet mich als den Besitzer des Tieres. Ich weiß nicht genau, wie weit sich sein Wissen um meine Person erstreckt. Sollte ich es unterlassen, auf mein Eigentum Anspruch zu erheben, von dem man weiß, daß es mir gehört, so wird gerade die Tatsache, daß ich mich um das Tier nicht kümmere, einen Verdacht erwekken. Es wäre sehr unklug von mir, die Aufmerksamkeit auf mich oder auf das Tier zu lenken. Ich werde auf die Anzeige antworten, den Orang-Utan abholen und ihn so lange einsperren, bis Gras über diese Sache gewachsen ist.‹«

In diesem Augenblick hörten wir Schritte auf der Treppe.

»Halte deine Pistolen bereit«, sagte Dupin, »aber mache davon keinen Gebrauch und zeige sie auch nicht her, solange ich dir kein Zeichen dazu gebe.«

Das Haustor war offengelassen worden, und der Besucher war eingetreten ohne zu läuten. Er schritt einige Stufen empor. Nun aber schien er zu zögern. Da, auf einmal hörten wir, daß er wieder umkehrte und hinunterging. Dupin eilte schnell zur Tür, als wir ihn von neuem heraufkommen hörten. Jetzt kehrte er kein zweitesmal um, sondern kam entschlossen herauf und klopfte an unserer Zimmertür.

»Herein«, sagte Dupin freundlich.

Ein Mann trat ein. Er war offensichtlich ein Matrose — eine große, starke und muskulöse Gestalt, mit einem sonnenverbrannten, offenen und verwegenen Gesicht, das jedoch durchaus nicht abstoßend wirkte, und über die Hälfte von einem Schnurr- und Backenbart verdeckt war. Er trug einen Eichenknüttel mit sich, schien aber ansonst unbewaffnet. Er verbeugte sich unbeholfen und wünschte uns »einen guten Abend«, mit einem Akzent, der seine Pariser Abstammung verriet.

»Nehmen Sie Platz, mein Freund«, sagte Dupin. »Ich nehme an, Sie kommen wegen Ihres Orang-Utans. Wirklich, ich beneide Sie geradezu darum; ein wirklich schönes und ohne Zweifel sehr wertvolles Tier. Für wie alt schätzen Sie es?«

Der Matrose atmete tief ein — so wie ein Mensch, der sich von einer unerträglichen Last erleichtert fühlt, dann antwortete er in festem Ton: »Das kann ich nicht genau sagen — aber es kann kaum mehr als vier oder fünf Jahre alt sein. Haben Sie es hier?«

»Nein; wir hatten hier keine Möglichkeit, das Tier zu verwahren. Es befindet sich aber ganz in der Nähe, in einem Stall in der Rue Dubourg. Sie können es morgen bekommen. Sie können sich sicher als rechtmäßiger Besitzer ausweisen.«

»Ganz sicher kann ich das.«

»Es tut mir schrecklich leid, mich von dem Tier trennen zu müssen«, sagte Dupin.

»Ich will nicht, daß Sie sich diese Mühe umsonst angetan haben«, sagte der Mann. »Ich konnte es auch nicht erwarten. Ich zahle mit Freuden einen entsprechenden Betrag für das Einfangen des Tieres. Das ist nur recht und billig.«

»Gut«, antwortete mein Freund, »das ist sicherlich ganz in Ordnung. Lassen Sie mich nachdenken, was ich verlangen soll? Nun, ich will es Ihnen sagen. Ich möchte folgendes als Belohnung verlangen. Sie sollen mir alles erzählen, was Sie über den Mord in der Rue Morgue wissen.«

Dupin hatte die letzten Worte mit sehr leiser Stimme und sehr ruhig gesprochen. Genau so ruhig ging er zur Tür, sperrte sie zu und steckte den Schlüssel in seine Tasche. Dann zog er eine Pistole hervor und legte sie, ohne die geringste Erregung zu zeigen, auf den Tisch.

Das Gesicht des Mannes wurde plötzlich dunkelrot, so als kämpfe er mit einem Erstickungsanfall. Er sprang auf und zog seinen Knüttel; aber im nächsten Augenblick ließ er sich wieder in seinen Sessel sinken, wobei er heftig zitterte und bleich wie der Tod wurde. Er sagte kein Wort. Ich bemitleidete ihn im Grunde meines Herzens.

»Mein Freund«, sagte Dupin freundlich, »Sie regen sich ganz unnötigerweise auf — wirklich, ganz zu Unrecht. Wir haben überhaupt nichts gegen Sie. Ich gebe Ihnen mein Wort als Ehrenmann und als Franzose, daß wir Ihnen nicht das geringste antun wollen. Ich weiß ganz genau, daß Sie selbst an den furchtbaren Vorfällen in der Rue Morgue unschuldig sind. Allerdings will ich nicht leugnen, daß Sie damit in irgendeinem Zusammenhang stehen. Aus dem, was ich bereits gesagt habe, ersehen Sie, daß mir Mittel zur Verfügung stehen, genaue Informationen über diese Angelegenheit zu erhalten — Mittel, an die Sie nicht einmal im Traum denken. Die Sache verhält sich also folgendermaßen: Das Geschehene haben Sie nicht verhindern können — Sie haben sich nicht einmal des Diebstahls schuldig gemacht, obwohl Sie es ungestraft hätten tun können.

Sie brauchen also nichts zu verheimlichen. Dazu haben Sie gar keinen Grund. Auf der anderen Seite haben Sie die moralische Pflicht, alles zu sagen, was Sie wissen. Ein Unschuldiger ist nun wegen eines Verbrechens in Haft, dessen Urheber Sie ganz genau kennen.«

Während Dupin diese Worte sprach, hatte der Matrose seine Geistesgegenwart zum größten Teil wiedererlangt; aber seine anfängliche Keckheit hatte er vollkommen verloren.

»So wahr mir Gott helfe!« sagte er nach kurzer Pause, »ich werde Ihnen alles, was ich über diese Sache weiß, mitteilen — aber ich erwarte gar nicht, daß Sie auch nur die Hälfte von dem glauben — ich wäre wahrlich ein Narr, wenn ich dies täte. Aber trotzdem bin ich unschuldig, aber ich werde alles sagen, auch wenn ich dafür sterben sollte.«

Was er berichtete, war im großen und ganzen folgendes: Er hatte eine Reise zum Indischen Archipel mitgemacht und war auf Borneo gelandet. Einige Leute, darunter auch er, hatten zum Vergnügen einen Ausflug in das Innere des Landes unternommen. Er und ein Freund hatten gemeinsam den Orang-Utan gefangen. Sein Freund war später gestorben, und das Tier in seinen alleinigen Besitz gekommen. Nach vielen Schwierigkeiten wegen der unbezähmbaren Wildheit des Tieres während der Heimfahrt war es ihm endlich gelungen, es in seine Wohnung in Paris zu bringen, wo er es, um sich nicht die lästige Neugier der Nachbarn zuzuziehen, so lange eingesperrt halten wollte, bis das Tier von einer Fußwunde geheilt sein würde, welche es sich auf dem Schiff geholt hatte. Es war seine Absicht gewesen, den Affen zu verkaufen.

Als er einmal spät in der Nacht oder besser gesagt am Morgen von einem Seemannsfest zurückkam, an dem Tag des Mordes nämlich, fand er das Tier in seinem eigenen Schlafzimmer. Es war aus dem Nebenzimmer ausgebrochen, wo es, wie er geglaubt hatte, sicher gefangengehalten gewesen war. In der Hand das Rasiermesser und eingeseift, war es vor dem Spiegel gesessen, und hatte versucht, sich zu rasieren, bei welcher Beschäftigung es zweifellos seinen Herrn durch das Schlüsselloch des Nebenzimmers genau beobachtet hatte. Aus Schreck, solch eine gefährliche Waffe im Besitz eines wilden Tieres zu sehen, welches diese ohne weiteres zu handhaben verstand, hatte der Mann nicht gewußt, was er tun sollte. Er war gewohnt, das

Tier, auch in seinen wütendsten Augenblicken, durch die Anwendung der Peitsche zu beruhigen, und zu diesem Mittel nahm er auch jetzt seine Zuflucht. Aber sobald der Orang-Utan diese sah, machte er plötzlich einen Satz durch die Tür des Zimmers, flitzte die Stiege hinunter und sprang dann durch ein Fenster, welches unglücklicherweise offen war, auf die Straße hinaus.

Der Franzose folgte ihm verzweifelt. Der Affe, der noch immer das Messer in der Hand hielt, blieb von Zeit zu Zeit stehen, um sich umzublicken und seinem Verfolger Grimassen zu schneiden, bis dieser ihm nahe gekommen war. Dann eilte er wieder weiter. In dieser Art ging die Jagd einige Zeit fort. Die Straßen waren vollkommen ruhig, es war etwa drei Uhr früh. In der Rue Morgue wurde die Aufmerksamkeit des Ausreißers plötzlich durch ein Licht aus dem offenen Fenster aus dem Zimmer der Madame L'Espanaye im vierten Stock des Hauses in Anspruch genommen. Das Tier lief zum Haus, und als es den Blitzableiter bemerkte, kletterte es daran mit unvorstellbarer Geschwindigkeit empor, faßte nach dem Fensterladen, der ganz offen war, gab sich einen Stoß und schwang sich direkt auf das Kopfende des Bettes. All das dauerte nicht einmal eine Minute. Der Fensterladen wurde vom Tier wieder zurückgeschlagen, als es in das Zimmer gelangte.

Der Matrose war sowohl erfreut als auch besorgt. Er hoffte das Tier nun leicht einfangen zu können, da es kaum anders als auf dem Blitzableiter wieder aus der Falle gelangen konnte, in welche es geraten war. Dort hätte er es gefangen, wenn es wieder zurückgekommen wäre. Auf der anderen Seite war er besorgt, daß der Affe im Haus Unheil anrichten könnte. Diese letztere Furcht veranlaßte den Mann, dem Ausreißer weiter zu folgen. Einen Blitzableiter hinaufzuklettern ist für einen Matrosen keine schwere Sache; doch als er in die Höhe des Fensters gekommen war, welches sich weit entfernt zu seiner Linken befand, konnte er nicht mehr weiter; das einzige, was er noch tun konnte, war, sich vorzubeugen und einen Blick in das Innere des Zimmers zu werfen. Bei dem grauenhaften Anblick hätte er beinahe seinen Halt verloren. Nun wurden jene entsetzlichen Schreie ausgestoßen, die die Bewohner der Rue Morgue aus ihrem Schlaf geweckt hatten. Madame L'Espanaye und ihre Tochter waren, mit ihren Nachtkleidern bekleidet, offensichtlich dabei gewesen, in der schon erwähnten eisernen Kassette, welche sie in die Mitte des Zimmers gestellt hatten, einige Papiere zu ordnen. Sie war offen, und ihr Inhalt lag daneben auf dem Fußboden. Die beiden Frauen mußten mit ihren Rükken gegen das Fenster gesessen sein; es war sehr wahrscheinlich, daß sie das Tier gar nicht bemerkt hatten, bevor sie jene Schreie ausgestoßen hatten. Das Anschlagen des Fensterladens hatten sie sicherlich dem Wind zugeschrieben.

Als der Matrose in das Zimmer blickte, hatte das riesenhafte Tier Madame L'Espanaye bei den losen Haaren erfaßt und fuchtelte mit dem Rasiermesser vor ihrem Gesicht hin und her, die Bewegungen eines Barbiers nachahmend. Die Tochter lag bewegungslos am Boden; sie war ohnmächtig geworden. Das Geschrei und die Befreiungsversuche der alten Dame, der er das Haar aus dem Kopf riß, bewirkten, daß sich die vorher wahrscheinlich ganz friedlichen Absichten des Orang-Utans in blinden Zorn verwandelten. Mit einem einzigen Schwung seines muskulösen Armes trennte er ihr Haupt fast vollständig vom Körper. Der Anblick des Blutes steigerte seinen Zorn in wahnsinnige Raserei. Zähnefletschend und mit blitzenden Augen stürzte er sich auf den Körper des Mädchens, drückte seine furchtbaren Krallen in ihren Hals und erwürgte sie. In diesem Moment fiel sein Blick zum Kopfende des Bettes, über dem er das schreckerstarrte Gesicht seines Herrn sah. Die Raserei des Untiers, welchem ohne Zweifel wieder die verhaßte Peitsche einfiel, verwandelte sich plötzlich in Furcht. Wissend, daß es Strafe verdient hatte, schien es die Spuren seiner blutigen Tat verwischen zu wollen und fuhr in nervöser Hast im Zimmer hin und her; dabei warf es die Möbel um und riß das Bettzeug vom Bett herunter. Zum Schluß erfaßte es den Leichnam der Tochter und preßte ihn den Kamin hinauf, so wie er dann später gefunden worden war; dann packte es den der alten Dame und warf ihn in größter Eile aus dem Fenster.

Als sich der Affe mit seiner verstümmelten Last dem Fensterflügel näherte, fuhr der Matrose zum Blitzableiter zurück, und nachdem er an diesem hinuntergeglitten, anstatt hinuntergeklettert war, rannte er so schnell als möglich nach Hause, da er die Folgen der Metzelei fürchtete. Um das Schicksal des Orang-Utans kümmerte er sich vorläufig nicht. Die Worte, die von den Leuten im Treppenhaus gehört worden waren, hatte der

Franzose in seiner Angst und seinem Schrecken ausgestoßen. Das schrille Gekreisch stammte von der Bestie.

Weiter gibt es nichts mehr zu sagen. Der Orang-Utan muß aus dem Zimmer über den Blitzableiter entflohen sein, kurz bevor die Tür aufgebrochen worden war. Er wurde vom Besitzer selbst eingefangen, der ihn für teures Geld an den Jardin des Plantes verkaufte. Le Bon wurde sofort aus der Haft entlassen, nachdem wir im Büro des Polizeipräfekten Bericht erstattet hatten, der von einigen Erklärungen Dupins ergänzt worden war. Obwohl dieser Beamte meinem Freund sehr gewogen war, konnte er seinen Ärger über den Lauf der Sache nicht zurückhalten und machte sich in einigen gehässigen Bemerkungen über Leute, die ihre Nase in fremde Dinge stecken, Luft.

»Laß ihn reden«, sagte Dupin, der es gar nicht für notwendig erachtete, ihm zu antworten. »Laß ihn nur reden, das wird ihn erleichtern. Ich bin zufrieden damit, ihn auf seinem eigenen Gebiet geschlagen zu haben. Es ist jedenfalls kein Wunder, wie er meint, daß er die Lösung des Geheimnisses nicht finden konnte.«

DER ENTWENDETE BRIEF

An einem stürmischen Herbstabend des Jahres 18 . . war ich in Gesellschaft meines Freundes C. Auguste Dupin in seiner kleinen Bibliothek im dritten Stock des Hauses Nr. 33 der Rue Dunot, Faubourg-St. Germain in Paris, dem zweifachen Genuß besinnlicher Betrachtung und einer Meerschaumpfeife ergeben. Wenigstens eine Stunde lang hatten wir eine abgründige Stille gewahrt, während welcher wir bei einem zufälligen Beobachter sicherlich den Anschein erweckt haben würden, als wären wir aufmerksam und ausschließlich damit beschäftigt, die sich kräuselnden Rauchwölkchen zu betrachten, die sich allmählich über das ganze Zimmer ausgebreitet hatten. Ich meinerseits befaßte mich aber in Gedanken mit gewissen Themen, die an einem früheren Zeitpunkt dieses Abends den Gegenstand unserer Unterhaltung gebildet hatten, nämlich mit dem Fall aus der Rue Morgue und dem Geheimnis, das den Mord an Marie Roget umgab. Ich betrachtete es daher als ein merkwürdiges Zusammentreffen, als die Wohnungstür sich öffnete und unseren alten Bekannten Monsieur G., den Chef der Pariser Polizei, eintreten ließ.

Wir hießen ihn herzlich willkommen, denn er war eine sehr unterhaltsame Persönlichkeit, wenn wir auch keine allzu hohe Meinung von ihm hegten, und wir hatten ihn mehrere Jahre nicht gesehen. Wir hatten bisher im Dunkeln gesessen, doch nun erhob sich Dupin, um die Lampe anzuzünden, unterließ es aber dann und setzte sich wieder, als G. sagte, daß er gekommen sei, um uns um Rat zu fragen, oder vielmehr die Meinung meines Freundes, eine berufliche Angelegenheit betreffend, die ihm viel Kopfzerbrechen machte, zu erfahren.

»Wenn es eine Sache ist, die Nachdenken erfordert«, äußerte Dupin, indem er mit dem Anzünden des Dochtes innehielt, »wäre es zweckmäßiger, sie in der Dunkelheit zu prüfen.«

»Das ist schon wieder eine Ihrer Verrücktheiten«, sagte der Präfekt, der mit Vorliebe alles als verrückt bezeichnete, was über sein geistiges Fassungsvermögen hinausging, und der daher unter einer Fülle von Verrücktheiten zu leben gezwungen war.

»Sehr wahr«, sagte Dupin, während er seinen Besucher mit einer Pfeife versorgte und ihm einen bequemen Sessel herbeischob.

»Und was macht Ihnen solche Schwierigkeiten?« fragte ich. »Hoffentlich keine Mordgeschichte?«

»Nein, nichts dergleichen. Im Grunde ist die Angelegenheit sehr einfach und ich zweifle nicht daran, daß wir sie auch allein zufriedenstellend lösen könnten. Aber ich dachte, daß Dupin gern die näheren Umstände erfahren würde, denn sie ist so ausnehmend verrückt.«

»Einfach und verrückt«, sagte Dupin.

»Ja, und doch wieder nicht. Tatsache ist, daß wir alle daran gehörig zu knacken haben, denn die Sache ist so einfach und hält doch alle zum Narren.«

»Vielleicht ist es gerade die Einfachheit, die Sie zum Narren hält«, sagte mein Freund.

»Was reden Sie denn da für einen Unsinn!« erwiderte der Präfekt mit einem herzlichen Lachen.

»Vielleicht ist das Geheimnis ein bißchen zu offenkundig«, sagte Dupin.

»Gütiger Himmel, das ist doch unerhört!«

»Ein bißchen zu selbstverständlich.«

»Oh, Dupin, ich lach mich tot!« platzte unser Besucher belustigt heraus.

»Und worum dreht sich denn eigentlich die in Frage stehende Angelegenheit?« wollte ich wissen.

»Ich will es Ihnen sagen«, erwiderte der Präfekt, während er einen langen gleichmäßigen und bedächtigen Zug aus seiner Pfeife tat und sich bequem in seinen Sessel zurücklehnte. »Ich will es Ihnen kurz erklären, aber ehe ich beginne, muß ich Sie darauf aufmerksam machen, daß die Geschichte die größte Verschwiegenheit erfordert und daß ich höchstwahrscheinlich meine Stellung verlieren würde, wenn man erführe, daß ich sie irgend jemandem anvertraut habe.«

»Fahren Sie fort«, sagte ich.

»Oder auch nicht«, sagte Dupin.

»Nun gut; ich habe von sehr hoher Stelle die vertrauliche Mitteilung erhalten, daß ein Dokument von höchster Wichtigkeit aus den königlichen Gemächern entwendet wurde. Man kennt die Person, die es gestohlen hat, das steht außer Zweifel, denn sie wurde dabei beobachtet. Man weiß auch, daß das Dokument sich noch immer in ihrem Besitz befindet.«

»Woher weiß man das?« fragte Dupin.

»Das«, erwiderte der Präfekt, »ergibt sich ganz klar aus dem Wesen des Schriftstückes selbst und dem Nichteintreten gewisser Folgen, die sich sofort ergeben müßten, sobald der Dieb es aus der Hand ließe — das heißt, sobald er davon Gebrauch machte, was er letzten Endes ja beabsichtigen muß.«

»Drücken Sie sich etwas deutlicher aus«, sagte ich.

»Gut, ich will es also wagen und so weit gehen, Ihnen zu sagen, daß das Papier seinem Inhaber eine gewisse Macht einräumt, in einem Bereich, wo eine solche Macht ungeheuer wertvoll ist.« Der Präfekt bediente sich mit Vorliebe einer so diplomatischen Ausdrucksweise.

»Ich verstehe noch immer nicht ganz«, sagte Dupin.

»Nicht? Also, die Bekanntgabe des Inhalts dieses Dokumentes an eine dritte Person, die ich nicht nennen will, würde die Ehre einer äußerst hochgestellten Persönlichkeit in Frage stellen, und dieser Umstand gibt dem Inhaber des Dokumentes eine gewisse Überlegenheit über die erlauchte Persönlichkeit, deren Ehre und Seelenfrieden in solcher Gefahr schweben.«

»Aber diese Überlegenheit«, warf ich ein, »würde von dem Umstand abhängen, ob der Dieb wüßte, daß der Bestohlene ihn kennt. Wer würde wagen —«

»Der Dieb«, sagte G., »ist der Minister D., der zu allem und jedem imstande ist, ob es sich nun für einen Gentlemen schickt oder nicht. Der Vorgang des Diebstahls selbst war nicht weniger scharfsinnig als kühn. Das betreffende Schriftstück — offen gesagt ein Brief — wurde von der bestohlenen Persönlichkeit in einem Augenblick empfangen, als sie allein in dem königlichen Boudoir weilte. Während sie ihn durchlas, wurde sie durch das plötzliche Eintreten einer anderen hochgestellten Persönlichkeit unterbrochen, und zwar gerade von dieser, vor der sie ihn in erster Linie zu verbergen wünschte. Nach einem eiligen, aber vergeblichen Versuch, ihn in eine Schublade zu werfen, war sie gezwungen, ihn offen, wie er war, auf den Tisch zu legen. Die Adresse befand sich gleichwohl zuoberst, und der Inhalt war daher nicht ersichtlich, so daß der Brief keinerlei Beachtung erregte. In diesem kritischen Augenblick tritt der Minister D. ein. Sein Luchsauge nimmt sofort das Papier war, erkennt die Handschrift, beobachtet die Verwirrung des Adressaten und errät sein Geheimnis. Nach einigen geschäftlichen Besprechungen, die er in gewohnter Weise rasch abwikkelt, zieht er einen Brief, der dem in Rede stehenden irgendwie ähnelt, aus der Tasche, gibt vor, ihn zu lesen, und dann legt er ihn ganz nahe neben den anderen hin. Wieder wendet er sich für etwa fünfzehn Minuten den Staatsangelegenheiten zu. Schließlich, als er sich empfiehlt, nimmt er von dem Tisch den Brief, auf den er kein Recht hatte. Der rechtmäßige Eigentümer sah es, wagte aber natürlich in Gegenwart eines Dritten, der an seiner Seite stand, es nicht, die Aufmerksamkeit auf diesen Vorgang zu lenken. Der Minister brach auf und ließ seinen eigenen Brief, ein vollkommen belangloses Schreiben, auf dem Tisch liegen.«

»Hier«, sagte Dupin zu mir, »haben Sie genau das, was Sie vorhin verlangten, um die Überlegenheit vollkommen zu machen, nämlich, daß der Dieb weiß, daß der Bestohlene ihn kennt.«

»Ja«, antwortete der Präfekt, »und der auf diese Weise erlangte Einfluß ist nun schon durch einige Monate in einem sehr gefährlichen Ausmaß zu politischen Zwecken ausgenützt worden. Die bestohlene Persönlichkeit wird jeden Tag mehr von der Notwendigkeit überzeugt, ihren Brief zurückzuerhalten. Aber selbstverständlich kann das nicht offen geschehen. Endlich zur Verzweiflung getrieben, hat sie die Angelegenheit mir übergeben.«

»Denn wie könnte«, sagte Dupin aus einer Rauchwolke heraus, »wohl auch ein scharfsinnigerer Anwalt gewünscht oder auch nur vorgestellt werden?«

»Sie schmeicheln mir«, sagte der Präfekt, »aber es ist nicht ausgeschlossen, daß eine solche Überlegung mitgespielt hat.«

»Es ist klar«, sagte ich, »wie Sie bemerken, daß sich der Brief noch immer in den Händen des Ministers befindet. Bisher ist von diesem Besitz, der ihm eine solche Macht einräumt, noch kein Gebrauch gemacht worden. Mit der Verwendung nämlich wäre sein Wert dahin.«

»Richtig«, sagte G. »und aus dieser Überlegung heraus habe ich auch gehandelt. Meine erste Aufgabe war es, das Palais des

Ministers gründlich zu durchsuchen. Die Hauptschwierigkeit lag darin, daß diese Durchsuchung ohne sein Wissen durchgeführt werden mußte. Vor allem bin ich nämlich auf die Gefahr aufmerksam geworden, die sich ergeben würde, wenn er unsere Absicht durchschaute.«

»Aber«, sagte ich, »ihr seid doch, was diese Untersuchungen betrifft, ganz auf der Höhe. Die Pariser Polizei hat das doch schon oft durchgeführt.«

»Das schon, und aus diesem Grunde gebe ich auch die Hoffnung nicht auf. Die Lebensweise des Ministers verschafft mir auch einen großen Vorteil. Er ist häufig die ganze Nacht auswärts. Seine Bedienten sind keineswegs zahlreich. Sie schlafen in einiger Entfernung von den Räumen ihres Herrn, und da es hauptsächlich Neapolitaner sind, sind sie rasch sinnlos besoffen. Wie Sie wissen, habe ich Schlüssel, mit denen ich jedes beliebige Zimmer in Paris öffnen kann. Seit drei Monaten ist keine Nacht vergangen, ohne daß ich mich persönlich damit befaßt habe, das Haus von D. zu durchstöbern. Ich setze meinen ganzen Ehrgeiz daran und, unter uns gesagt, die Belohnung ist ungewöhnlich hoch. So hörte ich nicht auf zu suchen, bis ich zu der Überzeugung gelangen mußte, daß der Dieb eben doch noch schlauer ist als ich. Ich bilde mir ein, jeden Winkel und jede Ecke in und um das Haus durchsucht zu haben, in dem das Papier möglicherweise versteckt sein könnte.«

»Aber ist es nicht denkbar«, warf ich ein, »daß, obgleich der Brief sich fraglos im Besitz des Ministers befindet, er ihn irgendwo anders als auf seinem eigenen Grundstück verborgen hat?«

»Das ist vollkommen ausgeschlossen«, sagte Dupin, »die gegenwärtige kritische Lage bei Hof und besonders die Intrigen, in die D. bekanntlich verwickelt ist, machen die jederzeitige Verfügbarkeit des Dokumentes, das heißt die Möglichkeit, es in einem gegebenen Augenblick vorweisen zu können, zu einem Punkt, der fast ebenso wichtig ist wie sein Besitz selbst.«

»Also die Möglichkeit, ihn vorzuzeigen?« fragte ich.

»Das heißt, ihn zu vernichten«, sagte Dupin.

»Richtig«, bemerkte ich, »das Papier befindet sich also bestimmt noch in dem Haus. Daß der Minister es bei sich trägt, kommt wohl gar nicht in Frage?«

»Ausgeschlossen«, sagte der Präfekt, »er ist zweimal von

fingierten Straßenräubern überfallen und seine Person unter meiner eigenen Aufsicht gründlich durchsucht worden.«

»Diese Mühe hätten Sie sich ersparen können«, sagte Dupin, »D. ist, wie ich annehme, kein Idiot und muß daher diese Überfälle als etwas Selbstverständliches vorausgesehen haben.«

»Kein Idiot«, sagte G., »aber er ist ein Dichter, was ihn nach meinem Dafürhalten nur um ein Geringes von einem Narren unterscheidet.«

»Sehr wahr«, sagte Dupin nach einem langen und gedankenvollen Zug aus seiner Meerschaumpfeife, »obwohl ich selbst auch einige Verse verbrochen habe.«

»Wie wäre es«, bemerkte ich, »wenn Sie uns die Einzelheiten Ihrer Untersuchungen ausführlich beschreiben würden?«

»Die Sache ist die, daß wir uns Zeit gelassen und einfach überall gesucht haben. Ich habe eine langjährige Praxis in diesen Dingen. Ich nahm das ganze Gebäude durch, Zimmer für Zimmer, indem ich jedem eine ganze Woche widmete. Wir untersuchten zunächst die Möbel jedes Zimmers. Wir öffneten jede Schublade, und ich setze voraus, daß Sie wissen, daß es für einen erfahrenen Kriminalisten so ein Ding wie ein Geheimfach einfach nicht gibt. Das müßte ein hoffnungsloser Dummkopf sein, der sich bei einer solchen Durchsuchung ein Geheimfach entgehen ließe. Die Sache ist ganz klar. Jeder Schrank hat eine ganz bestimmte Größe und Ausdehnung, die genau berechnet werden muß. Dabei verfahren wir nach ganz exakten Methoden. Der fünfzigste Teil einer Linie könnte uns nicht entgehen. Nach den Schränken befaßten wir uns mit den Stühlen. Die Polsterung durchsuchten wir mit jenen dünnen langen Nadeln, deren Verwendung Sie bei uns schon kennengelernt haben. Von den Tischen entfernten wir die Platten.«

»Warum das?«

»Manchmal werden Tischplatten oder ähnliche Bestandteile eines Möbels von der Person, die einen Gegenstand zu verbergen wünscht, entfernt, dann wird das Tischbein ausgehöhlt, der Gegenstand in der Höhlung deponiert und die Platte wieder festgemacht. Auch die Füße und Knäufe der Bettpfosten werden in derselben Weise benützt.«

»Aber könnte der Hohlraum nicht einfach durch Abklopfen festgestellt werden?« fragte ich.

»Keineswegs, wenn man, nachdem man den Gegenstand verstaut hat, die Höhlung ringsherum mit Watte verstopft. Außerdem waren wir in diesem speziellen Fall gezwungen, ohne jedes Geräusch vorzugehen.«

»Aber Sie können doch unmöglich alle Möbelstücke, die für ein solches Versteck, wie Sie es erwähnen, in Frage kommen, völlig zerlegt haben. Ein Brief kann ganz dünn zusammengerollt werden, so daß er sich in Gestalt und Größe nicht von einer stärkeren Stricknadel unterscheidet, und in dieser Form könnte er zum Beispiel in die Leiste eines Sessels gesteckt werden. Sie werden doch wohl nicht alle Sessel auseinandergenommen haben?«

»Gewiß nicht. Aber wir haben es klüger angefangen — wir untersuchten die Leisten jedes Stuhles in dem Haus und auch jede Fuge der Möbel mit einem außerordentlich starken Vergrößerungsglas. Wenn irgendwelche Spuren einer erst kürzlich geschehenen Beschädigung vorhanden gewesen wären, hätten wir sie augenblicklich entdecken müssen. Ein einziges Körnchen Holzmehl wäre uns in der Größe eine Apfels erschienen, jede Verletzung an den geleimten Stellen, jede ungewöhnliche Fuge an den Scharnieren würde genügt haben, uns die Entdekkung zu sichern.«

»Ich nehme weiters an, Sie betrachteten auch die Spiegel zwischen Rückwand und Glas und untersuchten desgleichen die Betten und Bettdecken und ebenso auch die Vorhänge und Teppiche.«

»Selbstverständlich, und nachdem wir absolut jedes Einrichtungsstück auf diese Weise untersucht hatten, machten wir uns erst an das Haus selbst heran. Wir teilten die ganze Fläche des Hauses in Felder ein und numerierten die einzelnen Teile, damit keiner übersehen werden konnte. Dann durchsuchten wir jeden Quadratzentimeter des Gebäudes auf das sorgfältigste, einschließlich der beiden anstoßenden Häuser, wie früher mit dem Mikroskop.«

»Die beiden anstoßenden Häuser?« rief ich aus, »das muß für Sie aber eine höchst mühevolle Arbeit gewesen sein.«

»Ja, das war es, aber der versprochene Lohn ist eben geradezu phantastisch.«

»Haben Sie auch die Grundstücke rings um die Häuser in Ihre Untersuchung einbezogen?«

»Alle Grundstücke sind mit Ziegeln gepflastert. Sie machten

uns verhältnismäßig wenig Mühe. Wir betrachteten das Moos zwischen den Ziegeln und fanden es unversehrt.«

»Sie durchsuchten auch D.s Papiere und die Bücher in seiner Bibliothek?«

»Freilich. Wir öffneten jedes Paket und jedes Päckchen, wir öffneten nicht nur jedes Buch, indem wir uns nicht damit begnügten, sie nur zu schütteln, wie es manche Polizeibeamten zu tun pflegen, sondern wir wendeten jedes Blatt in jedem Band. Ebenso prüften wir genauestens die Dicke jedes Bucheinbandes und gebrauchten dabei wiederum das Mikroskop. Wenn mit einem der Einbände vor kurzer Zeit manipuliert worden wäre, so hätte uns diese Tatsache auf keinen Fall entgehen können. Einige fünf oder sechs Bände, die offensichtlich gerade erst vom Buchbinder gekommen waren, untersuchten wir sorgfältig der Länge nach mit unseren Nadeln.«

»Sie prüften auch die Fußböden unter den Teppichen?«

»Zweifellos, wir entfernten jeden Teppich und untersuchten die Fugen des Bodens mit dem Mikroskop.«

»Und die Tapeten an den Wänden?«

»Ja.«

»Sie schauten auch in die Kellerräume?«

»Gewiß.«

»Dann«, sagte ich, »haben Sie falsch spekuliert, und der Brief befindet sich nicht mehr in dem Haus, wie sie vermuteten.«

»Ich fürchte, Sie haben recht!« seufzte der Präfekt. »Und nun, Dupin, welchen Rat würden Sie mir nun geben?«

»Nochmals eine gründliche Hausdurchsuchung vorzunehmen.«

»Das ist absolut zwecklos«, erwiderte G., »ich bin nicht weniger davon überzeugt, daß der Brief sich nicht mehr in dem Haus befindet, wie ich weiß, daß ich atme.«

»Einen besseren Rat kann ich Ihnen aber nicht geben«, sagte Dupin. »Sie besitzen natürlich eine genaue Beschreibung des Briefes?«

»Gewiß.« Und nun zog der Präfekt sein Notizbuch hervor und ging daran, uns eine minutenlange Beschreibung des innern und vor allem des äußeren Aussehens des vermißten Dokumentes vorzulesen. Kurz nachher verabschiedete er sich in einer derart niedergedrückten Stimmung, wie wir sie an dem guten Mann noch nie wahrgenommen hatten.

Nach etwa einem Monat machte er uns wieder einen Besuch und fand uns auf ganz ähnliche Weise beschäftigt wie beim letztenmal. Er nahm sich eine Pfeife und einen Stuhl und begann eine ganz belanglose Unterhaltung. Endlich sagte ich:

»Nun, wie steht es denn mit dem entwendeten Brief? Ich nehme an, Sie sind schließlich zu der Einsicht gelangt, daß es kein so ganz leichtes Ding ist, einem Minister auf die Schliche zu kommen.«

»Gott verdamme ihn, ich muß das zugeben. Ich führte nämlich eine neuerliche Hausdurchsuchung durch, wie mir Dupin geraten hatte, aber, wie ich es ja schon vorher gewußt hatte, es war eine ganz vergebliche Mühe.«

»Wie hoch, sagten Sie, ist die ausgesetzte Belohnung?« fragte Dupin.

»Ein sehr schönes Stück Geld — eine wirklich großzügige Belohnung — ich möchte nicht gern verraten, wieviel. Aber eines will ich sagen: ich würde mit Vergnügen demjenigen, der mir den Brief verschaffte, aus eigenem einen Scheck über fünfzigtausend Francs ausstellen. Tatsächlich nimmt die Dringlichkeit der Sache von Tag zu Tag zu, und die Belohnung wurde kürzlich verdoppelt. Und wenn sie auch verdreifacht würde, könnte ich nicht mehr tun, als ich tatsächlich getan habe.«

»Ja«, sagte Dupin gedehnt zwischen den Rauchwolken seiner Meerschaumpfeife, »ich denke wahrhaftig, daß Sie sich in dieser Sache noch nicht bis zum Äußersten angestrengt haben. Sie könnten — ein bißchen mehr tun, denke ich, wie?«

»Aber wie denn? — In welcher Weise?«

»Nun, Sie könnten Rat einholen, wie? Erinnern Sie sich an die Geschichte, die man über Abernethy erzählt?«

»Nein. Zum Henker mit Abernethy!«

»Meinetwegen! Zum Henker mit ihm und viel Glück dazu. Doch vor einiger Zeit dachte sich ein reicher Geizhals einen Plan aus, um von seiner Kunst zu schmarotzen. In einer privaten Gesellschaft begann er zu diesem Zweck ein belangloses Gespräch und legte dem Arzt seinen Fall dar, als handelte es sich um eine imaginäre Person.

›Wir wollen annehmen‹, sagte der Geizhals, ›daß die Symptome so und so sind, was, Doktor, würden Sie ihm anraten?‹

›Einen Arzt zu konsultieren!‹ sagte Abernethy.«

»Aber«, sagte der Präfekt, ein wenig aus der Fassung gebracht, »ich bin mit Freuden bereit, einen Rat anzunehmen und auch dafür zu bezahlen. Ich würde wirklich demjenigen, der mir in dieser Angelegenheit helfen könnte, fünfzigtausend Francs geben.«

»In diesem Fall«, erwiderte Dupin, indem er eine Schublade öffnete und ein Scheckbuch herausnahm, »können Sie mir einen Scheck auf die erwähnte Summe ausstellen. Wenn Sie unterschrieben haben, werde ich Ihnen den Brief aushändigen.«

Ich war verblüfft und der Präfekt schien wie vom Donner gerührt. Einige Minuten lang verharrte er sprachlos und bewegungslos, indem er meinen Freund mit offenem Mund anstarrte. Seine Augen schienen aus ihren Höhlen treten zu wollen. Als er sich scheinbar wieder ein wenig gefaßt hatte, ergriff er eine Feder, und nach einer Pause, während welcher er vor sich hinstarrte, füllte er schließlich einen Scheck auf die Summe von fünfzigtausend Francs aus, unterzeichnete ihn und reichte ihn Dupin über den Tisch hinüber. Letzterer betrachtete ihn genau und steckte ihn dann in seine Brieftasche. Dann schloß er das Schreibpult auf, entnahm ihm einen Brief und reichte ihn dem Präfekten. Der Beamte griff danach in einer tollen Freude, öffnete ihn mit zitternden Händen, überflog seinen Inhalt, tastete sich mühsam bis zur Tür und schlüpfte schließlich ganz formlos aus dem Zimmer und aus dem Haus, ohne noch eine Silbe gesprochen zu haben, seit Dupin ihn aufgefordert hatte, den Scheck auszufüllen.

Als er gegangen war, ließ sich mein Freund zu einigen Erklärungen herbei.

»Die Pariser Polizei«, sagte er, »ist in ihrer Art außerordentlich tüchtig. Sie ist ausdauernd, scharfsinnig, schlau und gründlich versiert in den Kenntnissen, die ihre Aufgaben hauptsächlich von ihr zu fordern scheinen. Als folglich G. uns die Hausdurchsuchung bei D. ausführlich beschrieb, war ich vollkommen überzeugt, daß die Nachforschungen gewissenhaft gemacht worden waren — soweit sich ihre Aufgabe erstreckte.«

»Soweit sich ihre Aufgabe erstreckte?« fragte ich.

»Ja«, sagte Dupin, »die angewandten Methoden waren nicht nur die vorzüglichsten in ihrer Art, sondern auch zu absoluter Vollkommenheit entwickelt. Hätte sich der Brief innerhalb des Bereichs ihrer Nachforschungen befunden, so würden diese Leute ihn ohne Zweifel auch gefunden haben.«

Ich mußte einfach lachen, aber er schien, was er sagte, ganz ernst zu meinen.

»Die Methoden«, fuhr er fort, »waren in ihrer Art vorzüglich und wurden auch richtig angewandt. Ihr Fehler aber lag darin, daß sie auf diesen besonderen Fall und auf diesen besonderen Mann nicht anwendbar waren. Für den Präfekten gibt es eine Reihe sehr sinnreicher Systeme, denen er, wie einem Prokrustesbett, jeden Kriminalfall anzupassen sucht. Aber er zieht dauernd den kürzeren, weil er den jeweiligen Fall entweder zu schwer oder zu leicht nimmt. Manch ein Schulknabe überlegt besser als er. Ich kannte einen etwa Achtjährigen, dessen Erfolge bei dem Ratespiel ›Gerade oder Ungerade‹ allgemeine Bewunderung erregten. Dieses Spiel ist sehr einfach und wird mit Murmeln gespielt. Ein Spieler hält eine Anzahl dieser Steine in der Hand und fragt einen anderen, ob ihre Zahl gerade oder ungerade ist. Rät er richtig, so gewinnt er eine Kugel, rät er falsch, so verliert er eine. Der Knabe, von dem ich spreche, gewann alle Murmeln, die es in der Schule gab. Er hatte nämlich eine bestimmte Methode beim Raten, und die bestand in der bloßen Beobachtung und in der Abschätzung der Klugheit seines Gegenspielers. Wenn zum Beispiel sein Gegner ein recht einfältiger Tropf ist und, ihm die geschlossene Hand hinhaltend, fragt: ›Gerade oder ungerade?‹, antwortete unser Junge aufs Geratewohl ›ungerade‹ und verliert. Beim nächstenmal aber gewinnt er, denn er überlegt bei sich Folgendes: Der Dummkopf hatte beim ersten Spiel eine gerade Zahl in der Hand, und sein Verstand reicht sicher nur gerade so weit, beim zweitenmal eine ungerade zu wählen. Folglich will ich auf ›ungerade‹ raten. Er tut so und gewinnt. Bei einem nur wenig schlaueren Knaben dürfte er so kombiniert haben: Der Kerl weiß, daß ich beim erstenmal ›ungerade‹ geraten habe. Zunächst wird er versucht sein, einfach ›gerade‹ mit ›ungerade‹ abwechseln zu lassen, so wie der erste es machte. Aber nach einer weiteren Überlegung wird er sich sagen müssen, daß das zu einfach wäre, und wird sich schließlich dahin entscheiden, wiederum eine gerade Zahl zu wählen. Folglich will ich ›gerade‹ sagen. Er tut es und gewinnt wiederum. Worin besteht nun letzten Endes die Denkfähigkeit dieses Schulknaben, von dem seine Kameraden sagen, daß er einfach Glück habe?«

»Sie beruht darauf«, sagte ich, »daß man seinen eigenen Verstand mit dem seines Gegners identifiziert.«

»So ist es«, sagte Dupin, »und als ich den Knaben fragte, durch welche Mittel er diese vollkommene Übereinstimmung, in der sein Erfolg bestand, zuwege brachte, erhielt ich folgende Antwort: ›Wenn ich herausbekommen will, wie klug oder wie dumm, wie böse oder wie gut einer ist oder was er gerade denkt, so passe ich den Ausdruck meines Gesichtes so genau wie möglich dem seinen an und dann warte ich ab, was für Gedanken und Gefühle in meinem Kopf und Gemüt entstehen, die dann eben diesem Gesichtsausdruck entsprechen‹. Die Antwort dieses Schulknaben liegt all der scheinbaren Gedankentiefe, die man einem Rochefoucauld, La Bougive, Machiavelli und Campanella zuschreibt, zugrunde.

»Und dieses In-Einklang-Bringen«, sagte ich, »des eigenen Verstandes mit dem des Gegners, hängt, wenn ich Sie recht verstehe, davon ab, wie genau man den Verstand seines Gegners abzuschätzen vermag.«

»Der praktische Erfolg hängt unbedingt davon ab«, antwortete Dupin, »und der Präfekt und seine Mitarbeiter versagen so häufig, weil sie erstens überhaupt nicht imstande sind, sich mit einem anderen zu identifizieren, und zweitens weil sie den Intellekt des Menschen, mit dem sie es zu tun haben, falsch, oder besser gesagt, gar nicht in Rechnung ziehen. Sie rechnen immer nur mit ihrem eigenen Verstand, und wenn sie nach etwas Verborgenem suchen, berücksichtigen sie immer nur die Art und Weise, wie sie selbst es versteckt hätten. Sie haben damit insofern recht, als ihre eigene ein ziemlich verläßliches Abbild der Erfindungsgabe der breiten Masse ist. Aber wenn die Intelligenz des verbrecherischen Individuums der Art nach von der ihren verschieden ist, so entgeht der Verbrecher selbstredend ihren Nachstellungen. Das geschieht immer, wenn er ihnen überlegen, sehr oft auch, wenn er ihnen unterlegen ist. Sie verstehen es eben nicht, ihre Methoden zu variieren, bestenfalls weiten sie ihre Praktiken noch ein wenig aus oder übertreiben sie sogar, wenn irgend welche ganz ungewöhnlichen Ereignisse eintreten, oder zum Beispiel eine ganz außergewöhnlich hohe Belohnung in Aussicht steht, ohne aber das Prinzip anzutasten. Was wurde zum Beispiel in dem Fall D. getan, das auch nur irgendwie von den sonst üblichen Vorgangsweisen abgewichen wäre? Was ist denn all das Bohren und Suchen und Abklopfen und mit dem Mikroskop Betrachten, und daß man das Haus in numerierte Felder einteilt, was ist denn das anderes als eine Übertreibung dieser einen Garnitur von Untersuchungsmethoden, die denn auch auf dieser einzigen Garnitur von Vorstellungen basieren, die ihr mittelmäßiger Verstand voraussetzt, und an die sich der Präfekt in seiner langen Amtszeit gewöhnt hat? Haben Sie nicht bemerkt, daß er es für ausgemacht annahm, daß jeder, der einen Brief zu verstecken wünscht, in derselben Weise vorgeht? Nicht, daß er ihn ausgerechnet in einem ausgehöhlten Stuhlbein verbirgt, aber doch jedenfalls in irgendeinem abseitigen Loch oder einen Winkel, als wäre er von derselben Überlegung geleitet, die einen Mann heißen würde, einen Brief in einem hohlen Stuhlbein zu verbergen. Und sehen Sie nicht auch ein, daß solche Winkel nur in gewöhnlichen Fällen und für gewöhnliche Individuen in Betracht kommen? Denn in allen Fällen, wo ein Gegenstand auf die erwähnte Weise versteckt wird, ist die Entdeckung so gut wie sicher. Sie hängt nämlich keineswegs von dem Scharfsinn des Suchenden, sondern durchaus nur von seiner Sorgfalt, Ausdauer und Genauigkeit ab. Und wenn der Fall von Bedeutung ist, oder wenn, was in den Augen der Polizei auf dasselbe hinausläuft, die Belohnung bedeutend ist, versagen diese erwähnten Fähigkeiten bekanntlich nie. Sie werden jetzt auch verstehen, was ich meinte, als ich sagte, daß, wenn der gestohlene Brief irgendwo innerhalb des Untersuchungsbereiches des Präfekten verborgen worden wäre, seine Entdeckung außer Frage stünde. Der Beamte ist aber gründlich getäuscht worden. Und die eigentümliche Ursache seiner Niederlage liegt in der Annahme, daß der Minister ein Narr ist, weil er sich als Dichter einigen Ruhm erworben hat. Alle Narren sind Dichter, meint der Präfekt und macht sich dadurch einer *quaternio terminorum* schuldig, indem er daraus schließt, daß auch alle Dichter Narren sind.«

»Aber ist denn wirklich dieser der Dichter?« fragte ich, »so viel ich weiß, gibt es zwei Brüder und beide haben sich durch schriftstellerische Arbeiten hervorgetan. Der Minister hat, glaube ich, eine gelehrte Abhandlung über die Differentialrechnung geschrieben. Er ist ein Mathematiker, aber kein Dichter.«

»Sie irren sich. Ich kenne ihn gut, er ist beides. Als Dichter und als Mathematiker vermag er scharf zu denken. Wäre er nichts als Mathematiker, so hätte er sich dem Präfekten ausgeliefert.«

»Sie überraschen mich«, sagte ich, »durch Ihre Ansichten, die der verbreiteten Meinung so völlig widersprechen. Sie werden doch nicht durch Jahrhunderte wohldurchdachte und wohlbegründete Überzeugungen über den Haufen werfen wollen? Der Intellekt des Mathematikers gilt seit je als der Intellekt par excellence.«

»Ich versichere Sie«, sagte Dupin, »daß die Mathematiker selbst alles dazu getan haben, diesen allgemeinen Irrtum, auf den Sie hinweisen, zu verbreiten, und der, obwohl man ihn als eine klare Wahrheit propagiert, dennoch ein Irrtum ist und bleibt. Mit einer Geschicklichkeit, die einer besseren Sache würdig gewesen wäre, haben sie zum Beispiel den Terminus ›analysis‹ in die Algebra hineingeheimnist. Die Franzosen vor allem sind die Urheber dieses raffinierten Betruges. Aber wenn ein Terminus von einiger Bedeutung ist, wenn ein Wort seinen Wert von seiner Anwendbarkeit her bezieht, dann entspricht ›analysis‹ der ›Algebra‹ ungefähr in demselben Umfang wie im Lateinischen das Wort ›ambitus‹ unserem Wort ›Ambition‹, ›religio‹ ›Religion‹ oder ›homines honesti‹ ›ehrenhafte Männer‹.«

»Mir scheint«, sagte ich, »Sie wollen mit einigen Pariser Algebraisten Händel suchen. Aber fahren Sie nur fort.«

»Ich bestreite die Gültigkeit und somit auch den Wert eines Systems, das nicht in irgend einer besonderen Form auf der absoluten Logik aufgebaut ist. Ich bestreite im besonderen ein System, das sich von mathematischen Überlegungen herleitet. Mathematik ist die Lehre von Form und Größe. Mathematische Philosophie ist nichts als Logik, die auf der Beobachtung von Form und Größe aufgebaut ist. Der Grundirrtum liegt in der Annahme, daß die Wahrheiten der sogenannten ›reinen Algebra‹ abstrakte oder allgemeine Wahrheiten sind. Und dieser Irrtum ist so ungeheuerlich, daß es mich aus der Fassung bringt, zu bemerken, wie allgemein man ihm verfallen ist. Was in der Beziehung von Form und Größe wahr ist, ist oft grundfalsch auf dem Gebiet der Moral zum Beispiel. In dieser letzteren Doktrin ist es meistens unwahr, daß die zusammengesetzten Teile gleich dem Ganzen sind. Auch in der Chemie stimmt dieses Axiom nicht. Auch nicht in der Lehre von der Bewegung, denn zwei Bewegungen von je einem gegebenen Antrieb haben, wenn sie vereinigt werden, keineswegs immer eine Größe, die der Summe der einzelnen Antriebe gleich ist. Es gibt noch eine Unzahl anderer mathematischer Wahrheiten, die nur innerhalb ihrer relativen Grenzen Wahrheiten sind. Aber der Mathematiker schließt aus Gewohnheit von seinen endlichen Wahrheiten auf ihre ewige und allgemeine Gültigkeit. Bryant erwähnt in seiner sehr gelehrten Abhandlung über die Mythologie eine ähnliche Fehlerquelle, wenn er sagt, daß wir, obwohl wir an die Fabeln der Heiden eigentlich nicht glauben, uns doch selbst fortwährend vergessen und Konsequenzen daraus ableiten, als ob sie bestehende Realitäten wären. Bei den Algebraisten, die selbst Heiden sind, werden diese Fabeln geglaubt und die Konsequenzen gezogen, nicht so sehr durch ein Versagen unseres Gedächtnisses, als vielmehr aus einer unverantwortlichen Gedankenlosigkeit. Kurz, ich bin noch nie einem reinen Mathematiker begegnet, dem man über seine Quadratwurzeln hinaus hätte trauen können, oder einem, der es nicht im stillen als ein Hauptdogma seines Glaubensbekenntnisses betrachtet hätte, daß $x^2 + px$ unbedingt gleich q ist. Machen Sie, wenn Sie wollen, doch den Versuch, einem dieser Herren zu sagen, daß Sie sich Fälle denken können, wo $x^2 + px$ nicht vollkommen gleich q ist. Sobald er erfaßt haben wird, was Sie meinen, machen Sie sich so schnell wie möglich aus dem Staub, denn zweifellos wird er den Versuch machen, Sie niederzuschlagen.«

»Ich will damit sagen«, fuhr Dupin fort, während ich über seine letzten Bemerkungen herzlich lachte, »daß, wenn der Minister nicht mehr gewesen wäre als ein Mathematiker, der Präfekt es sicherlich nicht nötig gehabt hätte, mir diesen Scheck zu geben. Ich wußte aber, daß er beides ist, Mathematiker und Dichter, und paßte daher meine Maßnahmen seinen Fähigkeiten und den besonderen Umständen an. Ich wußte, daß er ein Hofmann und skrupelloser Intrigant ist. Ich überlegte, daß so ein Mann nicht auf die gewöhnlichen Methoden der Polizei hereinfallen würde, und daß er diese Überfälle voraussehen müsse, und er hat sie auch vorausgesehen, wie die Ereignisse es bewiesen haben. Er muß auch die geheimen Hausdurchsuchungen erwartet haben. Seine häufigen Abwesenheiten bei Nacht, die der Präfekt als eine große Erleichterung seiner Arbeit so freudig begrüßte, betrachtete ich lediglich als eine List, um der Polizei

Gelegenheit zu gründlichen Nachforschungen zu geben, damit sie möglichst rasch zu der Überzeugung gelangen sollte, daß der Brief sich nicht innerhalb des Grundstücks befände, was bei G. ja auch tatsächlich eintraf. Ich wußte auch, daß dieser ganze Gedankengang, den ich Ihnen eben umständlich auseinandersetzte, was nämlich die unveränderliche Methode der Polizei beim Suchen nach verborgenen Gegenständen betrifft, ich wußte, daß der Minister sich notwendigerweise eben dieselbe Folge von Überlegungen durch den Kopf hatte gehen lassen und daß ihn dies gezwungen hatte, alle die gewöhnlichen Verstecke zu vermeiden. Er konnte, überlegte ich, nicht so töricht sein, nicht zu wissen, daß auch der abgelegenste Winkel seines Hauses vor den untersuchenden Augen des Präfekten, seinen Werkzeugen und Mikroskopen, so offen daliegen würde wie ein gewöhnlicher Schrank. Ich sah schließlich ein, daß er zu den allereinfachsten Maßnahmen gezwungen werden müßte, wenn er sie nicht schon vorher aus Überlegung gewählt hätte. Sie erinnern sich vielleicht, wie verzweifelt der Präfekt lachte, als ich bei unserer ersten Zusammenkunft zu erwägen gab, daß ihm das Geheimnis vielleicht gerade durch seine Selbstverständlichkeit so viel Kopfzerbrechen machte.«

»Ja«, sagte ich, »ich erinnere mich noch sehr gut seines Heiterkeitsausbruches.«

»Die materielle Welt«, fuhr Dupin fort, »hat sehr viele Analogien mit der immateriellen. Und daher hat der rhetorische Grundsatz, daß eine Metapher, oder ein Gleichnis sehr wohl geeignet sein kann, einen Beweis zu erhärten und nicht nur die Schilderung zu verschönen, einen Schimmer von Wahrheit. Das Trägheitsprinzip zum Beispiel gilt sowohl in der Physik wie in der Metaphysik. Es ist ebenso wahr, daß ein großer Körper mit größerer Schwierigkeit in Bewegung gesetzt werden kann als ein kleinerer, und daß seine Triebkraft dann zu dieser Schwierigkeit in einem bestimmten Verhältnis steht, als daß ein Intellekt von größerer Fassungskraft, der gründlicher, beständiger und in seinen Regungen wirkungsvoller ist als einer von geringerem Umfang, dennoch weniger leicht in Bewegung versetzt werden kann, und daß er im Anfang leichter in Verwirrung gerät und zögert. Haben Sie übrigens jemals bemerkt, welche Schilder an den Kaufläden die größte Aufmerksamkeit auf sich lenken?«

»Ich habe dieser Frage nie einen Gedanken geschenkt«, sagte ich.

»Es gibt ein Rätselspiel, das auf einer Landkarte gespielt wird. Der eine Spieler verlangt von dem anderen, daß er ein bestimmtes Wort findet, den Namen einer Stadt, eines Flusses, eines Staates, kurz irgendein Wort, das in dem Durcheinander von Bezeichnungen auf der Karte zu sehen ist. Ein Neuling in diesem Spiel sucht gewöhnlich seinen Partner dadurch aufs Eis zu führen, daß er ihm Namen von möglichst winziger Schrift zu suchen aufgibt. Der Erfahrene aber wählt Worte, die sich in riesigen Buchstaben über die ganze Karte erstrecken. Diese, wie die überdimensional beschrifteten Schilder und Plakate, entgehen vermöge ihrer übertriebenen Sichtbarkeit am ehesten der Beobachtung. Dieses physische Übersehen ist vollkommen analog der geistigen Unachtsamkeit, durch welche allein es einem Intellekt passieren kann, gewisse Überlegungen erst gar nicht anzustellen, weil sie zu aufdringlich, zu handgreiflich, zu selbstverständlich sind. Aber dieses Faktum, scheint es, liegt über oder unter dem Begriffsvermögen des Präfekten. Er hat niemals an die Wahrscheinlichkeit oder auch nur an die Möglichkeit gedacht, daß der Minister den Brief allen Leuten unmittelbar unter die Nase gelegt haben könnte, um ihn dadurch am allersichersten vor der Beachtung der Leute zu schützen.

Aber je mehr ich über D.s wagemutiges, schneidiges und scharfsinniges Wesen nachdachte und darüber hinaus noch über den Umstand, daß er das Dokument jederzeit bei der Hand haben mußte, falls er es seinen Zwecken nützlich machen wollte, und schließlich über die endgültige Klarheit, die ich durch den Präfekten erhalten hatte, daß es nicht in dem Untersuchungsbereich dieses ehrwürdigen Mannes versteckt war, desto gründlicher wurde ich davon überzeugt, daß der Minister, um den Brief zu verbergen, zu dem einfachen und raffinierten Mittel gegriffen hat, ihn überhaupt nicht zu verstecken.

Von diesen Gedanken erfüllt, stattete ich mich mit einer grünen Brille aus und sprach eines schönen Tages wie von ungefähr in dem Palais des Ministers vor. Ich traf D. zu Hause, gähnend, sich räkelnd und herumtrödelnd, wie gewöhnlich, als empfände er äußerste Langeweile. Er ist in Wirklichkeit der tätigste Mensch unserer Zeit, aber nur, wenn ihn niemand sieht.

Um mich seiner Stimmung anzupassen, klagte ich über meine

schwachen Augen, und jammerte über die Notwendigkeit, Brillen tragen zu müssen, unter deren Schutz ich aber den ganzen Raum sorgfältig und gründlich betrachtete, während ich scheinbar meine ganze Aufmerksamkeit dem Gespräch mit dem Hausherrn widmete.

Besondere Beachtung schenkte ich seinem umfangreichen Schreibtisch, an dem er saß und auf welchem in wüstem Durcheinander verschiedentliche Briefe und andere Papiere neben einigen Musikinstrumenten und Büchern lagen. Hier aber entdeckte ich nach einer sehr langen und sorgfältigen Beobachtung nichts, das meinen Verdacht erregte.

Während ich meine Augen im Zimmer umherwandern ließ, fiel mein Blick auf einen schäbigen Kartenhalter aus gestanztem Karton, der an einem schmutzigen blauen Band von einem Messingknopf gerade über dem Kaminsims baumelte. In diesem Gestell, das drei oder vier Fächer hatte, steckten einige fünf oder sechs Visitkarten und ein einzelner Brief. Dieser war ganz auseinandergerissen, als hätte man ihn zuerst als völlig wertlos vernichten wollen, sich dann aber eines anderen besonnen. Er trug ein riesiges schwarzes Siegel, auf dem der Buchstabe D sich sehr deutlich erkennen ließ, und war von einer winzigen weiblichen Handschrift an den Minister D. persönlich adressiert. Er war achtlos und scheinbar sogar verächtlich in eines der oberen Fächer geworfen worden.

Kaum hatte ich diesen Brief erblickt, als ich auch schon überzeugt war, daß es der gesuchte sei. Gewiß, er hatte allem Anschein nach nicht die geringste Ähnlichkeit mit dem, den uns der Präfekt so ausführlich beschrieben hatte. Hier war das Siegel groß und schwarz mit dem Zeichen ›D‹, dort war es klein und rot und mit einem herzoglichen Wappen des Hauses ›S‹. Hier war die an den Minister gerichtete Anschrift zierlich und von weiblicher Hand, dort war die Überschrift, die sich an eine bestimmte Persönlichkeit des Königshauses richtete, kräftig und entschieden. Nur die Größe hatte eine gewisse Ähnlichkeit. Aber gerade diese vollkommene Verschiedenheit war so auffällig, der schmutzige und mitgenommene Zustand des Briefes, der so gänzlich von D.s wirklichen Gewohnheiten abstach, verriet die Absicht, den Betrachter über den wahren Wert des Schriftstückes zu täuschen. Alle diese Dinge zusammen mit dem allzu auffälligen Aufbewahrungsort, der jedem Besucher sofort ins Auge fallen mußte, stimmte mit den Schlußfolgerungen, zu denen ich vorher gelangt war, vollkommen überein. Diese Dinge mußten bei einem Menschen, der mit der Absicht gekommen war, Verdachtsgründe zu suchen, den Verdacht bestärken.

Ich zog meinen Besuch möglichst in die Länge, und während ich mit dem Minister ein anregendes Gespräch führte über ein Thema, das ihn, wie ich wußte, stets sehr interessierte, heftete ich mein ganzes Augenmerk ausschließlich auf diesen Brief. Bei dieser Betrachtung prägte ich mir sein Aussehen und die Anordnung in dem Halter genau ein. Dabei machte ich zum Schluß noch eine Beobachtung, die mir alle etwa noch bestehenden Zweifel mit einem Schlag beseitigte. Ich stellte fest, daß die Büge des Papiers stärker zerknittert waren als nötig. Sie sahen gebrochen aus, als ob man ein steifes Papier, das schon einmal gefaltet und gebrochen worden war, nochmals in entgegengesetzter Richtung gefaltet hätte, und zwar in denselben Bügen wie das erste Mal. Es wurde mir klar, daß der Umschlag wie ein Handschuh umgedreht, in seine alte Form gebracht und neuerlich versiegelt worden war. Ich verabschiedete mich von dem Minister und entfernte mich, eine goldene Schnupftabakdose auf dem Tisch zurücklassend.

Am nächsten Tag sprach ich wieder vor, um meine Tabakdose zu holen, und wir waren wieder eifrig in das Gespräch vom vorherigen Tag vertieft. Plötzlich hörte man unmittelbar unter den Fenstern des Ministers einen lauten Knall wie von einer Pistole, gefolgt von Angstschreien und Rufen der Menge. D. eilte ans Fenster, stieß es auf und blickte hinaus. In diesem Augenblick trat ich an den Kartenhalter heran, nahm den Brief, steckte ihn in meine Tasche und ersetzte ihn, was sein Äußeres betraf, durch ein Faksimile, das ich zu Hause sorgfältig hergestellt hatte. Das Zeichen D.s hatte ich mit Hilfe eines aus Brot gekneteten Petschafts sehr leicht nachgeahmt.

Der Aufruhr auf der Straße war durch das verrückte Gehaben eines Mannes, der eine Flinte trug, verursacht worden. Er hatte in eine Gruppe von Frauen und Kindern gefeuert. Es stellte sich aber heraus, daß es nur ein Schreckschuß gewesen war, und man ließ den Kerl als einen Verrückten oder Betrunkenen seines Weges gehen. Als er sich entfernt hatte, trat D. vom Fenster zurück, wohin ich ihm unmittelbar gefolgt war, nachdem ich den besagten Gegenstand in Sicherheit gebracht hatte. Bald darauf verabschiedete ich mich. Der angeblich Wahnsinnige stand in meinen Diensten.«

»Aber was bezweckten Sie damit«, fragte ich, »daß Sie den Brief durch ein Faksimile ersetzten? Wäre es nicht besser gewesen, wenn Sie ihn gleich bei Ihrem ersten Besuch ganz offen an sich genommen und sich mit ihm entfernt hätten?«

»D.«, erwiderte Dupin, »ist zu allem entschlossen, wenn es darauf ankommt, und sein Haus ist voller Diener, die ihm ganz ergeben sind. Wenn ich diesen Gewaltstreich versucht hätte, hätte ich das Haus womöglich nicht lebend verlassen, und die guten Pariser hätten vielleicht nie mehr von mir gehört. Aber außer dieser Überlegung hatte ich noch einen anderen Grund für mein Verhalten. Sie kennen ja meine politische Einstellung. In diesem Fall gehöre ich der Partei der betreffenden Dame an. Durch achtzehn Monate hat der Minister sie in seiner Gewalt gehabt. Nun hat sie ihn in der ihren. Da er nicht weiß, daß der Brief sich nicht mehr in seinem Besitz befindet, wird er sein Verhalten ihr gegenüber auch nicht ändern. Das wird unvermeidlich seiner politischen Karriere ein Ende bereiten, und dieses Ende wird für ihn ebenso plötzlich wie peinlich sein. Man kann sehr gut über den *facilis descensus Averni* sprechen, aber bei jedem Klettern ist, wie die Catalaner vom Singen sagen, das Hinaufkommen weitaus leichter als das Herunterkommen. Im gegenwärtigen Fall habe ich keinerlei Sympathie oder gar Mitleid für den, der fällt. Er ist dieses *monstrum horrendum,* ein Genie ohne Charakter. Ich gestehe, daß ich gleichwohl sein Gesicht gern sehen würde, wenn er sich durch das Verhalten der ›gewissen Persönlichkeit‹, wie der Präfekt sie zu nennen beliebt, veranlaßt fühlen wird, den Brief zu öffnen, den ich in dem Kartenhalter für ihn hinterlegt habe.«

»Weshalb? Haben Sie denn etwas Besonderes hineingesteckt?«

»Es schien mir nicht ganz richtig, das eingelegte Blatt ganz leer zu lassen. Dadurch könnte er sich beleidigt fühlen. D. spielte mir einst in Wien einen schlimmen Streich. Ich sagte ihm damals, indem ich eine launige Miene aufsetzte, daß ich ihm das nicht vergessen würde. Ich weiß, daß er sicherlich einigermaßen neugierig sein wird, zu erfahren, wer ihn solchermaßen überlistet hat, und so schien es mir angebracht, ihm den Schlüssel zu dem Geheimnis in die Hand zu geben. Er kennt meine Handschrift gut und deshalb schrieb ich mitten auf das weiße Blatt die folgenden Worte:

›Un dessein si funeste,
S' il n' est digne d' Atrée, est digne de Thyeste.‹

Das können Sie in Crébillons *Atrée* finden.«

WILLIAM WILSON

Gestattet, daß ich mich William Wilson nenne. Das saubere Blatt Papier, das vor mir liegt, soll nicht durch meinen wahren Namen beschmutzt werden. Dieser hat meine Familie schon zu sehr mit Verachtung, Schrecken und Abscheu erfüllt. Haben denn nicht die empörten Stürme seine beispiellos dastehende Schmach bis in die entlegensten Winkel der Erde verbreitet? Verworfenster aller Verworfenen! — Bist du denn nicht für die Welt auf alle Zeit tot? Für ihre Ehren, ihre Blumen, für ihr goldenes Streben? — Und hängt nicht eine dichte, graue grenzenlose Wolke auf ewig zwischen deinem Hoffen und dem Himmel?

Ich würde nicht, auch wenn ich es könnte, heute und an dieser Stelle, einen Bericht von dem unaussprechlichen Elend und den unverzeihlichen Verbrechen meiner letzten Jahre geben. Jene Zeit — jene letzten Jahre — bildeten den Gipfel aller Schändlichkeit, und ich will heute nur von dem sprechen, was mich dazu geführt hat. Gewöhnlich sinkt ein Mensch nach und nach. Von mir fiel alle Tugend, gleich einem Mantel, in einem Augenblick ab. Von verhältnismäßig geringer Schlechtigkeit wuchs ich mit Riesenschritten über die Ungeheuerlichkeiten eines Heliogabal empor. Welcher Zufall — welche einzige Begebenheit dieses Verhängnis auslöste, davon will ich jetzt erzählen.

Der Tod nähert sich mir; und der Schatten, der ihm vorausgeht, hat auf meinen Geist einen sanften Einfluß ausgeübt. Da ich nun das dunkle Tal durchschreite, verlangt mich nach der Sympathie — fast hätte ich gesagt nach dem Mitleid — meiner Mitmenschen. Ich sehne mich danach, sie davon zu überzeugen, daß ich, in gewisser Hinsicht, der Sklave von Umständen gewesen bin, die menschlichem Einfluß entzogen sind. Ich wünschte mir, daß sie für mich in den Einzelheiten, die ich ihnen erzählen will, inmitten der Wüste von Verirrung, einer Oase gleich, die Vorherbestimmung suchten. Ich möchte, daß sie mir zugeständen, — was sie mir nicht verweigern können —

daß, obwohl es schon seit jeher große Versuchungen gegeben hat, kein Mensch so versucht worden ist wie ich, und auch sicher keiner so unterlag wie ich. Und kommt es denn daher, daß keiner solches erduldet hat? Habe ich denn nicht in der Tat in einem Traum gelebt? Und bin ich, der ich jetzt im Sterben liege, nicht ein Opfer des Schreckens und geheimnisvoller, überwältigender irdischer Kräfte?

Ich bin der Nachkomme eines Geschlechts, das allezeit eine starke Einbildungskraft und ein leicht erregbares Temperament auszeichnete; und schon in meiner frühesten Kindheit erbrachte ich den Beweis, daß ich ein echter Erbe dieser Familieneigenschaften sei. Als ich herangewachsen war, entwickelten sie sich noch deutlicher; sie versetzten aus vielerlei Gründen meine Freunde in Unruhe, und brachten mir selbst vielen Schaden. Ich wurde eigensinnig, ergab mich den tollsten Einfällen, und war ein Opfer meiner unerhört zügellosen Leidenschaften. Meine willensschwachen Eltern, die an ähnlichen Fehlern litten wie ich, konnten nur wenig tun, die schlechten Neigungen, welche von mir Besitz ergriffen hatten, zu unterdrücken. Einige schwache und falsch begonnene Versuche endeten mit einem vollständigen Mißerfolg auf ihrer Seite, und daher mit einem großen Triumph meinerseits. Von da an war mein Wort Gesetz im Haus; und in einem Alter, in dem erst wenige Kinder das Gängelband verlassen haben, war ich meinem eigenen Willen überlassen und fühlte mich als Herrn meiner Handlungen.

Meine ersten Erinnerungen an die Schule sind mit einem großen, weitläufigen Haus im Elisabethanischen Stil in einem nebeligen Städtchen Englands verbunden, in dem es sehr viel große und knorrige Bäume gab. Wirklich, es war ein traumhafter, mild stimmender Ort, diese altehrwürdige Stadt. In diesem Augenblick fühle ich im Geist wieder die erfrischende Kühle ihrer schattigen Alleen, atme den Duft ihrer tausend Büsche ein und erschauere in einem unerklärlichen Entzücken bei dem tiefen dumpfen Klang der Kirchenglocken, die alle Stunden mit unvermutetem Dröhnen die Stille der düsteren Atmosphäre durchbrachen, in welche der verwitterte gotische Kirchturm schlummernd eingebettet lag.

Das Verweilen bei diesen Einzelheiten des Schullebens bereitet mir vielleicht die einzige Freude, derer ich noch fähig bin. Einem Menschen, der so tief im Unglück versunken ist wie ich

— es ist leider nur zu wahr —, wird man verzeihen, wenn er im Verweilen bei solchen Erinnerungen geringe zeitweilige Erleichterung sucht. Wenngleich diese allerdings an und für sich gänzlich belanglos und sogar lächerlich sind, so haben sie für mich doch eine große Bedeutung, da sie mit einer Zeit und einem Ort in Beziehung stehen, da ich die erste unklare Vorstellung des Geschicks bekam, das mich dann später so vollkommen umschattete. Gestattet also diese Rückerinnerung.

Das Haus war, wie ich bereits sagte, alt und unregelmäßig gebaut. Das Grundstück war äußerst groß, und eine hohe, feste Steinmauer, die obenauf eine Lage Mörtel trug, in welchem Glassplitter steckten, umgab das Ganze. Dieser einer Gefängnismauer ähnliche Wall bildete die Grenze unseres Gebietes, welches wir nur dreimal in der Woche verließen, einmal jeden Samstag, an dem es uns, von zwei Unterlehrern begleitet, gestattet war, in Reih und Glied einen kurzen Spaziergang durch die benachbarten Felder zu machen, und zweimal am Sonntag, an welchem wir in derselben Weise zum Morgen-und Abendgottesdienst in die einzige Kirche des Städtchens geführt wurden. Der Pfarrer dieser Kirche war gleichzeitig unser Schulvorsteher. Mit welch tiefer Verwunderung, ja Verwirrung pflegte ich ihn von unserem entlegenen Platz am Chor zu betrachten, wenn er mit feierlich langsamen Schritten zur Kanzel emporstieg! Dieser ehrwürdige Mann, mit seinem ernsten, gütigen Gesicht, in seinem peinlich sauberen geistlichen Gewand, mit sorgfältig gepuderter, steifer großer Perücke — konnte das derselbe sein, der mit saurer Miene und in tabakbeschmutzter Kleidung, die Rute in der Hand, die drakonischen Gesetze der Anstalt ausübte? O ungeheurer Widerspruch, zu groß, um ihn zu begreifen!

In einem Winkel der mächtigen Mauer drohte ein noch mächtigeres Tor. Es war mit eisernen Bolzen verriegelt und wurde von Eisenspießen überragt. Welch tiefe Furcht flößte es uns ein! Niemals wurde es geöffnet, abgesehen für die erwähnten regelmäßigen drei wöchentlichen Ausgänge; dann jedoch fanden wir in jedem Kreischen seiner mächtigen Angeln eine Fülle von Geheimnissen — eine Welt von Stoff für ernstes Gespräch oder noch ernsteres Nachdenken.

Das weitläufige Grundstück war von unregelmäßiger Form und hatte viele große Plätze. Drei oder vier der größten davon bildeten den Spielplatz. Er war eben und mit feinem, hartem Kies bedeckt. Ich erinnere mich genau, daß es dort weder Bäume noch Bänke oder so etwas Ähnliches gab. An der Frontseite des Hauses lag ein schmaler Rasenplatz, von Buchsbaum und anderem Gesträuch eingefaßt, aber diesen geheiligten Platz überschritten wir nur bei ganz seltenen Anlässen — etwa bei der Ankunft in der Schule oder bei unserer endgültigen Abreise von dort, oder wenn unsere Eltern oder ein Bekannter uns eingeladen hatte, oder wir in den Weihnachts- oder Sommerferien nach Hause reisten.

Aber das Haus! Was war das für ein seltsames, altes Gebäude! Welch wahres Zauberschloß für mich! Seine An- und Zubauten nahmen in der Tat kein Ende. Es war jederzeit schwierig, mit Sicherheit anzugeben, in welchem seiner zwei Stockwerke man sich gerade befand. Von einem Zimmer zum anderen mußte man sicher drei oder vier Stufen hinauf- oder hinuntergehen. Es gab unzählbar viele Seitengänge, die in sich zurückliefen, so daß unsere Vorstellung von dem Gebäude durchaus nicht sehr verschieden war von jener, die wir von der Unendlichkeit hatten. Während der fünf Jahre, die ich hier verlebte, war es mir niemals möglich, mit Sicherheit anzugeben, in welchem abgelegenen Teil der kleine Schlafraum lag, der mir und achtzehn bis zwanzig Mitschülern zugewiesen worden war.

Das Schulzimmer war der größte Raum im Haus — mir schien er sogar als der größte der ganzen Welt. Er war sehr lang, schmal und auffallend niedrig, mit spitzigen gotischen Fenstern und einer Decke aus Eichenholz. In einem abgelegenen, Furcht einflößenden Winkel befand sich ein viereckiger Verschlag von acht bis zehn Fuß Breite, der während des Unterrichts das »Sanctum« unseres Schulvorstehers Dr. Bransby bildete. Dieser war von solider Bauart, mit einer massiven Tür, und wir wären lieber unter schrecklichen Qualen gestorben, als daß wir sie in Abwesenheit des Dominus geöffnet hätten. In anderen Winkeln standen zwei ähnliche Kisten, die uns zwar weniger Ehrfurcht, doch immerhin viel Furcht einflößten. Eine davon bildete das Katheder des Lehrers für klassische Sprachen, die andere das des Lehrers für Englisch und Mathematik. Im Raum verstreut standen kreuz und quer, in wüster Unregelmäßigkeit, unzählige Bänke und Pulte, schwarz, altertümlich und abgenützt, mit Stapeln abgegriffener Bücher bedeckt, und so mit Initialen, Namen, seltsamen Figuren und anderen Schnitzkünsten verunstaltet, daß sie ganz ihre ursprüngliche Form, die sie in längstvergangenen Tagen gehabt haben mußten, verloren hatten. Ein riesiger Eimer Wasser stand am einen Ende des Raumes, und am anderen eine Uhr von gewaltigen Dimensionen.

In die mächtigen Mauern dieser ehrwürdigen Anstalt eingeschlossen, verbrachte ich weder in Langeweile noch mit Widerwillen das dritte Lustrum meines Lebens. Die überschäumende Phantasie des Kindes braucht keine äußerliche Welt der Ereignisse, um sich zu beschäftigen oder zu unterhalten; und die augenscheinlich traurige Eintönigkeit des Schullebens gab mir stärkere Erregungen, als ich sie in meiner späteren Jugend vom Luxus oder im vollen Mannesalter vom Verbrechen empfangen habe. Ich muß jedoch annehmen, daß meine erste geistige Entwicklung sehr außergewöhnlich — ja gerade krankhaft gewesen ist. Bei den meisten Menschen lassen die Ereignisse ihrer frühen Kindheit nur geringe Eindrücke zurück. Alles ist schattenhaft grau — eine unklare, verworrene Erinnerung, ein zielloses Zusammensuchen schwacher Freuden und eingebildeter Schmerzen. Bei mir ist das nicht der Fall. Schon in der Kindheit muß ich mit der Klarheit eines erwachsenen Menschen all das empfunden haben, was ich heute mit klaren, tiefen und dauerhaften Schriftzügen in mein Gedächtnis eingeprägt finde.

Doch wie wenig gab es in der Tat, das in den Augen der Menschen der Erinnerung wert gewesen wäre! Das Aufwachen am Morgen und der Befehl zu Bett zu gehen am Abend; der Unterricht; die regelmäßig wiederkehrenden freien Nachmittage und Spaziergänge; der Spielplatz mit seinem Lärmen, seiner Kurzweil und seinen kleinen Intrigen; das alles, wie durch eine Hexerei von mir lange Zeit vergessen, war geeignet, eine Fülle von Empfindungen, eine Welt reichen Geschehens, ein Universum der verschiedensten Gemütsbewegungen, heftigster Leidenschaften und vielfältiger Motive wachzurufen.

Und wirklich, das Feuer, die Begeisterung und die Überlegenheit meines Geistes ließen mich bald über meine Schulkameraden hervorragen, und langsam wuchs ich über alle empor, die nicht sehr viel älter waren als ich — über alle mit einer einzigen Ausnahme. Diese Ausnahme bildete ein Schüler, der, obwohl er mit mir nicht verwandt war, denselben Vornamen und Zunamen trug wie ich; ein Umstand, der in der Tat nicht sonderlich beachtenswert war; denn ungeachtet meiner vornehmen Abkunft war mein Name einer jener recht alltäglichen, die vor unvordenklichen Zeiten durch das Recht der Verjährung zu allgemein gebräuchlichen herabgesunken waren. In dieser Erzählung habe ich mich daher William Wilson genannt — ein fingierter Name, der jedoch von dem wirklichen nicht allzusehr abweicht. Mein Namensvetter allein wagte es von allen, welche in der Ausdrucksweise unserer Schule »unsere Bande« bildeten, im Unterricht sowie in Sport und Spiel auf dem Spielplatz sich mit mir zu messen, meinen Behauptungen keinen Glauben zu schenken, sich meinem Willen nicht unterzuordnen — kurz, sich in jeder Beziehung gegen meine ehrgeizige Herrschaft aufzulehnen. Wenn es auf der Welt einen überlegenen und unbeschränkten Despotismus gibt, so ist das der Despotismus, den ein geistig überlegener Knabe auf seine weniger starken Kameraden ausübt.

Wilsons Auflehnung war für mich eine Quelle der größten Verwirrung — um so mehr, als ich trotz der Großtuerei, mit der ich ihn und seine Anmaßungen in der Öffentlichkeit behandelte, im geheimen vor ihm Furcht empfand und mich des Gedankens nicht erwehren konnte, daß die Leichtigkeit, mit der es ihm gelang, sich mit mir zu messen, ein Beweis für seine Überlegenheit sei; mich aber kostete es dauernde Anstrengung, nicht von ihm überflügelt zu werden. Jedoch wurde seine Überlegenheit in Wirklichkeit nicht, ja nicht einmal seine Ebenbürtigkeit von jemand anderem außer mir bemerkt; unsere Gefährten schienen in unerklärlicher Blindheit diese Möglichkeit nicht einmal zu ahnen. In der Tat äußerte sich seine Rivalität, sein Widerstand und vor allem seine unverschämte und ärgerliche Einmischung in meine Angelegenheiten weniger in der Öffentlichkeit als vielmehr im Privaten. Es schien, als fehlte ihm sowohl der Ehrgeiz, von dem ich besessen war, als auch die Willenskraft, die es mir ermöglichte, mich in den Mittelpunkt zu stellen. Man konnte glauben, daß seine Rivalität nur durch das launische Verlangen mit mir zu streiten, mich in Erstaunen zu setzen oder mich zu demütigen, veranlaßt worden sei; dennoch gab es Zeiten, zu denen ich mit einem Gefühl der Bewunderung, Beschämung und Trotz erkennen mußte, daß er in seinem Benehmen mir gegenüber neben seinen Angriffen, Beleidigungen und Widerreden eine gewisse unangemessene und mir durchaus unwillkommene Zuneigung verriet. Ich konnte diesen Zug seines Betragens nur als Folge unerhörten Hochmuts deuten, der sich ja immer durch Bevormundung und Wohlwollen äußert.

Möglicherweise war es diese letztere Eigenart in Wilsons Benehmen, in Verbindung mit der Übereinstimmung unserer Namen, und dem bloßen Zufall, daß wir am selben Tag in die Schule eingetreten waren, was in den oberen Klassen der Anstalt die Meinung verursacht hatte, daß wir Brüder seien. Aber die älteren Schüler kümmern sich üblicherweise nicht besonders um die Angelegenheiten der jüngeren. Ich habe es bereits gesagt, oder ich sollte es vielmehr schon getan haben, daß Wilson nicht im entferntesten mit meiner Familie verwandt war. Doch wenn wir Brüder gewesen wären, so hätten wir Zwillinge sein müssen; denn ich erfuhr einmal zufällig, nachdem ich schon aus der Schule Dr. Bransbys ausgetreten war, daß mein Namensvetter am 19. Jänner 1813 geboren war — und dies ist ein einigermaßen bemerkenswertes Zusammentreffen, denn es ist genau der Tag meiner eigenen Geburt.

Es mag seltsam erscheinen, daß ich trotz der fortwährenden Angst, die die Rivalität Wilsons bei mir hervorrief, und trotz seines unerträglichen Widerspruchsgeistes, nicht dazu gebracht werden konnte, ihn wirklich zu hassen. Wir hatten zwar sicher fast jeden Tag Streit miteinander, bei welchem es ihm auf geschickte Weise gelang, obwohl er mir in der Öffentlichkeit die Siegespalme überließ, mich fühlen zu lassen, daß eigentlich er es war, der sie verdient hätte; aber ein Gefühl des Stolzes auf meiner Seite, und eine wahre Würde seinerseits hielten uns davon ab, wirklich zu streiten; jedoch gab es anderseits in unseren Charakteren in vieler Hinsicht große Übereinstimmung, welche es wahrscheinlich verhinderte, daß unsere Beziehungen zu Freundschaft ausreifen konnten. In der Tat ist es schwer, meine Gefühle ihm gegenüber zu erklären oder auch nur zu beschreiben. Es war ein buntes Gemisch der verschiedenartigsten Empfindungen — ein wenig eigensinnige Feindseligkeit, welche jedoch kein Haß war, ein wenig Achtung, mehr Bewunderung, viel Furcht, und eine Welt ruheloser Neugierde. Für einen Psychologen wird es unnötig sein, hinzuzufügen, daß Wilson und ich die unzertrennlichsten Kameraden waren.

Ohne Zweifel war die ganz außergewöhnliche Art der Beziehungen zwischen uns der Grund, der mich alle meine Angriffe gegen ihn (und es gab deren viele, sowohl offene als auch versteckte) eher in Form eines Schabernacks, der Schmerz bereitete, während er wie ein gewöhnlicher Spaß wirkte, als in Form ernster und bestimmter Feindschaft ausführen ließ. Aber meine Anstrengungen dieser Art waren keinesfalls immer erfolgreich, auch dann nicht, wenn ich meine Pläne ganz raffiniert ausgeheckt hatte; denn mein Namensvetter hatte in seinem Charakter viel von jener bescheidenen ruhigen Zurückhaltung, derzufolge er zwar die Schärfe seines eigenen Spottes genoß, selbst aber keine Achillesferse bot, so daß es absolut unmöglich war, daß über ihn gelacht wurde. Ich konnte tatsächlich nur einen einzigen verwundbaren Punkt entdecken, und dieser wäre, da er in einer persönlichen Eigenheit lag, welche auf ein körperliches Gebrechen zurückzuführen war, von jedem anderen Gegner, der nicht so am Ende seiner Weisheit gewesen wäre wie ich, verschont worden — mein Gegenspieler litt an einer Schwäche der Sprechorgane, welche ihn jederzeit daran hinderte, seine Stimme über ein mehr als leises Flüstern zu erheben. Ich ließ es mir nicht entgehen, aus diesem Fehler, so gut ich konnte, meinen armseligen Vorteil zu ziehen.

Wilsons Vergeltung war in ihrer Art sehr vielfältig, und es gab eine Form davon, die mich über alle Maßen ärgerte. Auf welche Art es seine Schlauheit überhaupt entdeckte, daß mich eine solch unbedeutende Sache verletzen könne, weiß ich nicht, aber nachdem er es herausbekommen hatte, belästigte er mich immer wieder auf dieselbe Weise. Ich fühlte stets eine Abneigung gegen meinen unvornehmen Zunamen und meinen gewöhnlichen, ja geradezu plebejischen Vornamen. Der Klang war Gift für meine Ohren; und als am Tag meiner Ankunft ein zweiter William Wilson ebenfalls in die Anstalt eintrat, empfand ich Zorn gegen ihn, da er meinen Namen trug, und ich fühlte einen doppelten Widerwillen gegen den Namen, da ihn ein Fremder trug, der den Grund dafür abgeben sollte, daß ich ihn doppelt so oft hören mußte wie bisher, ein Fremder, der immer in meiner Nähe sein würde, und dessen Angelegenheiten, so wie es der Lauf der Schule schon einmal war, unvermeidlicherweise aufgrund der verwünschten Namensgleichheit oft mit den meinigen verwechselt werden mußten.

Das auf diese Weise erzeugte Gefühl des Ärgers nahm bei jeder Gelegenheit zu, die die geistige oder körperliche Ähnlichkeit zwischen einem Rivalen und mir aufzeigte. Ich hatte damals noch nicht die bemerkenswerte Tatsache, daß wir gleich alt waren, erfahren; aber ich sah, daß wir von gleicher Größe waren, und ich bemerkte, daß wir uns im allgemeinen Körperumriß und in den Gesichtslinien glichen. Ich ärgerte mich auch über ein Gerücht, welches von einer Verwandtschaft zwischen uns sprach, und das in den oberen Klassen seinen Ursprung genommen hatte. Mit einem Wort, nichts konnte mich ernstlicher beunruhigen, wenngleich ich diese Beunruhigung ängstlich verbarg, als irgendeine Anspielung auf die Ähnlichkeit unseres Geistes, Körpers oder Betragens, die zwischen uns bestand. Aber ich hatte in Wirklichkeit keinen Grund zur Annahme, daß, mit Ausnahme jenes Gerüchts über unsere Verwandtschaft, diese Ähnlichkeit jemals Stoff für ein Gespräch unserer Schulkollegen abgegeben hätte oder daß sie von ihnen auch nur bemerkt worden wäre. Daß er sie in ihrer ganzen Art ebenso klar erkannte wie ich, war offensichtlich; aber daß er darin solch ein fruchtbares Feld für seine Quälereien entdecken konnte, kann, wie ich bereits sagte, nur seinem außergewöhnlichen Scharfsinn zugeschrieben werden.

Seine Rolle, die in einer vollkommenen Nachahmung meiner selbst bestand, spielte er in Wort und Tat; und er spielte sie bewundernswert gut. Meine Kleidung zu kopieren war eine Leichtigkeit; meinen Gang und meine Haltung eignete er sich auch ohne Schwierigkeit an, trotz seines angeborenen Fehlers entging ihm nicht einmal die Stimme. Meine lauteren Töne konnte er selbstverständlich nicht hervorbringen, jedoch der Klang war derselbe; und sein eigenartiges Flüstern wurde das vollkommene Echo meiner eigenen Stimme.

In welchem Maß mich dieses ganz hervorragende Porträt — eine Karikatur konnte man es nämlich nicht einmal nennen — quälte, will ich nicht zu beschreiben versuchen. Ich hatte nur einen einzigen Trost — nämlich die Tatsache, daß diese Nachahmung offensichtlich nur von mir allein bemerkt wurde, und daß nur ich allein das spöttische Lächeln meines Namensvetters zu erdulden hatte. Zufrieden damit, in meinem Herzen die gewünschte Wirkung hervorgebracht zu haben, schien er heimlich über den Stich, den er mir zugefügt, zu kichern, und war bezeichnenderweise am öffentlichen Beifall, den der Erfolg seiner schlauen Bemühungen so leicht hätte erzielen können, uninteressiert. Daß die Schüler in der Tat seine Absichten nicht bemerkten, seine Meisterschaft nicht erkannten und an seinem Spott nicht teilnahmen, war für mich viele angstvolle Monate lang ein unlösbares Rätsel. Vielleicht war es das schrittweise Heranreifen seiner Nachahmungskunst, welches diese nicht so leicht erkenntlich machte; oder noch wahrscheinlicher verdankte ich meine Sicherheit der meisterhaften Art des Schauspielers, der, grobe Äußerlichkeiten verachtend — also alles das, was ein oberflächlicher Beobachter an einem Gemälde erkennen kann —, vor allem den Geist seines Originals wiedergab, nur für meine Augen und zu meinem Schmerz.

Ich habe schon mehr als einmal von seiner widerlichen Beschützermiene gesprochen, die er mir gegenüber an den Tag legte, sowie auch von seiner häufigen übertriebenen Einmischung in meinen Willen. Diese Einmischungen trugen oft den Charakter unerwünschter Ratschläge; Ratschläge, die nicht offen gegeben, sondern heimlich angedeutet wurden. Ich nahm seine Vorstellungen mit einem Widerwillen entgegen, der im Laufe der Jahre immer mehr zunahm. Doch heute, nach so langer Zeit, möchte ich ihm die selbstverständliche Gerechtigkeit widerfahren lassen, zu bekennen, daß ich mich keiner Gelegenheit entsinnen kann, bei der die Einflüsterungen meines Gegenspielers von jener falschen oder leichtfertigen Art gewesen wären, wie man sie aufgrund seines unreifen Alters oder seiner scheinbaren Unerfahrenheit hätte erwarten können; und daß zumindest das sittliche Gefühl, wenn nicht die allgemeine Begabung überhaupt sowie eine Art weltlicher Weisheit bei ihm stärker entwickelt war als auf meiner Seite. Und ich muß auch gestehen, daß ich wahrscheinlich heute ein besserer und daher glücklicherer Mensch sein könnte, hätte ich weniger oft die Ratschläge zurückgewiesen, die er mir in Form seines bedeutsamen Flüsterns angedeutet hatte, die ich jedoch damals zu sehr haßte und verachtete.

Und es war so, daß ich mich schließlich gegen seine widerliche Aufsicht auf das heftigste sträubte und ihm das täglich offener übelnahm, was ich seiner unerträglichen Anmaßung zuschrieb. Ich habe gesagt, daß meine Gefühle in den ersten Jahren unseres Zusammentreffens in der Schule leicht in Freundschaft umschlagen hätten können; jedoch in den letzten Monaten meines Aufenthaltes an der Anstalt verwandelte sich mein Empfinden gegen ihn, obwohl seine übliche Zudringlichkeit ohne Zweifel in vieler Hinsicht abgenommen hatte, in nahezu demselben Verhältnis in echten Haß. Ich glaube, daß er dies bei irgendeiner Gelegenheit bemerkt hatte, und daß er mich von da an mied, oder so tat, als meide er mich.

Es war etwa um dieselbe Zeit, wenn ich mich recht erinnere, daß ich während eines heftigen Streits mit ihm, bei dem er sich weniger als gewöhnlich in der Hand hatte, und mit einer Offenheit sprach und auftrat, die seinem Wesen eigentlich fremd war, daß ich in seinem Tonfall, seiner Stimme und seiner ganzen Erscheinung etwas entdeckte, oder zu entdecken glaubte, das mich zuerst bestürzte und dann mein tiefstes Interesse erregte, indem es in meinem Geist dunkle Vorstellungen aus meiner frühesten Kindheit wachrief — eigenartig verwirrten sich aufdrängende Erinnerungen aus einer Zeit, da mein Gedächtnis noch nicht erwacht war. Ich kann das Gefühl, das mich ergriff, nicht besser beschreiben, als wenn ich sage, daß ich nur mit Mühe den Eindruck verscheuchen konnte, mit dem Wesen, das vor mir stand, einmal vor langer Zeit verwandt gewesen zu sein — in einer sogar unendlich fernen Vergangenheit. Diese Sinnestäuschung verschwand allerdings so schnell, wie sie gekommen war; und ich erwähne sie überhaupt nur, weil sie den Tag der letzten Unterredung mit meinem sonderbaren Namensvetter kennzeichnet.

Das riesige alte Haus mit seinen zahllosen Unterabteilungen hatte einige große Räume, die miteinander in Verbindung standen, und in denen die Mehrzahl der Schüler schlief. Es gab jedoch auch, wie sich dies in einem so schlecht geplanten Gebäude ergeben mußte, viele kleine Winkel oder Verstecke, nämlich die übriggebliebenen Ecken des Baues; und diese hatte der ökonomische Geist Dr. Bransbys ebenfalls zu Schlafräumen ausbauen lassen, obwohl diese so eng waren, daß sie nur für einen einzelnen Menschen Platz boten. Einen dieser schmalen Räume bewohnte Wilson.

Eines Nachts, etwa gegen Ende meines fünften Schuljahres und unmittelbar nach dem eben erwähnten Streit, erhob ich mich, nachdem alle anderen eingeschlafen waren, von meinem Bett, und schlich mich, eine Laterne in der Hand, durch ein

Wirrwarr schmaler Gänge, von meinem Schlafzimmer zu dem meines Rivalen. Ich hatte schon lange einen jener üblen Streiche geplant, die bisher so erfolglos verlaufen waren. Es war meine Absicht, jetzt meinen Plan ins Werk zu setzen und ich wollte ihn die ganze Bosheit fühlen lassen, die in mir steckte. Nachdem ich seine Kammer erreicht hatte, trat ich geräuschlos ein, wobei ich die abgeblendete Lampe draußen zurückließ. Ich ging einen Schritt vor und lauschte auf seinen ruhigen Atem. Nachdem ich mich überzeugt hatte, daß er schlief, ging ich wieder zurück, nahm die Laterne und näherte mich mit ihr wieder dem Bett. Es war von zugezogenen Vorhängen umgeben, die ich aber, meinem Vorhaben gemäß, langsam und geräuschlos zurückzog, als das helle Licht auf den Schlafenden fiel und meine Augen im gleichen Augenblick auf sein Gesicht gerichtet waren. Ich blickte hin und erstarrte, und ein eisiges Gefühl durchdrang meinen Körper. Mir stockte der Atem, meine Knie zitterten und mein Geist wurde von einem unerklärlichen und unerträglichen Schauder erfaßt. Nach Atem ringend, brachte ich die Lampe noch näher. Dies — waren dies die Züge William Wilsons? Wirklich, ich sah, daß sie es waren, aber ich schauderte wie in einem Fieberanfall bei der Vorstellung, sie wären es nicht. Was hatten sie denn an sich, das mich solcherart bestürzte? Ich starrte ihn an, während mir zahllose unzusammenhängende Gedanken durch den Kopf gingen. Nicht so erschien er — sicher nicht so — in der Lebhaftigkeit, während er wach war. Derselbe Name! Dieselbe Körpergestalt! Der gleiche Tag unserer Ankunft in der Anstalt! Und dann seine beständige und sinnlose Nachahmung meines Ganges, meiner Stimme, meiner Kleidung und meines Benehmens! Lag es denn wirklich im Bereich des menschlich Möglichen, daß das, was ich nun vor mir sah, nur das Ergebnis der Gewohnheit mich spöttisch nachzuahmen war? Angsterfüllt und mit wachsendem Schauder löschte ich die Laterne aus, schlich mich leise aus der Kammer und verließ im Augenblick die Hallen jener alten Anstalt, um sie nie wieder zu betreten.

Nach Verlauf einiger Monate, die ich daheim in faulem Nichtstun verbracht hatte, fand ich mich dann als Student in Eton. Die kurze Zeit hatte genügt, meine Erinnerungen an die Geschehnisse in der Schule Dr. Bransbys abzuschwächen, oder wenigstens, um einen großen Wechsel in den Gefühlen, mit denen ich daran zurückdachte, zu bewirken. Die Wirklichkeit und die Tragik des Dramas waren vorbei. Ich hatte jetzt die Ruhe, die Zuverlässigkeit meiner Sinne zu bezweifeln; und ich rief mir die Ereignisse selten ohne eine gewisse Verwunderung über das Maß menschlicher Leichtgläubigkeit zurück, und lächelte über den mächtigen Einfluß der Einbildungskraft, die ich geerbt hatte. Diese Art von Skeptizismus konnte auch durch meine Lebensweise in Eton nicht vermindert werden. Der Wirbel gedankenloser Torheiten, in den ich dort so plötzlich und so unbekümmert hinabgetaucht war, wusch alles bis auf den Schaum meiner letzten Stunde weg, verschlang sofort jeden stärkeren oder ernsteren Eindruck und ließ im Gedächtnis nur die größten Belanglosigkeiten aus meinem früheren Leben zurück.

Ich möchte an dieser Stelle allerdings nicht auf die Entwicklung meiner verabscheuungswürdigen Lasterhaftigkeit eingehen — eine Lasterhaftigkeit, welche die Gesetze verhöhnte, während sie der Wachsamkeit der Behörden entging. Drei tolle Jahre, die ohne irgendwelchen Gewinn vergangen waren, hatten mir nichts gebracht als lasterhafte Gewohnheiten, die allerdings auf sonderbare Art meinem körperlichen Zustand zuträglich gewesen waren, als ich nach einer Woche geistloser Zerstreuung eine kleine Gruppe meiner lockersten Kameraden zu einem geheimen Zechgelage auf mein Zimmer einlud. Wir trafen uns erst zu später Nachtstunde, denn unsere Schwelgerei sollte wirklich bis zum Morgen ausgedehnt werden. Der Wein floß in Strömen, und es fehlte auch nicht an anderen, vielleicht gefährlicheren Verführungen; der Morgen dämmerte schon, als unsere wahnwitzige Ausgelassenheit ihren Höhepunkt erreicht hatte. Vom Kartenspiel und vom Alkohol krankhaft erregt, war ich dabei, einen Trinkspruch von mehr als gewöhnlicher Ruchlosigkeit auszustoßen, als meine Aufmerksamkeit plötzlich durch das heftige Öffnen der Wohnungstür und durch die dringliche Stimme meines Dieners abgelenkt wurde. Jemand, der in großer Eile sei, wünsche mich im Vorzimmer zu sprechen.

Vom Wein in ausgelassene Stimmung versetzt, war ich über die unerwartete Unterbrechung mehr erfreut als überrascht. Sofort schwankte ich hinaus, und wenige Schritte brachten mich in die Vorhalle. In diesem niedrigen und schmalen Raum hing keine Lampe, und es gab überhaupt kein Licht mit Ausnahme des äußerst schwachen Morgengrauens, das durch das halbrunde Fenster fiel. Als ich meinen Fuß über die Schwelle setzte, nahm ich die Gestalt eines jungen Mannes wahr, der ungefähr meine Größe hatte und in einen weißen Morgenrock aus Kaschmir nach dem neuesten Schnitt, so wie ich ihn im Augenblick trug, gekleidet war. Dies konnte ich bei dem schwachen Licht wahrnehmen, aber die Gesichtszüge konnte ich nicht unterscheiden. Bei meinem Erscheinen trat er eilig auf mich zu, packte mich mit einer Geste heftiger Ungeduld am Arm und flüsterte mir die Worte »William Wilson« ins Ohr.

Augenblicklich wurde ich vollkommen nüchtern.

Es war etwas in der Art des Fremden und in dem zitternden Winken seines erhobenen Fingers, als er ihn im schwachen Licht vor meine Augen hielt, was mich mit unbegreiflichem Staunen erfüllte. Aber nicht das war es, was mich so heftig bewegte, es war die Schärfe des feierlichen Verweises, die in der eigenartig leise gezischten Äußerung lag, und vor allem war es die Art, der besondere Klang der wenigen wohlbekannten geflüsterten Silben, der mit tausend sich aufdrängenden Erinnerungen aus vergangenen Tagen auf mich einstürmte und meine Seele wie ein elektrischer Schlag traf. Ehe ich wieder Herr meiner Sinne geworden war, war der Jüngling verschwunden.

Obwohl dieser Vorfall nicht verfehlte, einen großen Eindruck auf meine verwirrte Phantasie zu machen, verging dieser Eindruck so schnell, wie er lebhaft gewesen war. Einige Wochen lang allerdings beschäftigte ich mich mit ernsten Fragen und war von einer Wolke krankhafter Vorstellungen eingehüllt. Ich machte nicht den Versuch, an der Identität dieses seltsamen Individuums mit jenem zu zweifeln, welches sich schon früher so beharrlich in meine Angelegenheiten gemischt und mich mit seinem aufdringlichen Rat gequält hatte. Aber wer und was war jener Wilson? Und woher kam er? Und welches waren seine Absichten? Auf keine dieser Fragen konnte ich eine befriedigende Antwort finden. Ich erfuhr nur das eine, daß ein plötzlich eingetretenes Familienereignis seinen Austritt aus der Anstalt Dr. Bransbys am Nachmittag desselben Tages, an dem ich von dort entflohen war, zur Folge gehabt hatte. Aber nach kurzer Zeit hörte ich auf, mir über diese Angelegenheit Gedanken zu machen, da meine Aufmerksamkeit durch meine geplante Übersiedlung nach Oxford in Anspruch genommen wurde. Bald übersiedelte ich dann wirklich, und die großzügige Freigebigkeit meiner Eltern versah mich mit einem jährlichen Wechsel, der es mir ermöglichte, wie es mir gefiel, in dem mir schon unentbehrlichen Luxus zu schwelgen und die Verschwendungssucht der übermütigsten Erben der reichsten Grafschaften Großbritanniens zu überbieten.

Durch solche Möglichkeiten zum Laster angeregt, brach mein angeborenes Temperament mit doppeltem Feuer hervor und ich verlor die gewöhnlichsten Hemmungen des Anstandes in der krankhaften Verblendung meiner rauschenden Vergnügungen. Aber es hätte keinen Sinn, bei den Einzelheiten meines lasterhaften Lebens zu verweilen. Es möge genügen zu bemerken, daß ich in bezug auf Verschwendungssucht selbst Herodes übertraf, und daß ich, indem ich viele neue Schändlichkeiten erfand, der langen Liste der Laster, die damals an der ausschweifendsten Universität Europas üblich waren, einen gar nicht kurzen Anhang hinzufügte.

Man wird es wohl schwerlich glauben können, daß ich von meinem vornehmen Lebenswandel so tief herabgesunken war, daß ich die übelsten Schliche der Gewohnheitsspieler kennenzulernen suchte, und nachdem ich in dieser verächtlichen Wissenschaft genügend Erfahrung gesammelt hatte, sie als Mittel gebrauchte, mein ohnehin enormes Vermögen auf Kosten meiner ahnungslosen Studienkollegen zu vergrößern. Nichtsdestoweniger war es so. Und diese unerhörte Verachtung jeder Manneswürde und jedes Ehrgefühls war ohne Zweifel der Hauptgrund für meine Straflosigkeit. Denn wer unter meinen verworfensten Kollegen hätte nicht eher an der Zuverlässigkeit seiner Sinne gezweifelt, als daß er den fröhlichen, freimütigen und großmütigen William Wilson, den vornehmsten und edelsten Studenten Oxfords, für einen Falschspieler gehalten hätte, ihn, dessen übermütige Streiche — so sagten seine Parasiten — nichts anderes als die Tollheit seiner Jugend und seiner zügellosen Phantasie waren und dessen Fehler nur eigenartige Launen und dessen dunkelste Laster nur sorglose, überfließende Extravaganz war.

Ich war schon zwei Jahre in dieser Weise erfolgreich tätig gewesen, als ein jüngst geadelter Emporkömmling namens Glendinning an die Universität kam, der dem Vernehmen nach reich wie Herodes Atticus und auch eben so leicht zu seinem Vermögen gekommen war. Bald sah ich, daß er nicht sonderlich klug war, was ihn natürlich als Objekt für meine Kunst bestimmte. Ich forderte ihn öfters zum Spiel auf und ließ ihn, nach der üblichen Art der Falschspieler, anfangs beträchtliche Summen gewinnen, um ihn dann um so wirksamer ins Netz zu locken. Als mein Plan schließlich gereift war, traf ich ihn — mit der bestimmten Absicht, daß diese Zusammenkunft die letzte und entscheidende sein sollte, in der Wohnung eines Mitstudenten namens Preston, eines uns beiden vertrauten Freundes, der aber, um ihm Gerechtigkeit widerfahren zu lassen, von meiner Absicht nicht die leiseste Ahnung hatte. Um der Sache einen besseren Anstrich zu geben, hatte ich Sorge getragen, eine Gesellschaft von acht oder zehn Leuten dort zu haben, und ich war peinlich darum besorgt, daß man nur rein zufällig mit dem Kartenspiel beginnen, und daß mein Opfer selbst den Anfang machen sollte. Um kurz zu sein: ich hatte keinen der niedrigen Tricks verschmäht, die bei derartigen Gelegenheiten so regelmäßig verwendet werden, daß es geradezu ein Wunder ist, wenn sich noch immer Dumme finden, die darauf hereinfallen

Wir hatten unser Beisammensein schon bis tief in die Nacht ausgedehnt, und es gelang mir schließlich, Glendinning als einzigen Gegner zu bekommen. Auch das Spiel war mein Lieblingsspiel, nämlich das Ekarté. Der Rest der Gesellschaft interessierte sich so lebhaft für unser Spiel, daß alle die Karten weggelegt hatten und nun um uns als Zuschauer herumstanden. Der Emporkömmling, den ich durch meine Tricks am frühen Abend dazu gebracht hatte, reichlich zu trinken, mischte nun, teilte die Karten und spielte mit einer Nervosität, für die, so glaubte ich, seine Trunkenheit nur zum Teil verantwortlich sein konnte. Nach äußerst kurzer Zeit schuldete er mir bereits enorme Summen, als er, nachdem er einen tiefen Schluck Portwein hinabgestürzt hatte, genau das tat, was ich vorausgesehen hatte — er schlug nämlich vor, unseren ohnehin außerordentlich hohen Einsatz zu verdoppeln. Mit gut gespieltem Widerstreben, und nicht eher, als bis ihm meine wiederholte Zurückweisung einige ärgerliche Äußerungen entlockt hatte, die meine Zustimmung geradezu herauszufordern schienen, fügte ich mich schließlich seinem Wunsch. Das Ergebnis bewies selbstverständlich nur, wie sehr mir der Vogel ins Garn gegangen war; in kaum einer Stunde hatte er seine Schuld vervierfacht. Seit einer Weile schon hatte sein Antlitz den rosigen Hauch, den ihm der Wein verliehen hatte, verloren. Aber nun entdeckte ich zu meinem Erstaunen, daß es eine geradezu erschreckende Blässe angenommen hatte. Ich betone zu meinem Erstaunen, Glendinning hatte sich nämlich bei meinen eifrigen Nachforschungen als immens reich erwiesen. Und die Summe, die er jetzt verloren hatte, konnte ihn, wenngleich sie auch an sich riesig hoch war, doch nicht, so dachte ich, ernstlich schmerzen, viel weniger, ihn solcherart erschüttern. Daß der eben genossene Wein die Ursache seines Zustandes war, war der sich aufdrängende Gedanke. Und mehr darauf bedacht, den Ruf meines Charakters bei meinen Kollegen zu wahren, als aus irgendeinem anderen Grund, wollte ich gerade unter allen Umständen darauf bestehen, das Spiel abzubrechen, als mir einige Äußerungen der mich Umringenden und ein Ausruf höchster Verzweiflung von seiten Glendinnings zu verstehen gaben, daß ich seinen vollständigen Ruin herbeigeführt hatte, und das unter Umständen, die ihn zu einem Objekt des Mitleids aller machten und ihn sogar vor den Bosheiten eines Teufels bewahren hätten müssen.

Wie ich mich nun weiterhin verhalten haben würde, läßt sich schwer sagen. Der bedauernswerte Zustand meines Gimpels hatte uns alle mit einer gewissen Verlegenheit erfüllt. Einige Augenblicke lang herrschte Schweigen, während welcher Zeit ich mich eines Brennens meiner Wangen unter den vielen vor Zorn und Vorwurf glühenden Blicken der weniger lasterhaften Teilnehmer der Gesellschaft nicht erwehren konnte. Ich will sogar zugeben, daß mir durch eine plötzliche ungewöhnliche Unterbrechung, die nun eintrat, für einen kurzen Augenblick eine unerträgliche Last der Beklemmung vom Herzen genommen wurde. Die großen, schweren Flügeltüren des Appartements wurden plötzlich mit solchem Ungestüm ganz weit aufgerissen, daß, wie durch einen Zauber, alle Kerzen im Zimmer erloschen. Vor ihrem Verlöschen war es uns noch möglich zu erkennen, daß ein Fremder, ungefähr von meiner Körpergröße und eng in einen Mantel eingehüllt, eingetreten war. Nun war die Finsternis jedoch vollkommen, und wir konnten nur spüren, daß er in unserer Mitte stand. Bevor sich irgendeiner von uns von seinem Erstaunen erholen konnte, in das seine Heftigkeit alle versetzt hatte, vernahmen wir die Stimme des Eindringlings.

»Meine Herren«, sagte er in einem leisen, deutlichen und nie zu vergessenden Flüstern, welches mir bis ins Mark drang, »meine Herren, ich möchte mein Benehmen gar nicht entschuldigen, da ich damit nur eine Pflicht erfülle. Sie sind ohne Zweifel über den Charakter des Mannes, der heute nacht im Ekarté Lord Glendinning eine große Summe abgewonnen hat, nicht unterrichtet. Ich werde Ihnen daher eine schnelle und sichere Methode verraten, wodurch Sie sich diese äußerst wichtige Information verschaffen können. Bitte untersuchen sie in aller Ruhe das innere Futter seines linken Ärmelaufschlages und die verschiedenen kleinen Päckchen, die Sie in den einigermaßen großen Taschen seines bestickten Hausrocks finden werden.«

Während er sprach, herrschte vollkommene Stille, so daß man das Fallen einer Stecknadel auf den Boden vernehmen hätte können. Kaum hatte er geendet, als er verschwand, so plötzlich, wie er eingetreten war. Kann ich — oder soll ich meine Gefühle beschreiben? Muß ich denn sagen, daß ich alle Schrecken der Verdammten fühlte? Jedoch hatte ich für Überlegungen wenig Zeit. Auf der Stelle packten mich viele Hände, und gleich darauf wurden die Lichter wieder angezündet. Die Suche begann. Im Futter meines Ärmels fand man alle für das Ekarté bedeutsamen hohen Karten, und in den Taschen meines Rocks eine Anzahl Kartenspiele, die den bei unseren Spielen verwendeten vollkommen glichen, bis auf die einzige Ausnahme, daß meine von der Art waren, die in der Fachsprache als »abgerundete« bezeichnet werden; die wertvollen waren an den Schmalseiten leicht konvex, während die niedrigeren diese Eigenart an den Breitseiten aufwiesen. Unter dieser Voraussetzung wird der Gimpel, der wie üblich an der Breitseite abhebt, unweigerlich seinem Gegenspieler eine hohe Karte überlassen, während der Spieler, der an der Schmalseite abhebt, seinem Opfer sicher keine Karte in die Hand spielen wird, die irgend von Bedeutung ist.

Irgend ein Ausbruch der Entrüstung über diese Entdeckung würde mich weniger getroffen haben, als die schweigende Verachtung oder die höhnische Ruhe, mit der sie aufgenommen wurde.

»Mr. Wilson«, sagte unser Gastgeber, indem er sich bückte, um einen vor seinen Füßen liegenden äußerst kostbaren Pelzmantel aufzuheben, »Mr. Wilson, dieser Mantel ist wohl Ihr

Eigentum.« Es herrschte kaltes Wetter, und ich hatte, als ich meine Wohnung verließ, einen Mantel über meinen Hausrock geworfen, den ich dann nach der Ankunft am Schauplatz des Spiels abgelegt. »Ich nehme an, daß es überflüssig ist, auch hier noch für einen weiteren Beweis Ihrer Hinterlist zu suchen.« Hiebei blickte er mit bitterem Lächeln auf den Mantel. »Davon haben wir wirklich schon genug. Ich nehme an, Sie sehen selbst die Notwendigkeit ein, Oxford — oder auf jeden Fall sofort meine Wohnung zu verlassen.«

Verhöhnt und aufs höchste gedemütigt wie ich war, hätte ich mich für diese verletzende Rede wahrscheinlich auf der Stelle durch eine Tätlichkeit gerächt, wenn nicht in diesem Augenblick meine Aufmerksamkeit durch eine höchst bestürzende Tatsache in Anspruch genommen worden wäre. Der Mantel, welchen ich getragen hatte, war von sehr seltenem Pelzwerk; wie selten, wie außerordentlich kostbar es war, will ich gar nicht sagen. Auch sein Schnitt entstammte meiner Erfindungsgabe; denn ich war in bezug auf solche Nichtigkeiten von ekelhafter Eitelkeit. Als mir daher Mr. Preston jenen Mantel reichte, den er nahe an der Flügeltür vom Boden aufgehoben hatte, mußte ich mit Erstaunen, welches geradezu an Entsetzen grenzte, feststellen, daß ich meinen eigenen schon über dem Arm liegen hatte, wohin ich ihn zweifelsohne ganz gedankenlos gelegt hatte, und daß jener, welcher mir gereicht wurde, selbst in der lächerlichsten Kleinigkeit, die man sich denken kann, das vollkommene Gegenstück zu meinem eigenen war. Das seltsame Wesen, welches mich so schrecklich bloßgestellt hatte, war, wie ich mich erinnerte, in einen Mantel gehüllt gewesen; aber niemand von der ganzen Gesellschaft, außer mir, hatte einen getragen. Mit einiger Geistesgegenwart, die ich mir noch bewahrt hatte, nahm ich den Mantel, den mir Preston reichte, und legte ihn unbemerkt über meinen eigenen, verließ die Wohnung mit einem finsteren, trotzigen Blick, und am nächsten Tag trat ich vor dem Morgengrauen eine eilige Reise nach dem Kontinent an, von Schrecken und Scham gehetzt.

Ich floh vergebens. Mein böses Schicksal verfolgte mich triumphierend und bewies mir, daß seine geheimnisvolle Herrschaft erst jetzt wirklich beginne. Kaum hatte ich meine Schritte nach Paris gelenkt, als ich wieder neue Beweise der verhaßten Anteilnahme, die dieser Wilson an meinen Angelegenheiten zeigte, bekam. Jahre vergingen, und ich erfuhr keine Erleichterung. Dieser Schurke! Mit welch ungelegenem, ja, mit welch gespenstigem Eifer trat er in Rom zwischen mich und meine ehrgeizigen Vorhaben! In Wien ebenfalls — in Berlin und in Moskau! Wo denn hatte ich wirklich keinen bitteren Grund, ihn aus tiefstem Herzen zu verwünschen? Vor seiner unerklärlichen Tyrannei floh ich schließlich in panischer Angst, wie vor einer Pestepidemie; und ich floh bis ans äußerste Ende der Welt, aber ich floh vergebens.

Und immer wieder stellte ich mir in geheimer Zwiesprache mit meiner Seele die Frage: »Wer ist er? Woher ist er gekommen? Und was sind seine Absichten?« Aber ich fand darauf keine Antwort. Und schließlich forschte ich mit peinlicher Genauigkeit nach der Art, nach den Methoden und den herrschenden Zügen seiner unverschämten Aufsicht. Aber auch hier gab es wenig, worauf sich eine Mutmaßung gründen ließ. Es war jedoch in der Tat bemerkenswert, daß in all den vielen Fällen, in denen er zuletzt meinen Weg kreuzte, es ihm nur darum gegangen war, solche Pläne zu vereiteln oder solche Handlungen zu stören, welche, wenn sie bis zum Ende ausgeführt worden wären, schlimmes Unglück verursacht hätten. Wahrlich eine armselige Rechtfertigung für eine herrische angemaßte Bevormundung. Ein armseliger Ersatz für die natürlichen Rechte der Selbstbestimmung, die mir so beständig und in solch beleidigender Weise entzogen wurden!

Ich mußte feststellen, daß mein Peiniger sehr lange Zeit hindurch, während er mit Bedacht und mit wundersamer Geschicklichkeit meine Erscheinung nachahmte, es in vielen Fällen, in denen er sich in meine Angelegenheiten einmischte, so einzurichten gewußt hatte, daß ich zu keinem Zeitpunkt seine Gesichtszüge sehen konnte. Sollte Wilson sein, wer er wollte, aber das war schließlich doch die Spitze der Ziererei oder Albernheit. Konnte er denn nur einen Augenblick angenommen haben, daß ich in meinem Warner in Eton — in dem Zerstörer meiner Ehre zu Oxford, in ihm, der in Rom meine ehrgeizigen Pläne, meine Rache in Paris, meine leidenschaftliche Liebe in Neapel, oder in Ägypten das, was er fälschlicherweise meiner Habgier zuschrieb, durchkreuzte, daß ich in diesem meinem Erzfeind und meinem bösen Geist, fehlgehen könnte, den William Wilson aus meiner früheren Schulzeit zu erkennen, den

Namensvetter, den Kameraden, den Rivalen — den gehaßten und gefürchteten Rivalen in der Anstalt Dr. Bransbys? Unmöglich! — Aber laßt mich schnell zu der letzten bedeutsamen Szene des Dramas kommen.

Bis hieher hatte ich mich anstandslos dieser gebieterischen Herrschaft unterworfen. Ein Gefühl tiefster Ehrfurcht, mit dem ich gewöhnlich den überlegenen Charakter, die göttliche Weisheit, die offensichtliche Allgegenwart und Allmacht Wilsons ansah, hatte neben dem Gefühl wirklichen Schreckens, mit dem mich andere Züge seines Wesens erfüllten, bis dahin bewirkt, mich mit einem Gefühl äußerster Schwäche und Hilflosigkeit zu erfüllen, und eine vollständige, jedoch äußerst widerstrebende Unterwerfung unter seinen eigensinnigen Willen herbeizuführen. Aber in späterer Zeit habe ich mich ganz dem Wein ergeben. Und sein aufreizender Einfluß auf mein ererbtes Temperament ließ mir die Überwachung immer unerträglicher erscheinen. Ich begann zu murren, mir Gedanken zu machen, Widerstand zu leisten. Und war es denn nur Einbildung, die mich glauben ließ, daß mit dem Wachstum meiner eigenen Stärke die meines Unterdrückers in entsprechendem Maße abnahm? Sei es, wie es wolle, ich begann nun das Erwachen einer brennenden Hoffnung zu spüren, und schließlich hegte ich in meinen geheimsten Gedanken den festen und verzweifelten Entschluß, die Sklaverei nicht länger mehr zu ertragen.

Es war in Rom, im Karneval des Jahres 18 . ., als ich an einem Maskenfest im Palast des neapolitanischen Herzogs di Broglio teilnahm. Ich hatte mehr als gewöhnlich dem Wein zugesprochen, und nun bedrückte mich die stickige Luft der überfüllten Räume unerträglich. Auch die Schwierigkeit, mir einen Weg durch das Gewühl der Gesellschaft zu bahnen, trug nicht wenig dazu bei, meine Stimmung ärgerlich zu machen; denn ich suchte mit Eifer — laßt mich verschweigen, aus welch unwürdigem Grund — die junge, fröhliche, schöne Frau des alten vernarrten di Broglio. In allzu sorglosem Vertrauen hatte sie mir vorher heimlich verraten, welches Kostüm sie tragen werde, und nun beeilte ich mich, nachdem ich ihrer ansichtig geworden war, in ihre Nähe zu gelangen.

In diesem Augenblick spürte ich eine leichte Hand auf meiner Schulter und meine Ohren vernahmen jenes unvergessene, leise, verwünschte Flüstern.

In einem echten Wutanfall wandte ich mich plötzlich demjenigen, der mich solcherart aufgehalten hatte, zu und packte ihn heftig am Kragen. Er war, wie ich es erwartet hatte, in ein Gewand gekleidet, welches dem meinen in allen Einzelheiten glich; er trug also einen spanischen Mantel aus blauem Samt und um die Weste einen karminroten Gürtel, in dem ein Rapier steckte. Eine Maske von schwarzer Seide verdeckte vollständig sein Gesicht.

»Schurke!« sagte ich mit vor Wut heiserer Stimme, während jede Silbe, die ich aussprach, meinen Zorn von neuem anzufachen schien. »Schurke! Betrüger! Verfluchter Schuft! Du sollst nicht — du wirst mich nicht zu Tode hetzen! Folge mir, oder ich steche dich hier nieder!« — und ich bahnte mir den Weg vom Ballsaal in ein kleines angrenzendes Vorzimmer, indem ich ihn gewaltsam mit mir schleppte.

Beim Eintritt schleuderte ich ihn wütend von mir. Er schwankte gegen die Wand, während ich fluchend die Tür schloß, und dann befahl ich ihm, den Degen zu ziehen. Er zögerte, jedoch nur einen Augenblick lang; dann zog er ihn mit einem leisen Seufzer, ruhig heraus und stellte sich in Verteidigungsstellung.

Der Kampf war äußerst kurz. Ich war rasend, von wilder Aufregung ergriffen und fühlte in meinem Arm die Kraft und die Energie von vielen. In wenigen Augenblicken hatte ich ihn mit unwiderstehlicher Kraft an die Wand gedrängt, und nun, da er mir auf Gnade und Ungnade ausgeliefert war, stach ich meinen Degen mit tierischer Wildheit wieder und wieder durch seine Brust.

In diesem Augenblick versuchte jemand die Tür zu öffnen. Ich eilte hin, um ihn am Eintritt zu hindern, und kehrte dann sogleich zu meinem Gegner zurück. Aber welche menschliche Sprache kann das Erstaunen und das Entsetzen, von dem ich bei dem Anblick, der sich mir darbot, erfaßt wurde, ausdrücken? Der kurze Augenblick, während dem ich meine Augen abgewendet hatte, war ausreichend gewesen, um mit dem anderen Ende des Zimmers eine offensichtliche Veränderung vor sich gehen zu lassen. Ein großer Spiegel — so schien es mir zuerst in meiner Verwirrung — stand nun dort, wo vorher keiner gewesen war; und als ich in äußerstem Entsetzen zu ihm hinschritt, näherte sich mir meine eigene Gestalt blaß und blutbesudelt mit schwachem, zitterndem Schritt.

So schien es, sagte ich, doch dem war nicht so. Es war mein Gegner — es war Wilson, der tödlich verwundet vor mir stand. Seine Maske und sein Mantel lagen am Boden, wo er sie niedergeworfen hatte. Es gab keinen Faden in seinem Anzug — keine Linie in den ausgeprägten eigentümlichen Zügen seines Gesichts, welche nicht in vollkommenster Identität mein eigen gewesen wären.

Es war Wilson; aber er sprach nicht länger mehr in einem Flüsterton, und ich hätte mir vorstellen können, daß ich selbst es sei, der sprach:

»Du hast gesiegt, und ich bin unterlegen. Aber von nun an bist auch du tot — tot für die Welt, für den Himmel und die Hoffnung. In mir lebtest du — und in meinem Tod. Sieh dieses Bild, welches dein eigenes ist, wie du dich selbst ermordet hast!«

DAS SPRECHENDE HERZ

Wirklich nervös — ganz schrecklich nervös war und bin ich! Aber weshalb sagst du, ich sei verrückt? Die Krankheit hat meine Sinne geschärft — nicht geschädigt und auch nicht verwirrt. Vor allem war mein Gehör davon betroffen. Ich hörte alles, was im Himmel und auf der Erde vorging. Ich hörte auch verschiedenes, was sich in der Hölle begab. Weshalb sollte ich daher verrückt sein? Hör zu und gib acht, wie ich dir ohne Erregung die ganze Geschichte erzählen kann.

Es ist schwer zu sagen, wie mir diese Vorstellung das erste Mal zu Bewußtsein kam; aber auf einmal war sie da und verfolgte mich Tag und Nacht. Es war kein besonderer Grund dafür vorhanden. Es war auch keine Leidenschaft. Ich konnte den alten Mann gut leiden. Er hatte mir nie etwas zuleide getan. Er hatte mich nie beleidigt. Ich hatte es auch nicht auf sein Gold abgesehen. Ich glaube, es war sein Auge! Ja, das war es! Er hatte das Auge eines Geiers — ein blasses Auge mit einem trüben Schleier. Immer wenn es auf mich gerichtet war, erstarrte mein Blut in den Adern; und ganz allmählich kam mir der Gedanke, den alten Mann zu ermorden, und immer mußte ich an das Auge denken.

Nun, so liegt die Sache. Du glaubst, ich sei verrückt. Narren überlegen sich nie etwas. Aber du hättest mich sehen sollen. Du hättest sehen sollen, wie raffiniert ich vorging — wie behutsam, wie vorsichtig, mit welcher Verstellungskunst ich ans Werk ging!

Nie war ich freundlicher gegen den alten Mann gewesen als während der ganzen Woche, bevor ich ihn umbrachte. Und jede Nacht, ungefähr um Mitternacht, drückte ich die Klinke seiner Tür nieder und öffnete diese — oh, ganz sachte! Und dann, nachdem ich sie so weit geöffnet hatte, daß Platz für meinen Kopf war, stellte ich eine dunkle Laterne, die vollkommen geschlossen war, so daß kein Licht aus ihr drang, hinein und dann steckte ich meinen Kopf durch. Oh, du hättest sicher gelacht, wenn du gesehen hättest, wie vorsichtig ich ihn hineinsteckte. Ich bewegte ihn langsam — sehr, sehr langsam, um ja nicht den Schlaf des alten Mannes zu stören. Ich ließ mir eine volle Stunde Zeit, um meinen ganzen Kopf so weit durch den Spalt zu stecken, daß ich ihn auf seinem Bett liegen sehen konnte. Ha! — wäre ein Geistesgestörter so klug verfahren? Und dann, als ich meinen Kopf richtig im Zimmer hatte, öffnete ich die Laterne behutsam — die Scharniere knarrten nämlich. Ich öffnete sie gerade so weit, daß ein einzelner Lichtstrahl auf das Geierauge fiel. Das machte ich sieben lange Nächte hindurch — jede Nacht genau um Mitternacht —, aber jedesmal war das Auge geschlossen; daher war es mir unmöglich, meinen Vorsatz auszuführen, denn es war nicht der alte Mann, der mich quälte, sondern sein schreckliches Auge. Und jeden Morgen, bei Tagesanbruch ging ich ohne Furcht in sein Zimmer und sprach beherzt mit ihm, wobei ich ihn in freundlichem Ton beim Namen rief, und ihn fragte, wie er die Nacht verbracht habe. Du siehst also, daß er wirklich ein sehr mißtrauischer alter Mann hätte sein müssen, um auf den Gedanken zu kommen, daß ich jede Nacht um zwölf Uhr nach ihm sah, während er schlief.

In der achten Nacht war ich noch vorsichtiger als gewöhnlich. Der Minutenzeiger einer Uhr bewegt sich schneller als meine Hand damals. Niemals vorher war mir die Fülle meiner Macht und die Größe meines Scharfsinns so zu Bewußtsein gekommen. Ich konnte meine Triumphgefühle kaum zurückhalten. Wenn ich daran denke, daß ich da war, ganz langsam die Tür öffnete, während ihm von meinem geheimen Tun und Denken nicht einmal träumte. Bei diesem Gedanken kicherte ich leise, und vielleicht hörte er mich, denn er zuckte im Bett wie erschreckt zusammen. Du denkst vielleicht, ich sei zurückgefahren — keine Spur! Sein Zimmer war vollkommen finster, denn er hatte die Fensterladen aus Furcht vor Einbrechern fest verschlossen, und daher wußte ich, daß er das Öffnen der Tür nicht sehen konnte, und ich fuhr fort, sie langsam, ganz langsam zu öffnen.

Ich hatte meinen Kopf hineingesteckt und war gerade dabei, die Laterne aufzumachen, als mein Daumen vom Blechverschluß abglitt und der alte Mann im Bett aufsprang und ausrief: »Wer ist da?«

Ich blieb ganz still und sagte nichts. Eine Stunde lang bewegte ich keinen Muskel, und während dieser Zeit hörte ich nicht, daß er sich wieder niederlegte. Er saß aufrecht im Bett und lauschte — geradeso wie ich es getan habe, als ich jede Nacht auf die Totenuhren an den Wänden gehorcht habe.

Auf einmal hörte ich ein ersticktes Stöhnen, und ich wußte, daß dies das Stöhnen der Todesangst war. Es war nicht das Stöhnen von Schmerz oder Kummer — oh nein —, es war ein dumpfer, erstickter Laut, der vom Grund der Seele aufzusteigen scheint, wenn sie von schrecklicher Furcht ergriffen ist. Ich kannte diesen Laut sehr gut. In vielen Nächten, gerade um Mitternacht, wenn alle Welt schlief, war er aus meiner eigenen Brust aufgestiegen und hatte mit seinem schauerlichen Klang die Schrecknisse, die mich quälten, noch vermehrt. Ich sage, ich kannte ihn gut. Ich wußte, wie dem alten Mann zumute war, und hatte Mitleid mit ihm, obwohl ich innerlich kicherte. Ich wußte, daß er seit dem ersten schwachen Geräusch wach lag.

Seitdem war seine Angst von Minute zu Minute gewachsen. Er hatte versucht, sie als grundlos abzutun, aber es war ihm nicht gelungen. Er hatte sich gesagt: »Es ist nur der Wind im Kamin — es ist nur eine Maus, die über den Boden läuft«, oder »es ist nur eine Grille, die gezirpt hat.« Wirklich, er hatte versucht, sich mit diesen Vorstellungen zu beruhigen, aber es war alles umsonst gewesen. Alles vergebens, denn der Tod, der sich ihm näherte, war mit seinem schwarzen Schatten vor ihn getreten und hatte sein Opfer bereits in seinen Klauen. Und es war die finstere Macht des unsichtbaren Schattens, die in ihm das Gefühl wachrief — obwohl er weder etwas sah noch hörte —, daß sich mein Kopf im Zimmer befand.

Nachdem ich lange Zeit gewartet hatte, ohne zu hören, daß er sich wieder hinlegte, entschloß ich mich endlich, einen winzig kleinen Spalt der Laterne zu öffnen. Ich öffnete ihn — du kannst dir gar nicht vorstellen wie zaghaft ich das tat —, bis schließlich ein einzelner blasser Strahl, dem Faden einer Spinne vergleichbar, vom Spalt ausging und direkt auf das Geierauge fiel.

Es war offen — ganz weit offen —, und ich wurde wütend, als ich es anblickte. Ich sah es ganz deutlich — nichts als ein mattes Blau, mit einem gräßlichen Schleier darüber, das mir die Knochen bis ins Mark frieren machte; aber ich konnte überhaupt nichts vom Gesicht oder der Gestalt des alten Mannes wahrnehmen, da ich den Strahl, wie aus einem Instinkt heraus, genau auf den verhaßten Fleck gerichtet hatte.

Ich habe dir noch nicht erzählt, daß das, was du fälschlich als Verrücktheit bezeichnest, in Wirklichkeit eine Verfeinerung der Sinne ist. Ich sage dir, auf einmal hörte ich ein tiefes, dumpfes und schnelles Geräusch, so wie das Ticken einer Uhr, die in eine Wolldecke eingewickelt ist. Auch dieses Geräusch war mir bekannt. Es war der Herzschlag des alten Mannes. Er vermehrte meine Erregung noch beträchtlich, so wie ein Trommelwirbel einem Soldaten Mut macht.

Aber sogar jetzt noch hielt ich mich zurück und rührte mich nicht. Kaum wagte ich zu atmen. Ich hielt die Laterne vollkommen ruhig. Ich versuchte, so genau ich nur konnte, den Strahl auf das Auge fallen zu lassen. Dabei wurde das höllische Klopfen seines Herzens immer stärker. Es schlug schneller und schneller und wurde von Minute zu Minute lauter. Die Angst des alten Mannes muß ganz entsetzlich gewesen sein. Es wurde lauter, ich sage dir, es wuchs jeden Augenblick! Verstehst du mich wohl recht? Ich habe dir erzählt, daß ich nervös bin: Das stimmt vollkommen. Und heute noch erfüllt mich während der nächtlichen Totenstunde, in der unheimlichen Stille dieses alten Hauses ein seltsames Geräusch mit unfaßbarem Schrecken. Damals hielt ich mich noch einige Minuten länger zurück und blieb ganz still. Aber das Pochen wurde immer lauter! Ich dachte, das Herz müßte bersten. Und nun erfüllte mich eine neue Furcht — das Geräusch könnte von einem Nachbarn gehört werden! Nun war die Stunde des Alten gekommen! Mit einem lauten Schrei riß ich die Abdeckung von der Laterne und sprang in das Zimmer. Er schrie einmal auf — nur ein einziges Mal. Augenblicklich hatte ich ihn zu Boden gezerrt und das schwere Bett auf ihn geworfen. Und dann mußte ich darüber zufrieden grinsen, daß alles so schnell vorübergegangen war. Aber das Herz schlug noch viele Minuten mit dumpfem Klang. Das störte mich weiter nicht; man konnte es nicht durch die Wände hören. Schließlich hörte es auf. Der alte Mann war tot. Ich stellte das Bett wieder an seinen Platz und untersuchte den Leichnam. Ja, er war mausetot. Ich legte meine Hand auf sein Herz und ließ sie dort einige Zeit liegen. Es klopfte nicht mehr. Er war tot. Sein Auge würde mich nicht länger quälen.

Wenn du immer noch glaubst, ich sei verrückt, so wirst du deine Meinung ändern, wenn ich dir beschreibe, wie vorsichtig ich beim Verbergen des Leichnams verfuhr. Die Nacht ging bereits ihrem Ende entgegen, und daher arbeitete ich hastig, jedoch vollkommen geräuschlos. Zu allererst zerstückelte ich den Leichnam. Ich schnitt den Kopf, die Arme und die Beine ab.

Dann entfernte ich drei Bretter vom Fußboden der Kammer und versteckte darunter die Leichenteile. Hierauf befestigte ich die Bretter wieder so geschickt, daß kein menschliches Auge irgend etwas hätte bemerken können. Es gab auch nichts aufzuwischen — überhaupt keinen Fleck und nicht den geringsten Blutspritzer. Dazu war ich zu vorsichtig vorgegangen.

Als ich mit diesen Verrichtungen fertig war, war es vier Uhr und noch immer so finster wie um Mitternacht. Gerade als die Glocke die Stunde anzeigte, hörte ich an der Haustür ein Klopfen. Ich ging leichten Herzens hinunter — denn was hatte ich nun zu befürchten? Drei Männer traten ein und stellten sich sehr höflich als Polizeibeamte vor. Ein Schrei sei in der Nacht von einem Nachbarn gehört worden: man vermutete ein Verbrechen; bei der Polizei sei eine Anzeige gemacht worden, und sie, die Beamten, seien beauftragt worden, der Ursache nachzugehen.

Ich mußte lächeln — denn was hatte ich zu fürchten? Ich hieß die Herren willkommen. Den Schrei, sagte ich, hätte ich selbst im Traum ausgestoßen. Der alte Mann, erwähnte ich, sei aufs Land gereist. Ich führte die Besucher im ganzen Haus umher. Ich forderte sie auf, alles zu untersuchen — ganz genau zu untersuchen. Schließlich führte ich sie in sein Zimmer. Ich zeigte ihnen seine Reichtümer vollkommen unberührt. In meiner übergroßen Selbstzufriedenheit brachte ich Stühle in das Zimmer und bat sie, hier von ihren Bemühungen auszurasten, während ich selbst in der wilden Kühnheit meines vollkommenen Triumphes meinen eigenen Platz über der Stelle einnahm, unter welcher der Leichnam des Opfers lag.

Die Beamten waren zufrieden. Mein Benehmen hatte sie überzeugt. Ich war ungemein erleichtert. Sie saßen da, und während ich ihnen munter antwortete, plauderten sie von häuslichen Dingen. Aber nach gar nicht allzulanger Zeit fühlte ich, daß ich blaß wurde und wünschte, daß sie gehen sollten. Mich schmerzte der Kopf, und ich bildete mir ein, ein Singen in meinen Ohren zu vernehmen. Aber immer noch saßen sie da und plauderten. Das Geräusch wurde deutlicher: Ich sprach lebhafter, um von dieser Empfindung loszukommen: aber sie hielt an und gewann an Deutlichkeit — bis ich zuletzt feststellte, daß das Geräusch keine Sinnestäuschung war.

Ohne Zweifel wurde ich jetzt sehr bleich — aber ich sprach noch lebhafter und mit erhobener Stimme. Jetzt wurde das Geräusch lauter — aber was konnte ich dagegen tun? Es war ein tiefes, dumpfes, schnelles Geräusch — ganz so wie wenn man eine Uhr mit einer Wolldecke umwickelt hätte. Ich schnappte nach Luft — und nicht einmal jetzt hörten es die Beamten. Ich sprach noch schneller — noch lebhafter; aber beständig nahm das Geräusch zu. Ich stand auf und redete mit überkippender Stimme und wilden Gesten über Nichtigkeiten, aber das Geräusch wurde beständig lauter. Warum gingen sie denn nicht? Mit schweren Schritten ging ich im Zimmer auf und ab, so als ob ich durch die Beobachtung der Männer in Zorn versetzt worden wäre — aber das Geräusch nahm immer mehr zu. Oh, mein Gott! Was konnte ich machen? Ich schäumte, raste und fluchte. Ich nahm den Stuhl, auf dem ich gesessen war und rückte ihn auf den Brettern umher, aber das Geräusch wuchs über alle Maßen und ohne Unterlaß. Ich wurde lauter, immer lauter! Und immer noch plauderten die Männer liebenswürdig und lächelten. War es denn möglich, daß sie nichts hörten? Allmächtiger Gott! Nein, unmöglich! Sie hörten es! Sie hatten Verdacht geschöpft! Sie wußten alles! Sie machten sich über meine unbeschreibliche Angst nur lustig! Das dachte ich damals und glaube ich heute noch. Aber alles andere war dieser Pein vorzuziehen! Alles andere war leichter zu ertragen als dieser Hohn. Ich konnte dieses heuchlerische Grinsen nicht länger aushalten! Ich wußte, daß ich brüllen oder sterben müßte! Und nun, schon wieder — gib acht! Es wurde immer lauter und lauter.

»Ihr Schufte!« brüllte ich, »verstellt euch nicht länger! Ich gestehe alles! Hebt die Bretter auf — hier, hier! Es ist das Pochen seines abscheulichen Herzens!«

DER KOBOLD DER VERKEHRTHEIT

Bei der Betrachtung der Eigenschaften und Impulse, der *prima mobilia* der menschlichen Seele, haben die Phrenologen es unterlassen, den Sitz für eine Eigenschaft festzustellen, die, obwohl sie offensichtlich als starkes, ursprüngliches unverdrängbares Gefühl besteht, auch von den Psychologen, welche sich mit dem Seelenleben befassen, außer acht gelassen wurde. In der armseligen Anmaßung unseres Verstandes haben wir sie vollständig übersehen. Wir haben es zugelassen, daß ihre Existenz unseren Sinnen entgangen ist, einzig und allein aus Mangel an Glauben oder Gewissenhaftigkeit; wir haben weder die Philosophie noch die Wissenschaft ernst genommen. Der Gedanke daran hat uns nie beschäftigt, nur ihrer Überflüssigkeit wegen. Wir sahen keine Notwendigkeit für diesen Impuls, für diese Veranlagung. Wir konnten es nicht verstehen, oder richtiger gesagt, wir hätten es nicht verstehen können, wenn der Begriff dieses *primum mobile* sich uns jemals aufgedrängt hätte. Wir hätten es nicht begreifen können, auf welche Weise er geschaffen hätte sein können, die Ziele der Menschheit, irdische oder ewige, zu fördern. Es kann nicht bestritten werden, daß die Phrenologie und überhaupt im großen und ganzen die Metaphysik sich a priori entwickelt hat. Der intellektuelle oder logisch denkende Mensch, mehr noch als der verständige oder beobachtende, unternimmt es, sich Ursachen vorzustellen — und sie Gottes Absichten zu nennen. Hat er auf diese Weise die Beweggründe Gottes zu seiner Zufriedenheit ergründet, erbaut er auf diesen seine zahllosen Systeme der Vernunft. Auf dem Gebiet der Psychologie zum Beispiel schlossen wir zunächst — natürlich genug — es sei Wille der Gottheit, daß der Mensch sich ernähre. Wir teilten hierauf dem Menschen einen Ernährungstrieb zu, und dieser ist die Geißel, mit dem die Gottheit den Menschen, ob er will oder nicht, zum Essen zwingt. Weiters entdeckten wir nach der Fertigstellung, daß es Gottes Wille sei, daß der Mensch sich vermehre, den Liebestrieb. Und so trieben wir es weiter mit dem Widerspruchsgeist, mit dem Idealismus, mit der Kausalität, mit den konstruktiven Fähigkeiten — kurz so machten wir es mit jeder Eigenschaft, ob sie jetzt eine Neigung, ein sittliches Gefühl oder eine Fähigkeit des reinen Intellektes darstellte. Und in dieser Aufstellung der *principia* des menschlichen Handelns folgten die Spurzheimiten, ob nun mit Recht oder Unrecht sowohl im kleinen als auch im großen, im Grunde genommen, nur den Fußstapfen ihrer Vorgänger, indem sie nämlich alles von der vorgefaßten Bestimmung des Menschen ableiteten und auf die Beweggründe der Handlungen seines Schöpfers aufbauten.

Es wäre klüger und sicherer gewesen, auf der Basis dessen zu klassifizieren — wenn wir schon klassifizieren müssen —, was Menschen gewöhnlich oder gelegentlich taten und was sie immer gelegentlich getan haben, als auf der Basis dessen, was wir für ausgemacht hielten, daß sie es nach der Absicht Gottes tun sollten. Wenn wir Gott nicht einmal in seinen sichtbaren Werken begreifen können, wie denn dann seine unfaßlichen Gedanken, welche diese Werke ins Leben rufen! Wenn wir ihn in seiner gegenständlichen Schöpfung nicht verstehen können, wie denn dann in seinen unkörperlichen Stimmungen und Schöpfungsphasen?

Eine Induktion a posteriori hätte die Psychologie dahin gebracht, eine angeborene prinzipielle Triebfeder menschlichen Handelns gelten zu lassen, ein widersinniges Etwas, das wir, aus Mangel einer zutreffenderen Bezeichnung »Verkehrtheit« nennen wollen. Im Grunde genommen ist es, so möchte ich sagen, eine Bewegung ohne Motiv, ein unmotiviertes Motiv. Es treibt uns zum Handeln ohne erkennbaren Zweck; oder, wenn dies als ein Widerspruch in sich scheint, mögen wir die Behauptung so weit abwandeln zu sagen, durch seinen Anreiz tun wir etwas, weil wir es nicht tun sollten. In der Theorie kann kein Beweggrund begründeter sein; aber in Wirklichkeit gibt es keinen stärkeren. In gewissem Sinn und unter gewissen Umständen wird er geradezu unwiderstehlich. Ich weiß nicht sicherer, daß ich atme, als daß die Gewißheit, etwas Unrechtes oder Falsches zu tun, oft die eine unwiderstehliche Gewalt ist, welche uns antreibt und uns bis zum Ende weiterdrängt. Auch läßt diese überwältigende Neigung, Unrecht um des Unrechtes willen zu tun, keine Analyse oder Zergliederung in andere Elemente zu. Es ist ein mächtiger, tiefverwurzelter, elementarer Drang.

Ich bin sicher, man wird sagen, daß, wenn wir eine Handlung nur deshalb begehen, weil wir sie nicht begehen sollten, unsere Triebfeder nur eine Abart des normalen Widerspruchsgeistes ist. Aber ein kurzer Blick reicht aus, die Unrichtigkeit dieser Überlegung zu erkennen. Der psychologische Widerspruchsgeist entspringt der Notwendigkeit der Selbstverteidigung. Er ist unser Schutz gegen Unrecht. Er dient unserem Wohlbefinden. Und dieser unser Wunsch nach Wohlergehen steigert sich zugleich mit seiner Entwicklung. Daraus folgt, daß der Wunsch nach Wohlergehen durch jede Eigenschaft erweckt werden müßte, die nur eine Abart des Widerspruchsgeistes darstellte, aber im Fall dieses Etwas, das ich als Verkehrtheit bezeichne, wird der Wunsch nach Wohlergehen nicht nur nicht erweckt, sondern es besteht ein gänzlich entgegengesetztes Gefühl.

Ein Appell an das eigene Herz ist schließlich die beste Antwort auf die eben erwähnte Sophisterei. Keiner, der vertrauensvoll und sorgfältig seine eigene Seele um Rat fragt, wird die Ursprünglichkeit der fraglichen Eigenschaft leugnen können. Es gibt keinen Menschen, der zum Beispiel nicht hin und wieder von dem starken Wunsch besessen gewesen wäre, einen Zuhörer durch Umschweife zu quälen. Der Sprecher ist sich darüber klar, daß er mißfällt; er hat den besten Wunsch, zu gefallen; er ist üblicherweise kurz, präzise und verständlich; der kürzeste, prägnanteste Ausdruck liegt ihm auf der Zunge; nur mit Mühe hält er ihn zurück; er fürchtet und scheut den Zorn dessen, zu dem er spricht; nun kommt ihm der Gedanke, daß durch gewisse Einfügungen und Umschweife dieser Zorn noch gesteigert werden könnte. Dieser eine Gedanke reicht aus. Der Einfall entwickelt sich zu einem Wunsch, der Wunsch zu einem Verlangen, das Verlangen zu einer unkontrollierbaren Begierde, und dieser Begierde wird — mit tiefem Bedauern und echter Reue des Sprechers und in Mißachtung aller Folgen — nachgegeben.

Wir haben eine Arbeit vor, die eilig erledigt werden muß. Wir wissen, daß eine Verzögerung unheilvoll sein wird. Der wichtigste Wendepunkt unseres Lebens ruft wie mit Trompeten zu sofortigem energischem Handeln. Wir glühen, Eifer erfüllt uns, das Werk in Angriff zu nehmen, für dessen ruhmvollen Ausgang unsere Seele entbrannt ist. Es muß und soll heute vollbracht werden, und dennoch verschieben wir es auf morgen;

und weshalb? Es gibt keine andere Antwort als die, daß wir verkehrt fühlen, wobei jedoch der Ausdruck dem Sinn nicht ganz gerecht wird. Der nächste Tag beginnt, und mit ihm ein noch ungeduldigeres Verlangen, unsere Pflicht zu tun, aber zugleich eine namenlose, geradezu angstvolle, weil unergründliche Begierde nach Aufschub. Diese Begierde wird umso stärker, je mehr die Zeit entflieht. Die letzte Stunde für unser Handeln ist gekommen. Wir zittern unter der Heftigkeit des inneren Kampfes — des Entschiedenen mit dem Unentschiedenen, des Körperlichen mit dem Schattenhaften. Aber, wenn der Streit einmal bis dahin gediehen ist, so ist es der Schatten, der den Sieg erlangt — wir kämpfen vergebens. Die Glocke schlägt, und es ist das Grabgeläute unseres Wohlergehens. Zugleich ist es der Hahnenschrei für den Geist, der uns so lange in Furcht gehalten hat. Er flieht, er verschwindet — wir sind frei. Unsere alte Tatkraft kommt wieder. Nun wollen wir arbeiten. O weh, es ist zu spät!

Wir stehen am Rand eines Abgrunds. Wir blicken in die Tiefe — uns wird übel und schwindlig. Unser erster Impuls ist, von der Gefahr zurückzuweichen. Unerklärlicherweise bleiben wir. Langsam versinkt unsere Übelkeit, unser Schwindel und Schrecken in einer Wolke unnennbarer Gefühle. Unmerklich langsam nimmt diese Wolke Gestalt an, so wie sich in Tausendundeiner Nacht aus dem von der Flasche aufsteigenden Dunst der Geist formte. Aber aus dieser unserer Wolke am Rand des Abgrunds wird eine Form fühlbar, die weit schrecklicher als irgendein Geist, oder irgendein Dämon eines Märchens ist und dennoch ist es nur ein Gedanke, allerdings ein furchtbarer, einer, der uns das Mark in den Knochen gefrieren läßt mit der Stärke seines schaurigen Entzückens. Es ist nur der Gedanke daran, was während eines Sturzes aus solch einer Höhe wohl unsere Empfindung wäre. Und dieser Fall — diese rauschende Vernichtung — reizt uns nur aus dem Grund, weil sie die schrecklichen und abscheulichen Vorstellungen von Tod und Qualen darstellt, die je in unserer Phantasie rege waren. Und deshalb, weil unsere Vernunft uns energisch vom Abgrund zurückruft, deshalb nähern wir uns ihm immer mehr. Es gibt in der Natur keine andere Leidenschaft, die von solch dämonischer Ungeduld ist, wie das Gefühl eines Menschen, der am Rand eines Abgrunds steht und an das Hinabstürzen denkt.

Sich in irgendeiner Weise nur für einen Augenblick einem Gedanken hinzugeben, heißt unweigerlich verloren sein; denn das Nachdenken drängt uns abzulassen, und daher, sage ich, können wir es nicht. Wenn kein gütiger Arm in der Nähe ist, der uns zurückhält, oder wenn wir bei einem plötzlichen Entschluß, vom Abgrund zurückzuweichen, danebentreten, stürzen wir ins Verderben.

Wenn wir diese und ähnliche Verhaltensweisen überdenken, werden wir erkennen, daß sie nur vom Geist der Verkehrtheit verursacht werden. Wir handeln nur deshalb so, weil wir spüren, daß wir nicht so handeln sollten. Darüber hinaus steckt dahinter kein erkennbares Prinzip: und man könnte in der Tat diese Verkehrtheit als eine direkte Eingebung des Erzfeindes halten, wüßte man nicht, daß sie sich gelegentlich als Förderin des Guten erweist.

Ich habe so viel gesagt, damit ich in gewisser Hinsicht eure Frage beantworten kann — daß ich euch erklären kann, weshalb ich hier bin. Damit ich euch irgend etwas sagen kann, was wenigstens einen schwachen Schimmer eines Grundes dafür angibt, weshalb ich diese Fesseln trage, und warum ich diese Zelle der Verdammten bewohne. Wäre ich nicht so weitschweifig gewesen, hättet ihr mich alle zusammen mißverstanden, oder mich, wie der Pöbel, für verrückt gehalten. Wie die Sache liegt, werdet ihr leicht erkennen, daß ich eines der vielen unzähligen Opfer des Kobolds der Verkehrtheit bin.

Unmöglich kann eine Tat mit sorgfältigerer Überlegung ins Werk gesetzt worden sein. Wochen und Monate dachte ich über die verschiedenen Möglichkeiten des Mordes nach. Tausend Arten verwarf ich, da deren Anwendung die Möglichkeit einer Entdeckung geboten hätte. Schließlich fand ich beim Lesen französischer Schriften einen Hinweis auf eine beinahe tödliche Krankheit einer Madame Pileau, verursacht durch die Gase einer zufällig vergifteten Kerze. Diese Idee reizte sogleich meine Phantasie. Ich kannte die Gewohnheit meines Opfers, im Bett zu lesen. Ich wußte auch, daß sein Zimmer eng und schlecht gelüftet war. Aber ich will euch nicht mit diesen abgeschmackten Einzelheiten belästigen. Auch brauche ich nicht die einfachen Kunstgriffe zu beschreiben, mit denen es mir gelang, im Kerzenhalter seines Zimmers eine von mir selbst fabrizierte Wachskerze gegen die dort vorgefundene auszutauschen. Am nächsten Morgen wurde er tot in seinem Bett aufgefunden, und das Urteil des Leichenbeschauers lautete: »Aus unbekannter Ursache gestorben.«

Nachdem ich sein Vermögen geerbt hatte, ging jahrelang alles gut mit mir. Niemals kam mir der Gedanke an eine Entdekkung in den Sinn. Die Überreste jener verhängnisvollen Wachskerze hatte ich sorgfältig vernichtet. Ich hatte nicht den Schatten einer Spur hinterlassen, aufgrund deren es möglich gewesen wäre, mich des Verbrechens zu überführen oder auch nur zu verdächtigen. Es ist unfaßlich, welch überwältigendes Gefühl der Zufriedenheit in mir erwachte, wenn ich an meine vollständige Sicherheit dachte. Lange Zeit hindurch war ich gewohnt, mich an diesem Gefühl zu erfreuen. Es brachte mir mehr wahres Entzücken als alle die realen Vorteile, die ich durch mein Verbrechen erlangt hatte. Aber schließlich kam eine Zeit, da das angenehme Gefühl sich nach und nach kaum erkennbar in einen verfolgenden und quälenden Gedanken verwandelte. Er war quälend, weil er mich unaufhörlich verfolgte. Ich konnte mich kaum einen Augenblick von ihm frei machen. Es ist eine allgemein bekannte Tatsache, daß einige Verse eines Gassenhauers oder ein paar unbedeutende Takte einer Oper uns auf diese Weise lästig in den Ohren klingen, oder vielmehr im Gedächtnis bleiben. Es ist nicht weniger lästig, wenn das Lied an sich gut ist oder die Oper eine verdienstvolle. Auf diese Weise entdeckte ich mich bei dem Gedanken an meine Sicherheit, und bemerkte, daß ich immer wieder leise vor mich hinmurmelte: »Ich bin sicher.«

Eines Tages, als ich durch die Straßen schlenderte, ertappte ich mich beim halblauten Flüstern jener gewohnten Silben. In einem Anfall von Mutwillen verbesserte ich sie dann folgendermaßen: »Ich bin sicher — ich bin sicher — ja — wenn ich nicht dumm genug bin, ein offenes Geständnis abzulegen.«

Kaum hatte ich diese Worte gesprochen, als ich Eiseskälte ins Herz steigen fühlte. Ich hatte einige Erfahrung in solchen Fällen von Verkehrtheit — deren Wesen zu schildern mir sehr schwer gefallen war — gesammelt, und ich konnte mich gut erinnern, daß ich in keinem einzigen Fall ihren Angriffen mit Erfolg widerstanden hatte. Und mein eigener zufälliger Einfall, daß ich möglicherweise dumm genug sein könnte, den Mord, dessen ich mich schuldig gemacht hatte, einzugestehen, quälte mich so wie der leibhaftige Geist dessen, den ich ermordet, und lockte mich ins Verderben.

Anfangs machte ich den Versuch, diesen Alp von meiner Seele abzuschütteln. Ich schritt kräftiger — schneller — immer schneller aus, und schließlich rannte ich. Ich spürte ein wahnsinniges Verlangen, laut zu schreien. Jede neue Welle meiner Gedanken überschüttete mich mit neuem Schauder, denn ach! Ich verstand gut, ja zu gut, daß Denken in meiner Lage das gleiche hieß wie verloren sein. Noch immer beschleunigte ich meinen Schritt. Ich raste wie ein Toller durch die vollen Straßen. Schließlich wurde die Menge aufmerksam und verfolgte mich. Da fühlte ich die Vollendung meines Schicksals. Hätte ich mir die Zunge ausreißen können, ich hätte es getan. Aber eine rauhe Stimme hallte in meinen Ohren — ein rauherer Griff packte mich an der Schulter. Ich drehte mich um — ich schnappte nach Luft. Für einen Augenblick erfuhr ich alle Qualen des Erstickens, mir wurde schwarz vor den Augen, ich wurde taub und Schwindel befiel mich, und dann glaubte ich, daß irgendein unsichtbarer Dämon mit harter Faust mir auf den Rücken schlug. Da brach das lang gewahrte Geheimnis von meiner Seele.

Man sagte, ich hätte sehr deutlich gesprochen, aber mit besonderem Nachdruck und leidenschaftlicher Hast, als hätte ich Furcht gehabt, vor der Beendigung der kurzen aber bedeutungsvollen Sätze, die mich dem Henker und der Hölle auslieferten, unterbrochen zu werden.

Nachdem ich alles mitgeteilt hatte, was für eine volle gerichtliche Überführung nötig war, fiel ich ohnmächtig nieder.

Aber was soll ich noch mehr sagen? Heute trage ich diese Ketten und befinde mich an diesem Ort! Morgen bin ich von den Fesseln befreit! — Aber wo?

DIE FLASCHENPOST

Über meine Heimat und über meine Familie gibt es wenig zu sagen. Schlechte Behandlung und jahrelange Abwesenheit haben mich von der ersteren ferngehalten und der letzteren entfremdet. Ererbter Reichtum gestattete mir eine nicht alltägliche Erziehung, und meine nachdenkliche Veranlagung ermöglichte es mir, den riesigen Stoff zu bewältigen, den ein frühes Studium in mir aufspeicherte. Neben allen diesen Dingen bereitete mir die Beschäftigung mit den Werken der deutschen Sittenlehrer sehr viel Vergnügen; nicht wegen irgendeiner fehlgeleiteten Bewunderung für ihre beredte Verrücktheit, sondern wegen der Leichtigkeit, mit der es mir meine Gewohnheit logisch zu denken erlaubte, ihre Fehler zu entdecken. Man machte mir oft den Vorwurf, daß mein Geist trocken sei; Mangel an Phantasie wurde mir als ein Verbrechen vorgehalten; und der Skeptizismus meiner Meinungen machte mich zu jeder Zeit berüchtigt. Und wirklich, eine starke Vorliebe für naturwissenschaftliche Studien hat, wie ich fürchte, meinen Sinn verdorben. Ein zu dieser Zeit sehr verbreiteter Fehler — ich meine die Art und Weise, wie man sich zu den Ereignissen stellt und geneigt ist, alle Erscheinungen mit den Grundlagen jener Wissenschaft in Beziehung zu setzen. Alles in allem konnte kein Mensch dafür weniger als ich anfällig sein, vom strengen Gebiet der Tatsachen durch törichten Aberglauben abgelenkt zu werden. Ich dachte mir also so viel vorausschicken zu müssen, damit man nicht die ungläubige Geschichte, die ich jetzt erzählen will, eher für die Ausgeburt einer unreifen Phantasie als für das wirkliche Erlebnis eines Menschen einschätzt, den Verirrungen seiner Phantasie nie geplagt haben.

Nach vielen Jahren, die ich mit Auslandsreisen verbracht hatte, segelte ich im Jahre 18 . . im Zuge einer Reise zu den Archipelinseln, vom Hafen Batavia aus zur reichen und dichtbevölkerten Insel Java. Ich fuhr als Passagier, von nichts anderem als von einer nervösen Unrast getrieben, die mich wie ein böser Feind hetzte.

Unser Fahrzeug war ein prachtvolles Schiff von etwa vierhundert Tonnen, das in Bombay aus Teakholz von Malabar erbaut worden war und von Kupfernägeln zusammengehalten wurde. Es hatte Wolle und Öl von den Laccadischen Inseln geladen. Wir hatten auch Rohzucker, Wolle, Kokosnüsse und wenige Hülsen mit Opium an Bord. Die Ladung war schlecht verstaut, und daher schlingerte das Schiff andauernd.

Während unserer Fahrt wurden wir allein vom Wind vorwärtsgetrieben, und viele Tage lang befanden wir uns an der Ostküste Javas, ohne daß irgendein Zwischenfall uns über die Eintönigkeit unserer Fahrt hinwegtäuschte, wenn man von den gelegentlichen Begegnungen mit einigen kleinen Inselchen des Archipels, der unser Ziel war, absieht.

Als ich mich eines Abends über die Reling lehnte, bemerkte ich in Richtung Nordwest eine einzelne Wolke. Sie war sowohl wegen ihrer Farbe bemerkenswert, als auch wegen der Tatsache, daß es die erste war, der wir seit unserer Abreise von Batavia begegneten. Ich beobachtete sie aufmerksam bis zum Sonnenuntergang, als sie auf einmal den ganzen Himmel vom Osten bis zum Westen bedeckte, während sich am Horizont ein schmaler Nebelstreif zeigte, der wie ein langgestreckter Strand aussah. Meine Aufmerksamkeit wurde kurze Zeit später durch die düstere rote Erscheinung des Mondes und den eigentümlichen Charakter der See gefangengenommen. Es erfolgte ein plötzlicher Umschwung, und das Wasser schien durchsichtiger als gewöhnlich. Obwohl ich deutlich den Grund sehen konnte, fand ich, indem ich das Lot auswarf, eine Tiefe von fünfzehn Faden. Nun wurde die Luft unerträglich heiß und war mit einem spiralenförmigen Dunst durchzogen, ähnlich jenem, welcher von einem heißen Eisen aufsteigt. Als es Nacht wurde, hörte jeder Windhauch auf, und eine noch größere Windstille kann man sich nicht vorstellen. Die Flamme einer Kerze brannte auf dem Hinterschiff ohne die geringste wahrnehmbare Bewegung, und ein langes Haar, welches von Finger und Daumen gehalten wurde, hing dort, ohne daß man auch nur ein Zittern feststellen konnte.

Obwohl der Kapitän sagte, daß er nicht das geringste Anzeichen einer Gefahr finden könne und wir mit der Seite des Schiffes an Land getrieben wurden, ordnete er an, die Segel einzuziehen und den Anker auszuwerfen. Es wurde keine Wache aufgestellt, und die Schiffsmannschaft, die hauptsächlich aus Malayen bestand, streckte sich bedächtig auf dem Deck aus. Ich begab mich hinunter, nicht ohne das Vorgefühl eines kommenden Unheils. Und wirklich, jede Einzelheit bestärkte mich darin, einen Samum fürchten zu müssen. Ich teilte dem Kapitän meine Befürchtungen mit; aber er maß dem, was ich sagte, keinerlei Bedeutung zu und ließ mich stehen, ohne mich einer Antwort zu würdigen. Dennoch ließ mich meine Unruhe nicht schlafen, und etwa um Mitternacht ging ich wieder an Deck. Als ich meinen Fuß auf die oberste Sprosse der Mannschaftstreppe setzte, schreckte ich vor einem lauten, kräftigen Geräusch zurück, das wie das eines Mühlrades klang, und bevor ich mir noch über seine Bedeutung klar werden konnte, bemerkte ich, daß das Schiff in seinen Fugen krachte. Im nächsten Augenblick schleuderte eine schäumende Woge über die Balken, und indem sie über uns stürzte, fegte sie über das ganze Deck vom Bug bis zum Heck.

Das entfesselte Wüten des Sturmes bewies in hohem Maße die Festigkeit unseres Schiffes. Obwohl es sehr viel Wasser abbekommen hatte, richtete es sich, nachdem seine Masten über Bord gekracht waren, eine Minute später wieder schwerfällig auf und kam, indem es unter der unbeschreiblichen Gewalt des Sturmes schwankte, schließlich in die richtige Lage.

Ich kann nicht sagen, durch welches Wunder ich diesem Wüten der Elemente entronnen bin. Ein Wasserschwall raubte mir die Besinnung. Wieder zu mir gekommen, fand ich mich zwischen Hintersteven und Steuerruder eingeklemmt. Unter großen Schwierigkeiten gelang es mir, meine Füße zu befreien, und mein erster Gedanke war, während ich ganz benommen um mich blickte, daß wir uns in einem Mahlstrom befanden, so schrecklich und unvorstellbar war der Strudel des gebirgigen und schäumenden Ozeans, in dessen Schlund wir geraten waren. Nach einer Weile hörte ich die Stimme des alten Schweden, der vom letzten Hafen aus mit uns gefahren war. Ich rief ihn mit aller Kraft, und sofort kam er taumelnd nach hinten. Bald stellten wir fest, daß wir die einzigen Überlebenden der Katastrophe waren. Außer uns beiden waren alle Mann über Bord gespült worden; der Kapitän und die Passagiere mußten im Schlaf vom Tod überrascht worden sein, denn die Kabinen waren vollkommen unter Wasser gesetzt. Ohne fremde Hilfe konnten wir nur wenig für die Sicherheit des Schiffes tun, und unsere Anstrengungen waren zuerst durch die Erwartung eines schnellen Unterganges gelähmt. Unser Ankertau war, wie vorauszusehen, beim ersten Stoß des Hurrikans wie ein Zwirnfaden gerissen, ansonsten wären wir augenblicklich auf Grund gegangen. Wir jagten mit einer angsterregenden Geschwindigkeit über die See hin, und das klare Wasser schlug über uns zusammen. Der Rahmen unseres Sterns war ganz zerbrochen, und fast jeder Teil hatte einen beträchtlichen Schaden aufzuweisen; aber zu unserer größten Freude fanden wir die Pumpen unbeschädigt, und mußten nur unseren Ballast wenig verschieben. Die größte Wut des Sturmes war schon vorbei, und es drohte uns nur mehr geringe Gefahr von der Gewalt des Windes; aber wir erwarteten mit Furcht die endgültige Zerstörung unseres Schiffes, da wir felsenfest davon überzeugt waren, daß wir auf jeden Fall in der unbarmherzigen Brandung, welche folgen würde, untergehen müßten. Aber diese sehr verständliche Sorge schien sich vermutlich auf keinen Fall schnell zu bestätigen.

Fünf volle Tage und Nächte lang, während welcher unsere ganze Nahrung aus einer kleinen Menge Zucker, den wir uns unter großen Schwierigkeiten vom Back geholt hatten, bestanden hatte, jagte das Fahrzeug mit einem Tempo, das jeder Berechnung Hohn sprach, vor rasch aufeinanderfolgenden Windstößen dahin, die, ohne mit dem ersten Wüten des Samums vergleichbar zu sein, viel schrecklicher waren als irgend ein Unwetter, dem ich je vorher begegnet war. Wir bewegten uns in den ersten vier Tagen, von kleinen Abweichungen abgesehen, in Richtung Südost und Süd; und wir mußten die Küste von Neuholland hinunter gefahren sein. Am fünften Tag wurde die Kälte unerträglich, wenn auch der Wind sich mehr nördlich gedreht hatte. Die Sonne ging mit einem matten gelben Schimmer auf und stieg nur wenige Grade über den Horizont, wobei sie wenig Licht ausstrahlte. Es waren keine Wolken zu sehen, aber nun wurde der Wind immer heftiger und blies stoßweise und unbeständig. Etwa um die Mittagszeit, unserer Schätzung nach, wurde unsere Aufmerksamkeit wiederum durch die Sonne in Anspruch genommen. Sie strahlte nicht, sondern glühte nur schwach. Kurz bevor sie im aufgewühlten Meer unterging, wurde sie auf einmal dunkel, so als wenn sie auf irgendeine geheimnisvolle Weise plötzlich zum Erlöschen gebracht worden wäre. Man sah allein einen schwachen, silbrigen Ring, als sie im Ozean untertauchte.

Wir warteten vergeblich auf die Ankunft des sechsten Tages. Dieser Tag wollte für mich nicht kommen; für den Schweden kam er überhaupt niemals. Hinfort befanden wir uns in vollkommener Dunkelheit, so daß es uns nicht möglich gewesen wäre, ein Ding, welches sich zwanzig Schritt vor dem Schiff befand, zu sehen. Ewige Dunkelheit umhüllte uns, die durch den phosphoreszierenden Schimmer der See, an den wir von den Tropen her gewohnt waren, nicht gemildert wurde. Wir beobachteten auch, daß wir, obwohl das Unwetter mit ungeschwächter Heftigkeit zu wüten fortfuhr, nicht mehr wie gewöhnlich die Brandung hören oder ihren Schaum sehen konnten, welche uns bis hierher begleitet hatten. Ringsherum herrschte überall Schrecken, undurchdringliche, ebenholzschwarze Dunkelheit. Abergläubische Angst beschlich nach und nach den alten Schweden, während meine eigenen Gedanken von stiller Verwunderung erfaßt wurden. Wir kümmerten uns nicht mehr um das schlechte und unnütze Schiff, und indem wir uns so gut wie möglich am Stumpf des Besanmastes festmachten, blickten wir voll Bitterkeit in die endlose Weite des Ozeans. Wir hatten kein Gefühl für die Zeit, noch konnten wir uns eine Vorstellung über unsere Position machen. Nur eines war uns klar, daß wir weiter nach Süden abgetrieben wurden, als irgend ein Seemann vor uns, und wir wunderten uns sehr, keine Spur von Eisbergen zu entdecken.

In der Zwischenzeit drohte uns jeder Augenblick das Ende an; jede haushohe Welle hätte uns einen schnellen Tod bringen können. Die größte der Wogen übertraf meine kühnsten Phantasien, und es ist geradezu ein Wunder, daß wir nicht den Tod fanden. Mein Gefährte schwärmte von der Leichtigkeit unserer Ladung und rief mir die ausgezeichneten Qualitäten unseres Schiffes ins Gedächtnis; aber ich konnte mich eines Gefühls der vollkommenen Ausweglosigkeit unserer Lage nicht erwehren und bereitete mich insgeheim auf den Tod vor, der mich, wie ich dachte, in längstens einer Stunde ereilen würde, da das Toben der schwarzen, sonderbaren See mit jedem Knoten, den unser Schiff zurücklegte, schrecklicher wurde. Von Zeit zu Zeit schnappten wir nach Luft, dann nämlich, wenn wir in Höhen gehoben wurden, zu welchen nicht einmal ein Albatros auffliegt, bisweilen erfaßte uns ein Schauder, wenn wir in eine Wasserhölle gerieten, wo das Wasser und die Luft still standen und kein Wind den Schlummer der Kraken störte.

Wir befanden uns gerade auf dem Grund eines dieser Schlünde, als ein plötzlicher Schrei meines Kameraden voll Entsetzen durch die Nacht hallte. »Schau! schau!« rief er mir kreischend in die Ohren, »Allmächtiger Gott! Schau doch!« Nachdem er gesprochen hatte, bemerkte ich einen schwachen roten Lichtschimmer, welcher an den Seiten der ungeheuren Kluft, in der wir uns befanden, herunterkroch und bisweilen einen Schein auf unser Deck warf. Als ich meine Augen aufrichtete, bot sich mir ein Anblick, der mir das Blut erstarren ließ. In einer schreckerregenden Höhe, direkt über uns und über dem Rand des steilen Abhangs, schwebte ein gigantisches Schiff von vielleicht viertausend Tonnen. Obwohl es auf einem Wogenkamm stand, der es hundertmal überragte, wirkte es doch bedeutend größer als irgendein Linien- oder Ostindienschiff, das es gab. Sein ungeheuer großer Rumpf hatte eine schmutzige schwarze Farbe, die nicht durch die gewohnten Verzierungen eines Schiffes unterbrochen wurde. In einer einzelnen Reihe steckten Messingkanonen ihre Rohre durch offene Geschützpforten und von seiner glatten Oberfläche strahlten unzählige Gefechtslaternen, die über das Takelwerk auf und ab schwangen. Aber was uns in erster Linie in Schrecken und Erstaunen setzte, war, daß das Schiff mit vollen Segeln in die Tiefe jenes unnatürlichen Meeres hineinraste, von jenem zügellosen Orkan vorwärts getrieben. Als wir das Schiff zum erstenmal bemerkt hatten, konnte man nur seinen Bug sehen, während es sich langsam aus dem dunklen und unheimlichen Schlund ringsum erhob. Einen Augenblick lang blieb es bewegungslos über der schwindelerregenden Höhe stehen, so als ob es über seine eigenen Vortrefflichkeiten nachsann, dann zitterte es und schwankte es und — bewegte sich zu uns herunter.

Ich weiß nicht, wo ich in diesem Augenblick plötzlich meine Selbstbeherrschung hernahm. Indem ich so weit wie möglich nach hinten taumelte, erwartete ich ohne Furcht das Ende, das nun hereinbrechen würde. Unser eigenes Schiff hatte schon längst aufgehört, gegen seinen Untergang anzukämpfen und tauchte seinen Bug immer tiefer ins Wasser. Die Wucht des abwärtsgleitenden Kolosses schlug hierauf auf den Teil seines Rumpfes, der sich bereits unter Wasser befand, und die unausbleibliche Folge davon war, daß ich mit unwiderstehlicher Kraft auf das Takelwerk des fremden Schiffes geschleudert wurde.

Als ich niederfiel, erhob sich das Schiff in seinen Stützen und drehte sich; und der folgenden Verwirrung schrieb ich es zu, daß ich der Aufmerksamkeit der Schiffsmannschaft entgangen bin. Ohne besondere Schwierigkeiten lenkte ich unbemerkt meinen Weg zur großen Luke, die ein wenig geöffnet war, und bald fand ich einen Platz im Schiff, wo ich mich verborgen halten konnte. Warum ich mich so verhielt, kann ich selbst nicht sagen. Ein schwer zu beschreibendes Angstgefühl, welches mich beim ersten Anblick der Seeleute erfaßt hatte, war vielleicht der Beweggrund meines Versteckspiels. Ich hatte keine Lust, mich dieser Bande anzuvertrauen, die meinem umherstreifenden Blick so viel Neues, Zweifelhaftes und Verdächtiges dargeboten hatte. Daher zog ich es vor, mir im Schiffsrumpf ein Versteck zu suchen. Ich machte dies auf die Weise, daß ich einige Bretter entfernte, so daß für mich genügend großer Raum zwischen den Spanten geschaffen wurde.

Ich hatte kaum meine Arbeit beendet, als ich Geräusche hörte, die mich veranlaßten, meinen Schlupfwinkel aufzusuchen. Ein Mann ging mit matten und ungleichmäßigen Schritten an meinem Versteck vorbei. Ich konnte ihm nicht ins Gesicht schauen, es war mir jedoch möglich, seine ganze Gestalt zu beobachten. Augenscheinlich war er sehr alt und gebrechlich. Seine Knie schlotterten unter der Last der Jahre, und sein ganzer Körper zitterte unter der Bürde. Er murmelte mit leiser, gebrochener Stimme einige Worte in einer Sprache, die ich nicht verstand, vor sich hin, und tastete in einer Ecke nach einem Haufen einfach aussehender Instrumente und vergilbter Seekarten. Sein Benehmen war teils reizbar, wie das eines kindisches Greises, teils feierlich erhaben, wie das eines Gottes. Schließlich ging er auf Deck zurück und ich verlor ihn aus den Augen. Ein Gefühl, für welches ich keinen Namen habe, nahm meinen Geist gefangen — eine Empfindung, die keiner Untersuchung zugänglich sein würde, für deren Beschreibung das Wissen, welches ich in längst verflossenen Schulstunden gesammelt hatte, nicht ausreichte, und für das mir auch, wie ich fürchte, die

Zukunft keinen Schlüssel bieten würde. Für einen Menschen meiner Art ist eine spätere Betrachtung nur von Schaden. Ich würde niemals — ich weiß das ganz genau — bei einem Rückblick mit der Art meiner Überlegungen einverstanden sein. Im Augenblick ist es nicht verwunderlich, daß diese Eindrücke, welche ihren Ursprung in solchen besonderen, unerwarteten Erlebnissen haben, so schwer zu erfassen sind. Ein neues Gefühl habe ich kennengelernt, ein neuer Wesenszug hat sich meiner Seele eingeprägt.

Es ist lange her, seit ich das erste Mal mit dem Deck dieses schrecklichen Schiffes Bekanntschaft machte, und mein Geschick geht, wie ich denke, einem bestimmten Ziel entgegen. Oh ihr unbegreiflichen Männer! In Überlegungen einer Art versunken, von der ich keine Ahnung habe, gehen sie, ohne von mir Notiz zu nehmen, an mir vorbei. Mein Versteckenspiel ist vollkommen sinnlos, da die Leute mich ganz einfach nicht sehen wollen. Es war vor einem Augenblick, als ich dem Maat unter die Augen trat; es ist nicht lange her, daß ich in die Privatkabine des Kapitäns kam und mir dort die Utensilien holte, mit denen ich schreibe und geschrieben habe. Ich werde diese Aufzeichnungen von Zeit zu Zeit vervollständigen. Möglicherweise werde ich zwar keine Gelegenheit finden, sie der Welt zukommen zu lassen, aber ich werde wenigstens den Versuch machen. Im letzten Augenblick werde ich die Aufzeichnungen in eine Flasche stecken und sie ins Meer werfen.

Ein Zwischenfall hat sich ereignet, der mir neuerdings Anlaß zu Grübeleien gegeben hat. Sind solche Ereignisse auf das Walten eines blinden Schicksals zurückzuführen? Ich war an Deck gekommen und hatte mich — ohne auch nur die geringste Aufmerksamkeit zu erregen — auf einen Stapel von Leinen und alten Segeln am Boden des Schiffes niedergeworfen. Während ich mich mit der Einzigartigkeit meines Schicksals auseinandersetzte, strich ich gedankenlos mit einer Teerbürste über die Falten eines sauber zusammengefalteten Leesegels, welches nicht weit von mir auf einem Faß lag. Das Leesegel ist nun über dem Schiff aufgespannt, und als Ergebnis meiner gedankenlosen Spielereien mit der Teerbürste prangt nun das Wort »Offenbarung« darauf.

Später habe ich viele Beobachtungen über die Art des Schiffes gemacht. Obwohl es schwer bewaffnet ist, glaube ich nicht, daß es ein Kriegsschiff ist. Sein Takelwerk, seine Bauweise und seine ganze Ausrüstung sprechen deutlich dagegen. Was es nicht ist, kann ich ohne weiteres erkennen; aber ich fürchte, es ist unmöglich zu sagen, was es ist. Ich weiß nicht, wie es beschaffen ist, aber sein fremd anmutender Bau, seine Größe und seine ungeheuren Segelreihen, sein schmuckloser Bug und sein veraltetes Heck, rufen bei mir immer die unerklärliche Erinnerung an alte fremde Chroniken und längst verflossene Zeiten wach.

Ich habe das Holz, aus dem das Schiff erbaut ist, untersucht. Es ist aus einem Material geschaffen, das mir vollkommen fremd ist. Das Holz hat ein ganz eigentümliches Aussehen, es kommt mir so vor, als könne es seinem Zweck nicht entsprechen. Ich meine damit seine besondere Porosität, ganz abgesehen von der Wurmstichigkeit, welche auf die Fahrt in diesen Gewässern zurückzuführen ist, und auch ohne dabei die Fäulnis zu beachten, die in dem hohen Alter ihre Erklärung findet. Dieses Unternehmen mag vielleicht unnütz erscheinen, aber dieses Holz hat alle Kennzeichen von spanischer Eiche, aber so, als ob spanische Eiche auf irgendeine ungewöhnliche Weise ausgedehnt worden wäre.

Beim Lesen des vorhergehenden Satzes kommt mir immer die Redewendung eines alten, vom Unwetter verfolgten deutschen Seemanns in den Sinn. »Es ist so sicher«, pflegte er immer zu sagen, wenn irgend ein Zweifel an seiner Ehrlichkeit laut wurde, »so sicher, wie es hier ein Meer gibt, in welchem das Schiff selbst in seiner Größe wächst, so wie der Leib eines lebendigen Seemanns.«

Etwa vor einer Stunde wagte ich es, unter eine Gruppe der Schiffsmannschaft zu treten. Sie schenkten mir keinerlei Aufmerksamkeit, und obgleich ich mich mitten unter ihnen befand, schienen sie meine Anwesenheit gar nicht zu bemerken. Genauso wie der erste, den ich von meinem Schlupfwinkel aus beobachtet hatte, trugen sie alle Zeichen eines unerhört hohen Alters zur Schau; ihre Knie zitterten vor Schwäche, ihre Schultern waren unter der Last der Jahre gebeugt, ihre zerknitterte Haut rasselte im Wind, ihre Stimmen waren leise, zitternd und abgebrochen; ihre Augen glänzten feucht und ihre grauen Haare flatterten schrecklich im Sturm. Rundherum lagen an jeder Stelle des Decks mathematische Instrumente von äußerst seltsamer und altertümlicher Konstruktion verstreut.

Ich habe vor einiger Zeit das Hissen eines Leesegels erwähnt. Von dieser Zeit an setzt das Schiff, vom Wind herumgeworfen, seinen schrecklichen Lauf nach Süden fort, wobei sämtliche Segel gehißt sind, und jeden Augenblick tauchen seine Bramsegel-Rahennocks in die schaudervollste Wasserhölle, welche sich ein Mensch nur vorstellen kann. Gerade habe ich das Deck verlassen, da ich es dort unmöglich finde, Fuß zu fassen, obwohl die Mannschaft wenig Unbehagen zu empfinden scheint. Es erscheint mir als das größte aller Wunder, daß unser ungeheures Fahrzeug nicht auf einmal für immer von den Wogen verschlungen wird. Sicherlich sind wir dazu verdammt, für alle Zeit am Rand der Ewigkeit dahinzuschweben, ohne den endgültigen Sturz in den Abgrund zu tun. Von Wogen, tausendmal höher als ich sie je gesehen habe, gleiten wir mit der Leichtigkeit der Seemöwe herab, und die kolossalen Wogenkämme beugen sich über uns wie die Dämonen der Tiefe, aber wie Dämonen, denen es nur erlaubt ist zu drohen, die jedoch nicht zerstören dürfen. Ich werde dazu gebracht, dieses andauernde Entkommen der einzigen natürlichen Ursache, die es für eine derartige Wirkung gibt, zuzuschreiben — ich muß annehmen, daß sich das Schiff unter dem Einfluß einer starken Strömung befindet.

Ich habe den Kapitän von Angesicht zu Angesicht in seiner eigenen Kabine gesehen — aber er zollte mir, wie ich es erwartet hatte, keinerlei Aufmerksamkeit. Obwohl ein zufälliger Beobachter nichts gefunden hätte, was ihn irgendwie außergewöhnlich erscheinen hätte lassen, so mischte sich doch in das Gefühl der Verwunderung, mit dem ich ihn ansah, ein Gefühl unaussprechlicher Achtung und Furcht. Körperlich ist er stark und gut gebaut, jedoch nicht sonderlich robust oder auf andere Weise bemerkenswert. Aber es ist der außergewöhnliche Ausdruck seines Gesichts; es ist die starke, wunderbare, ergreifende Gewißheit solch außerordentlich hohen Alters, die in meinem Innern ein unaussprechliches Gefühl wachruft. Seine Stirn scheint, obwohl nur wenig gefurcht, die Zeichen von Myriaden von Jahren zu tragen. Seine grauen Haare sind Urkunden der Vergangenheit, seine grauen Augen, Sibyllen der Zukunft. Der Fußboden der Kabine war mit seltsamen, eisenbeschlagenen Folianten, altertümlichen wissenschaftlichen Instrumenten und veralteten, längst vergessenen Karten bedeckt. Den Kopf in die

Hand gestützt, brütete er mit feurigem, unruhigem Blick über einem Pergamentblatt, welches meiner Meinung nach einen Befehl darstellte und das auf jeden Fall die Unterschrift eines Monarchen trug. Er murmelte — wie der erste Seemann, den ich im Schiffsraum gesehen hatte — leise und eigensinnig einige Silben in einer fremden Sprache vor sich hin; und obwohl der Sprecher dicht neben mir stand, schien seine Stimme aus der Entfernung einer Meile zu mir zu dringen.

Das Schiff und alles auf ihm, ist vom Geist des Alters durchtränkt. Die Mannschaft gleitet hin und her, wie die Geister begrabener Jahrhunderte; ihre Augen zeigen einen gierigen, rastlosen Ausdruck; und wenn ihre Gestalten im gespenstischen Schein der Laterne meinen Weg kreuzen, ergreift mich ein Gefühl, das ich bisher noch nie kennengelernt habe, obwohl ich mich mein ganzes Leben lang mit Altertümern beschäftigt habe, und die Schatten der zerfallenen Säulen zu Baalbek, Tadmor und Persepolis in mir aufgenommen habe, bis meine Seele selbst zu einer Ruine wurde.

Wenn ich um mich blicke, schäme ich mich meiner früheren Besorgnisse. Wenn ich vor dem Wind, der uns bisher begleitet hat, zittere, muß mich denn da nicht Entsetzen ergreifen bei diesem Ringen zwischen dem Sturm und dem Ozean, das außerhalb jedes Vorstellungsvermögens ist, und für das die Worte Tornado und Samum lächerlich und bedeutungslos sind? Alles in der unmittelbaren Umgebung des Schiffes ist die Finsternis einer ewigen Nacht und ein Chaos von schäumendem Wasser; aber in der Entfernung etwa einer Meile von uns, kann man undeutlich immer wieder ungeheure Wälle von Eis sehen, die in den leeren Himmel ragen und die Wälle des Universums zu sein scheinen.

Es hat sich herausgestellt, daß meine Vermutung, daß sich das Schiff in einer Strömung befinde, richtig ist, wenn es überhaupt angängig ist, diese Bezeichnung für eine Flut zu verwenden, die heulend und kreischend zwischen dem weißen Eis, mit einer Geschwindigkeit eines herabstürzenden Wasserfalls, gegen Süden donnert.

Das Grauen meiner Empfindungen zu erfassen ist, wie ich annehme, vollkommen unmöglich; trotzdem aber herrscht eine Neugier, in die Geheimnisse dieser schreckensvollen Regionen einzudringen, über mein Entsetzen, und versöhnt mich mit dem allerschrecklichsten Gedanken an den Tod. Offensichtlich eilen wir vorwärts, um irgendeine Erkenntnis zu gewinnen — irgendein unenthüllbares Geheimnis zu lüften, dessen Lösung den Untergang bedeutet. Vielleicht treibt uns dieser Strom bis zum Südpol selbst. Man muß zugeben, daß diese offensichtlich so abwegige Vermutung alle Wahrscheinlichkeit für sich hat.

Die Mannschaft schreitet an Deck mit unruhigen und zitternden Schritten hin und her; aber in ihren Gesichtern zeigt sich ein Ausdruck, der eher ungeduldige Hoffnung denn mutlose Verzweiflung zu sein scheint.

Inzwischen treibt uns der Wind immer weiter, und da wir eine unerhörte Anzahl von Segeln gehißt haben, wird das Schiff von Zeit zu Zeit von der Meeresoberfläche abgehoben. O Schrecken über Schrecken! Die Eismauern rechts und links öffnen sich plötzlich, und wir wirbeln in schwindelerregender Geschwindigkeit in immensen konzentrischen Kreisen herum — rund herum um die Wände eines gigantischen Amphitheaters, die sich in Ferne und Dunkelheit verlieren! Aber mir bleibt wenig Zeit, über meine Bestimmung nachzusinnen! Die Kreise werden rasch immer enger — wir stürzen in wahnsinnigem Tempo in die Mitte eines Strudels — und inmitten des Brüllens, Brausens und Donnerns des Ozeans und des Sturmes, erbebt das Schiff und — o Gott! — es versinkt.

Anmerkung: *Die Flaschenpost* wurde 1831 zum erstenmal veröffentlicht, und erst einige Jahre später wurden die Mercatorschen Seekarten bekannt, denen zufolge sich der Ozean in vier Mündungen in den (nördlichen) Polargolf ergießt, um von den Eingeweiden der Erde verschlungen zu werden. Der Pol selbst wird als schwarze Klippe von gewaltiger Höhe dargestellt.

DIE METHODEN DES DOKTOR TEER UND PROFESSOR FEDER

Im Herbst des Jahres 18 . . befand ich mich auf einer Reise durch die südlichen Provinzen Frankreichs und gelangte dabei in die Nähe einer Maison de Santé — wie man dort Privatirrenanstalten nennt —, von der mir einige Mediziner, die ich in Paris kannte, manches erzählt hatten. Da ich noch nie eine solche Art Anstalt besichtigt hatte, wollte ich die Gelegenheit nicht vorübergehen lassen, und machte daher meinem Reisegefährten — einem Herrn, den ich kurz vorher kennengelernt hatte — den Vorschlag, einen Umweg von wenigen Stunden zu machen, um besagte Anstalt in Augenschein zu nehmen. Er lehnte es aber ab, weil er erstens Eile hatte weiterzukommen, und zweitens ein nicht unbegründetes Grauen vor dem Anblick Wahnsinniger empfand. Er bat mich indessen, ich möge nicht etwa aus Rücksicht auf ihn von meinem Vorhaben Abstand nehmen, er werde langsam weiterreiten, so daß ich ihn im Laufe desselben, jedenfalls aber des nächsten Tages, einholen könne. Als wir uns verabschiedeten, fiel mir ein, daß man mir möglicherweise die Erlaubnis zur Besichtigung der Anstalt verweigern werde, und ich machte eine diesbezügliche Bemerkung. Er räumte ein, daß ich, falls ich keine persönlichen Beziehungen zu dem Direktor, Monsieur Maillard, noch irgendeine Empfehlung habe, auf Schwierigkeiten stoßen könnte, da bei dem privaten Charakter der Anstalt der Zutritt nicht so leicht zu erlangen sei wie bei öffentlichen Instituten. Er selbst habe, fügte er hinzu, vor einigen Jahren die Bekanntschaft Monsieur Maillards gemacht und wolle mir gern gefällig sein, indem er mich bis ans Tor begleitete und einführte, wenngleich ihm selbst seine Scheu vor dem Anblick Geisteskranker den Eintritt in das Haus verbiete.

Ich dankte ihm, und wir verließen die Landstraße, um einen mit Gras bewachsenen Seitenpfad einzuschlagen, der sich nach etwa einer halben Stunde am Fuß eines Berges fast verlor. Wir waren durch diesen düsteren Wald etwa zwei Meilen geritten, als wir die Maison de Santé vor uns erblickten. Es war ein phantastisches, halb verfallenes Schloß, das durch sein Alter und Vernachlässigung kaum mehr bewohnbar schien. Sein Anblick wirkte geradezu niederdrückend auf mich, ich hielt mein Pferd an und wollte schon umkehren. Dann aber schämte ich mich meiner Schwäche und ritt weiter.

Als wir ans Tor gelangten, bemerkte ich, daß es ein wenig offenstand und ein Mann durch den Spalt spähte. Einen Augenblick später trat er heraus, rief meinen Begleiter bei seinem Namen an, schüttelte ihm herzlich die Hand und bat ihn abzusteigen. Es war Monsieur Maillard selbst, ein würdiger, älterer Herr von vornehmem Aussehen, mit ernster gemessener Haltung, die Eindruck auf mich machte.

Mein Freund stellte mich vor und nannte ihm meinen Wunsch, die Anstalt zu besichtigen, worauf Herr Maillard bereitwillig versicherte, er werde meinem Begehren Rechnung tragen. Danach verabschiedete sich mein Begleiter und ritt davon.

Als er fort war, führte mich der Direktor in ein kleines, sehr hübsches Empfangszimmer, das außer anderen Kennzeichen eines erlesenen Geschmackes zahlreiche Bücher, Zeichnungen, Vasen mit Blumen und Musikinstrumente aufwies. Ein behagliches Feuer brannte im Kamin. Am Klavier saß eine schöne, junge Dame und sang eine Arie von Bellini; bei meinem Eintritt hielt sie inne und begrüßte mich mit ebensoviel Höflichkeit wie Anmut. Ihre Stimme war sanft, und ihr ganzes Wesen schien weich und schwermütig. Auch glaubte ich in ihrem Antlitz, das ungewöhnlich bleich war, einen Zug von heimlicher Trauer zu entdecken. Ihre Kleidung war tiefschwarz. Ihre ganze Erscheinung rief in mir ein Gefühl von Ehrfurcht, Mitleid und Bewunderung hervor.

Schon in Paris hatte ich davon gehört, daß in dem Institut des Monsieur Maillard das sogenannte »Beschwichtigungssystem« angewandt werde, das heißt, es wurden keine Strafen, und selbst Einzelhaft nur selten verhängt — man ließ vielmehr den Patienten, die nur heimlich überwacht wurden, möglichst viel Freiheit; die meisten durften sich in Haus und Garten frei bewegen wie Gesunde.

Daran erinnerte ich mich jetzt und nahm mich daher in meinem Gespräch mit der jungen Dame in acht, denn ich wußte ja nicht, ob sie nicht zu den Kranken gehöre. In der Tat hatten ihre glänzenden Auge etwas Ruheloses, Flackerndes, das mir verdächtig schien. Ich beschränkte meine Äußerungen daher auf gleichgültige Dinge, von denen ich annahm, daß sie einen Irren weder ärgern noch in Erregung setzen konnten. Sie antwortete auf alles, was ich sprach, vollkommen vernünftig, und auch was sie selbst sagte, entbehrte nicht der Logik. Indessen hatte mich eine genauere Kenntnis der Geisteskrankheiten und ihrer Abwandlungen gelehrt, diesen scheinbaren Beweisen von Gesundheit zu mißtrauen, und ich setzte die Unterhaltung in derselben vorsichtigen Weise fort, wie ich sie begonnen hatte.

Ein Diener in eleganter Livree trat ein und brachte ein Tablett mit Obst, Wein und anderen Erfrischungen, die ich mit Genuß zu mir nahm. Bald darauf verließ die Dame das Zimmer. Als sie gegangen war, blickte ich meinen Gastgeber fragend an.

»Nein«, sagte er, »o nein — die Dame ist ein Glied meiner Familie — meine Nichte, eine sehr gebildete Dame.«

»Ich bitte vielmals um Verzeihung für meine Vermutung«, erwiderte ich, »Sie werden Nachsicht mit mir haben, die vorzügliche Methode, nach der Sie Ihre Anstalt leiten, ist in Paris bekannt, und ich mußte es daher für möglich halten — Sie verstehen . . .«

»Ja, ja — es ist unnötig, darüber Worte zu verlieren — oder vielmehr, ich muß Ihnen für Ihre kluge Liebenswürdigkeit danken, mit der Sie vorgingen. Wir finden selten ein solches Verständnis bei jungen Leuten, und mehr als einmal kam es infolge der Gedankenlosigkeit von Besuchern zu recht unerquicklichen Vorfällen. Als mein früheres System noch angewandt wurde, wurden sie oft durch unvernünftige Leute, die das Haus besichtigen wollten, zu gefährlicher Wut gereizt. Ich habe mich genötigt gesehen, für strenge Abgeschlossenheit Sorge zu tragen, und seitdem erhielt niemand Einlaß, auf dessen Rücksichtnahme ich mich nicht verlassen konnte.«

»Als ihr früheres System angewandt wurde?« wiederholte ich seine Worte. »Soll ich das so verstehen, daß Ihr ›Beschwichtigungssystem‹, von dem ich schon soviel gehört habe, jetzt nicht mehr zur Anwendung gebracht wird?«

»Vor einigen Wochen«, erwiderte er, »haben wir beschlossen, es endgültig aufzugeben.«

»Wirklich? — Sie setzen mich in Erstaunen!«

Er seufzte. »Es erwies sich leider als dringend nötig, zu den alten Methoden zurückzukehren. Die Gefahren des Beschwichtigungssystems waren immer sehr groß, und seine Vorteile wurden entschieden überschätzt. Wenn überhaupt — so ist es gerade in diesem Haus in vollem Maße zur Anwendung gekommen; wir haben alles unternommen, was vernunftmäßige Rücksichtnahme erlaubt. Ich bedaure, daß Sie uns nicht schon früher einmal besucht haben, um sich selbst ein Urteil zu bilden. Ich vermute aber, Sie kennen das Beschwichtigungssystem — ich meine seine praktische Anwendung?«

»Nicht so richtig. Alles, was ich davon weiß, habe ich aus dritter oder vierter Hand.«

»Das System läßt sich als ein System der Rücksichtnahme beschreiben. Wir widersprachen den Einbildungen der Irren nicht. Im Gegenteil, wir duldeten sie, und nicht nur das, wir unterstützten sie sogar, und haben auf diese Weise verblüffende Erfolge erzielt. Kein Argument wirkt so nachhaltig auf das Denksystem des Irren, wie wenn man seine Behauptungen ad absurdum führt. Wir hatten zum Beispiel Leute, die sich für Hühner hielten. Die Kur bestand nun darin, dies als Tatsache anzuerkennen und dem Patienten eine Woche lang jede andere Nahrung als Hühnerfutter zu verweigern. Auf diese Weise hat oft ein wenig Korn und Sand Wunder vollbracht.«

»Doch war diese Nachgiebigkeit alles?«

»O nein. Wir bemühten uns, die Patienten auf harmlose Weise zu zerstreuen, wie durch Musik, Tanz, gemeinsame gymnastische Übungen, Kartenspiel, Bücher und ähnliches. Auch behandelten wir einen jeden auf irgendein physisches Leiden hin, und das Wort ›Irrsinn‹ wurde niemals ausgesprochen. Ein wichtiger Punkt war es auch, die Irren anzuhalten, das Tun und Lassen der anderen zu überwachen. Dieses Vertrauen in das Verständnis und die Diskretion eines Wahnsinnigen ist es, womit man auch sein Vertrauen restlos gewinnen kann. Auf diese Weise war es uns möglich, das kostspielige Pflegepersonal einzuschränken.«

»Und es gab keinerlei Strafen?«

»Keine.«

»Und Sie haben die Patienten nie isoliert?«

»Höchst selten. Hie und da, wenn es bei einem zu einer Krisis oder einem Wutanfall kam, sperrten wir ihn in eine entfernte

Zelle und behielten ihn dort so lange, bis wir ihn wieder mit den anderen ohne Gefahr zusammenbringen konnten. Mit eigentlichen Tobsüchtigen haben wir nämlich nichts zu tun; die werden von vornherein den staatlichen Irrenanstalten zugeführt.«

»Und dies alles haben Sie nun geändert — und wie Sie meinen — zum Besseren geändert?«

»Ganz entschieden. Das frühere System hatte unbedingt gewaltige Nachteile, ja sogar Gefahren. Glücklicherweise hat man es nun in allen Maisons de Santé Frankreichs fallen lassen.«

»Ich bin über Ihre Mitteilung in höchstem Maße erstaunt«, sagte ich, »da man mir versichert hat, daß es heutzutage im ganzen Land keine andere Methode zur Behandlung Geisteskranker gebe.«

»Sie sind noch jung, mein Freund«, erwiderte mein Wirt, »und es wird die Zeit kommen, da Sie nicht auf das Gerede anderer achten, sondern sich ein eigenes Urteil über das bilden werden, was in der Welt vorgeht. — Glauben Sie nichts von dem, was Sie hören, und nur die Hälfte von dem, was Sie sehen. Was nun unsere Anstalt anlangt, ist es klar, daß Ihnen irgendein Unwissender etwas vorgefabelt hat. Ich werde mich aber freuen, Sie nach Tisch, wenn Sie sich von Ihrem anstrengenden Ritt entsprechend erholt haben, durch das Haus zu führen und Ihnen ein System zu erläutern, das sowohl mir selbst als einem jeden, der es in Anwendung sah, als das bei weitem erfolgreichste erschien.«

»Ihr eigenes System?« fragte ich, »Ihre eigene Erfindung?«

»Sie erfüllt mich mit Stolz«, erwiderte er, »Ihre Frage bejahen zu können — wenigstens bis zu einem gewissen Grad.«

Dies war ungefähr mein Gespräch mit Monsieur Maillard während einer oder zwei Stunden, wobei er mich in Hof und Garten umherführte.

»Ich kann Ihnen im Augenblick meine Patienten nicht vorführen«, sagte er. »Ein solcher Anblick wirkt auf ein empfindliches Gemüt stets etwas erschütternd, und ich möchte Ihnen vor dem Essen den Appetit nicht verderben. Lassen Sie uns zuerst speisen. Ich kann Ihnen Kalb à la Sainte-Ménéhould mit Blumenkohl in Sauce Velouté anbieten, hernach ein Glas Clos Vougeot, das Ihren Nerven sicher wohltun wird.«

Um sechs Uhr rief man zu Tisch, und mein Gastgeber führte

mich in einen langen Speisesaal, wo ich eine zahlreiche Gesellschaft antraf, im ganzen etwa fünfundzwanzig bis dreißig Personen. Es schienen Leute von Stand, zumindest aus guter Familie, wenngleich ihr Aufzug mir etwas überladen vorkam, etwa wie der aufdringliche Pomp der Bourbonenzeit. Ich stellte fest, daß mindestens zwei Drittel der Gäste Damen waren, von denen sich einige keineswegs so trugen, wie es derzeit in Paris für geschmackvoll gilt. Manche, deren Alter kaum weniger als siebzig Jahre betrug, waren mit Juwelen, Ringen, Armbändern und Ohrringen behängt, und ihr Dekolleté war von bedenklicher Einsicht. Ich bemerkte ferner, daß nur wenige der Kleider einen guten Schnitt hatten, auf jeden Fall standen sie ihren Trägerinnen nicht gut. Während ich mich so umsah, entdeckte ich das interessante junge Mädchen, mit dem Monsieur Maillard mich vorher bekannt gemacht hatte; doch wie groß war mein Erstaunen, als ich sie nun in Reifrock und Stöckelschuhen und einer Haube aus Brüsseler Spitzen sah, einer Haube, die nicht nur unsauber, sondern von so übertriebenen Dimensionen war, daß sie das Gesicht lächerlich klein erscheinen ließ. Als ich diese Dame zum erstenmal gesehen hatte, trug sie ein geschmackvolles Trauerkleid. Mit einem Wort, die Kleidung der ganzen Gesellschaft hatte etwas so Wunderliches an sich, daß mir das »Beschwichtigungssystem« wieder in den Sinn kam und gleichzeitig der Gedanke, Monsieur Maillard habe mich bis nach Tisch im unklaren lassen wollen, damit mich beim Essen die Vorstellung, mit Geisteskranken zu speisen, nicht etwa störe. Ich dachte aber auch daran, daß man in Paris davon sprach, welch wunderliches Volk die Bewohner der südlichen Provinzen seien und welch veralteten Anschauungen sie noch anhingen. Nachdem ich mit ein paar Leuten aus der Gesellschaft ein wenig geplaudert hatte, schwanden meine Zweifel zur Gänze.

Das Speisezimmer, obschon geräumig und mit allem Komfort eingerichtet, war keineswegs elegant; so gab es hier zum Beispiel keinen Teppich, was allerdings in Frankreich nicht selten ist. Aber auch die Fenster hatten keine Vorhänge. Sie waren übrigens geschlossen und mit diagonalen Eisenstangen verriegelt, wie man es bei uns an Kaufläden sieht. Der Raum bildete, wie ich nun bemerkte, einen besonderen Flügel des Schlosses und hatte daher an drei Seiten Fenster, im ganzen nicht weniger als zehn; an der vierten Seite befand sich die Tür.

Der Tisch war üppig gedeckt und mit Schüsseln überladen, die von den delikatesten Speisen fast überquollen. Der Überfluß war geradezu geschmacklos. Nie in meinem Leben habe ich eine solche Verschwendung, ja Mißachtung der köstlichen Dinge gesehen. Die Anordnung des Ganzen war übrigens sehr wenig ansprechend. Meine an sanftes Licht gewöhnte Augen hatten den Glanz zahlloser Wachskerzen zu ertragen, die in silbernen Armleuchtern überall im Zimmer aufgestellt waren. Mehrere Diener warteten auf, und auf einem großen Tisch in einer entfernten Ecke des Saales saßen sieben oder acht Leute mit Geigen, Pfeifen, Blasinstrumenten und einer Trommel. Diese Burschen quälten mich während der ganzen Mahlzeit mit ihrem andauernden Lärm, der wohl Musik sein sollte, und alle Anwesenden, mich ausgenommen, sehr zu ergötzen schien.

Alles in allem konnte ich nicht umhin, vieles von dem, was ich sah, äußerst sonderbar zu finden — aber es gibt so vielerlei Arten von Menschen mit so vielerlei Gedanken und vielerlei Gewohnheiten! Auch war ich weit genug in der Welt herumgekommen, daß mir das *nil admirari* zur Selbstverständlichkeit geworden war. Ich nahm also ungerührt an der rechten Seite meines Wirtes Platz und sprach mit großem Appetit den herrlichen Speisen zu, die man mir anbot.

Die Unterhaltung war allgemein und sehr angeregt; wie immer zeichneten sich dabei besonders die Damen aus. Ich fand bald heraus, daß alle Anwesenden eine gute Erziehung genossen hatten, und mein Wirt selbst erzählte einen köstlichen Witz nach dem anderen. Es machte ihm offenbar nichts aus, von seiner Stellung als Leiter der Irrenanstalt zu reden, und überhaupt war zu meiner Überraschung das Thema »Wahnsinn« ein beliebter Gesprächsstoff. Man erzählte eine Menge lustiger Anekdoten von der Tollheit einzelner Patienten.

»Wir hatten einmal einen Menschen da«, sagte ein dicker, kleiner Herr an meiner rechten Seite — »nun, einen Menschen, der sich für einen Teekessel hielt. Nebenbei bemerkt, ist es nicht sonderbar, wie oft gerade diese Vorstellung bei Wahnsinnigen auftritt? Gibt es doch kaum eine Irrenanstalt in Frankreich, die nicht wenigstens einen menschlichen Teekessel aufzuweisen hätte. Unser Mann war ein Teekessel aus Britanniametall und war eifrig beflissen, sich jeden Morgen mit Kreide und einem Lederlappen zu polieren.«

»Außerdem«, unterbrach ihn ein langer Kerl mir gegenüber, »hatten wir vor einiger Zeit einen Mann hier, der es sich in den Kopf gesetzt hatte, er sei ein Esel — was, wie Sie sagen werden, wohl auf Wahrheit beruhte. Er war ein ziemlich beschwerlicher Kranker, und wir hatten alle Mühe, ihn zu überwachen. Lange Zeit hindurch lehnte er jede andere Nahrung außer Disteln ab. Wir kurierten ihn von seiner Überspanntheit aber dadurch, daß wir ihm auch nichts anderes als Disteln vorsetzten. Außerdem schlug er immer mit den Füßen aus — so — so —«

»Monsieur de Kock! Betragen Sie sich gefälligst anständig!« unterbrach ihn hier eine alte Dame, die an seiner Seite saß. »Behalten Sie Ihre Füße, bitte, bei sich! Sie haben mir meinen Brokat schmutzig gemacht. Ist es denn nötig, eine Bemerkung gleich auf solche Weise zu illustrieren? Unser Freund hier kann Sie sicher auch so begreifen. Auf mein Wort, Sie sind entschieden genau so ein Esel, wie der arme Kranke zu sein wähnte. Sie benehmen sich ganz danach.«

»Mille pardons, Mademoiselle!« erwiderte Monsieur de Kock. »Ich bitte tausendmal um Verzeihung! Ich wollte Sie nicht beleidigen, Mademoiselle Laplace — Monsieur de Kock gibt sich die Ehre, mit Ihnen anzustoßen.«

Monsieur de Kock verbeugte sich tief, küßte der Dame galant die Hand und stieß mit ihr an.

»Gestatten Sie mir, mein Freund«, wandte sich jetzt Monsieur Maillard an mich, »gestatten Sie mir, Ihnen ein Stück Kalbsbraten à la Sainte-Ménéhould anzubieten — Sie werden es sehr deliziös finden.«

Soeben hatten es drei kräftige Diener zustande gebracht, eine ungeheure Platte auf den Tisch niederzustellen, auf dem sich meiner Ansicht nach ein *monstrum horrendum* befand. Bei näherem Zusehen stellte ich freilich fest, daß es sich nur um ein im ganzen gebratenes kleines Kalb handelte, das man auf die Knie gesetzt und dem man einen Apfel ins Maul gesteckt hatte, auf die Art etwa, wie man in England einen Hasen anrichtet.

»Danke, nein«, erwiderte ich, »ich muß gestehen, daß ich eigentlich kein Freund von Kalb à la Sainte — wie hieß es doch gleich? — bin. Es entspricht nicht gerade meinem Geschmack. Ich möchte aber, wenn es erlaubt ist, den Teller wechseln und ein Stück von dem Kaninchen dort versuchen.«

Es schien mir nämlich, daß einige kleinere Platten, die auf

dem Tisch standen, Kaninchenbraten enthielten, ein köstliches Gericht, das ich nur empfehlen kann.

»Pierre«, rief Monsieur Maillard, »reiche dem Herrn einen anderen Teller und ein Mittelstück dieses Kaninchens au-chat.«

»Dieses was?«

»Dieses Kaninchens au-chat.«

»Ach danke — vielmehr, ich habe es mir überlegt, ich ziehe doch etwas Schinken vor.«

Man kann doch nie wissen, was man von diesen Hinterwäldlern vorgesetzt bekommt, dachte ich mir im stillen. Ich pfeife auf Kaninchen à la Miau-miau.

»Und dann«, ergriff am unteren Ende der Tafel ein totenblasser Mensch wieder das Wort, »hatten wir neben anderen Verrückten auch einen Patienten, der eigensinnig darauf bestand, ein Cordobakäse zu sein, und der mit einem Messer in der Hand herumlief und die Leute einlud, sich eine schöne Scheibe aus seiner Wade zu schneiden.«

»Er war auf jeden Fall ein verdammter Narr«, warf jemand ein, »aber immerhin nicht zu vergleichen mit einem gewissen Jemand, den wir alle kennen — mit Ausnahme dieses fremden Herrn selbstverständlich. Ich meine den Mann, der sich für eine Sektflasche hielt und immer knallte und sprudelte, nämlich so . . .«

Hier steckte der Sprecher höchst ungezogen den Daumen in den Mund, stemmte ihn von innen gegen die rechte Backe und machte damit ein knallendes Geräusch, ähnlich dem eines springenden Pfropfens, dann ließ er die Zunge zwischen den Zähnen vibrieren, wodurch er einen sprudelnden, zischenden Laut zustande brachte, wie eine aufschäumende Sektflasche.

Ich beobachtete, daß dieses Benehmen Monsieur Maillard mißfiel; er sagte aber nichts, und ein kümmerliches Männchen mit einer großen Perücke führte die Unterhaltung weiter.

»Es gab auch noch einen Idioten«, sagte er, »der sich für einen Frosch hielt; er war einem solchen übrigens gar nicht so unähnlich. Ich wünschte, Sie hätten Gelegenheit gehabt, ihn zu sehen, Monsieur« — wandte sich der Sprecher an mich —, »es hätte Sie wirklich begeistert, zu sehen, wie natürlich er sich benahm. Wenn der Mensch kein Frosch war, so kann ich nur sagen, daß diese Tatsache zu bedauern ist. Sein Gequake — so: kroax . . . kroax! — war das allerschönste von der Welt — b-

Moll! Und wenn er ein oder zwei Glas Wein getrunken hatte und dann die Ellbogen auf den Tisch stützte — so — und den Mund aufriß — so — und mit den Augen rollte — so — und ganz schnell mit den Lidern zwinkerte — so — nun, mein Herr, ich stehe dafür ein, Sie hätten sich vor Bewunderung für diesen Mann nicht fassen können.«

»Ich zweifle keineswegs daran«, meinte ich.

»Und außerdem«, sagte wieder jemand, »war da Petit Gaillard, der sich für eine Prise Schnupftabak hielt und ganz aus dem Häuschen war, weil er sich nicht selbst zwischen Daumen und Zeigefinger nehmen konnte.«

»Und da gab es auch noch Jules Desoulières, wirklich ein seltener Geist, der die merkwürdige Vorstellung hatte, ein Kürbis zu sein. Er peinigte den Koch mit der Forderung, er solle einen Pudding aus ihm machen — was der Koch mit Entrüstung ablehnte. Ich für meine Person zweifle nicht im mindesten daran, daß ein Kürbispudding à la Desoulières ein vorzügliches Gericht gewesen wäre!«

»Sie setzen mich in Erstaunen!« bemerkte ich, und warf einen fragenden Blick auf Monsieur Maillard.

»Ha, ha, ha!« lachte dieser. »Köstlich! Köstlich! Sie dürfen sich nicht verblüffen lassen, mon ami! Unser Freund hier ist ein Witzbold, ein Spaßmacher, Sie dürfen nicht wörtlich nehmen, was er sagt.«

»Übrigens«, rief wieder ein anderer aus der Gesellschaft, »hatten wir Bouffon le Grand hier — in seiner Weise auch eine äußerst originelle Persönlichkeit. Er war aus unglücklicher Liebe übergeschnappt und lebte nun in der Einbildung, er habe zwei Köpfe. Einen davon hielt er für den Kopf des Cicero, der andere setzte sich von der Stirn bis zum Mund aus dem Kopf des Demosthenes und vom Mund bis zum Kinn aus dem des Lord Brougham zusammen. Vielleicht irrte er sich darin, aber er hätte Sie sicher davon überzeugt, daß er recht habe, denn er war ein Mann von großer Rednergabe. Er hatte eine Leidenschaft für das Reden und stellte sich gern in Positur. Er sprang zum Beispiel auf den Speisetisch — so — und . . .«

Hier legte ihm sein Nachbar die Hand auf die Schulter und flüsterte ihm etwas ins Ohr, worauf der Redner ganz plötzlich verstummte und sich in seinen Stuhl fallen ließ.

»Ferner«, ergriff nun der, der eben geflüstert hatte, das

Wort, »war da noch Boullard, der Kreisel. Ich nenne ihn Kreisel, weil er die sonderbare, aber gar nicht so unvernünftige Vorstellung hatte, in einen Kreisel verwandelt worden zu sein. Sie wären vor Lachen explodiert, wenn Sie ihn gesehen hätten. Er drehte sich wohl eine Stunde lang auf einem Bein, in dieser Weise — sehen Sie . . .«

Hier fiel ihm der, den er selbst eben zurechtgewiesen hatte, im gleichen Flüsterton in die Rede.

»Ach«, kreischte eine alte Dame, »Ihr Monsieur Boullard war ganz einfach verrückt — schwachsinnig und verrückt. Denn, erlauben Sie, wer hätte jemals von einem menschlichen Kreisel gehört? Das ist absurd. Sie werden zugeben, daß Madame Joyeuse eine vernünftigere Person war. Sie hatte auch ihren Spleen, aber es war ein sinnvoller Spleen und unterhaltend für alle, die sich rühmen konnten, ihre Bekanntschaft gemacht zu haben. Sie fand nach reichlicher Überlegung heraus, daß sie durch irgendein Versehen in einen Hahn verwandelt worden war und als ein solcher benahm sie sich durchaus mit Anstand. Es war großartig, wie sie mit den Flügeln schlug — so — so — so, und ihr Krähen war einfach hinreißend! Ki — ke — riki! — Ki — ke — rikii! — Ki-ke-riki-i-i-i!«

»Madame Joyeuse«, fiel unser Wirt hier ärgerlich ein, »benehmen Sie sich, wie es sich gehört, wie es einer Dame zusteht, sonst müßte ich Sie aus der Tischgesellschaft ausschließen. Sie haben die Wahl!«

Die Dame — wie erstaunte ich, als sie offenbar selbst die von ihr so humoristisch beschriebene Madame Joyeuse war — errötete bis über die Stirn und schien von der Zurechtweisung empfindlich getroffen. Sie ließ den Kopf sinken und erwiderte kein Wort. Aber eine andere, jüngere Dame nahm die Unterhaltung wieder auf. Es war das schöne Mädchen aus dem Sprechzimmer.

»Madame Joyeuse war tatsächlich eine Närrin«, rief sie aus, »da zeigte das Verhalten von Eugenie Salsafette entschieden mehr Geist. Sie war ein hübsches und keusches junges Mädchen, deren feinem Empfinden die übliche Kleidertracht anstößig erschien; sie versuchte deshalb, statt in die Kleider hineinzuschlüpfen, aus ihnen herauszukommen. Das geht übrigens ganz leicht. Man braucht nur so — zu machen — und dann so — so — so — so — und dann so — und so — und so — und dann . . .«

»Um Gottes willen! Mademoiselle Salsafette!« riefen etwa ein Dutzend Stimmen. »Was fällt Ihnen ein! — Gott verhüte es! Genug, genug! — Wir begreifen ja schon, wie es gemeint ist! — Halt, halt!« Einige sprangen von ihren Sitzen auf, um sie daran zu hindern, sich in das Kostüm der Venus von Medici zu kleiden.

In diesem Augenblick wurde die allgemeine Verwirrung noch durch laute, gellende Schreie gesteigert, die offenbar aus einem inneren Teil des Schlosses kamen.

Das Geschehen irritierte meine Nerven nicht unerheblich. Auf die übrigen aber übte es geradezu eine niederschmetternde Wirkung aus. Nie in meinem Leben habe ich vernünftige Leute so fürchterlich erschrecken sehen. Sie wurden alle totenblaß, sanken in ihren Stühlen zusammen und lauschten, zitternd vor Angst, auf eine Wiederholung jener Töne. Sie kamen näher, wurden lauter, und dann ein drittes Mal sehr laut, und erklangen noch ein viertes Mal, aber mit verminderter Heftigkeit. Bei diesem fühlbaren Nachlassen des Lärms gewann die Gesellschaft ihre Fassung zurück, und bald war alles wie vorher voll Leben und Heiterkeit. Ich erlaubte mir jetzt eine Frage nach der Ursache jener sonderbaren Störung.

»Das hat keine Bedeutung«, antwortete mir Monsieur Maillard, »wir sind dergleichen gewohnt und kümmern uns nicht viel darum. Es kommt ab und zu vor, daß die Irren in ein gemeinsames Geheul ausbrechen; einer steckt den anderen damit an, ganz ähnlich wie Hunde bei Nacht einander zum Bellen anfeuern. Es kann sich jedoch ereignen, daß diesem Schreien ein allgemeiner Ausbruchsversuch folgt, was natürlich nicht ganz ungefährlich sein müßte.«

»Wieviel Pfleglinge haben Sie derzeit?«

»Gegenwärtig nicht mehr als zehn.«

»In der Mehrzahl Frauen, nehme ich an?«

»O nein, nur Männer, und sehr kräftige, das kann ich Ihnen versichern.«

»In der Tat! Ich war immer der Meinung, die Mehrzahl der Irrsinnigen seien Frauen.«

»Meist trifft das zu, aber nicht immer. Vor einiger Zeit hatten wir siebenundzwanzig Patienten hier, darunter sich nicht weniger als achtzehn Frauen befanden. In letzter Zeit hat sich aber, wie Sie sehen, manches geändert.«

»Ja — geändert, wie Sie sehen«, fiel der Herr ein, der vorhin Mademoiselle Laplace auf den Brokat getreten war.

»Ja — manches geändert, wie Sie sehen!« brüllte die ganze Gesellschaft im Chor.

»Haltet den Mund!« schrie mein Gastgeber wütend. Minutenlang trat vollkommene Stille ein. Eine der Damen nahm Monsieur Maillards Befehl so wörtlich, daß sie sich bis zum Ende des Gesprächs den großen Mund folgsam mit beiden Händen zuhielt.

»Und jene Dame«, fragte ich und beugte mich zu Monsieur Maillard, »die nette alte Dame, die uns das Kikeriki vorführte — sie ist wie ich annehme, harmlos — ganz harmlos, nicht wahr?«

»Harmlos?« fragte er. »Wie — wie — meinen Sie das?«

»Nur ein leichter Fall«, erwiderte ich und tippte mit dem Finger an die Stirn. »Ich nehme an, es ist kein schwerer oder gefährlicher Fall, nicht wahr?«

»Mein Gott! Wo denken Sie hin! Diese Dame, meine liebe alte Freundin, Madame Joyeuse, ist so gesund wie Sie und ich. Freilich hat sie ihre kleinen Eigenheiten — aber, Sie wissen ja, alle alten Frauen sind mehr oder weniger sonderbar!«

»Zweifellos«, sagte ich, »zweifellos — und die anderen Herren und Damen hier . . .«

»Sind meine Freunde und Mitarbeiter«, fiel mir Monsieur Maillard ins Wort, wobei er sich abweisend aufrichtete — »meine besten Freunde und Gehilfen.«

»Wie, alle durch die Bank?« fragte ich, »die Frauen und alle die übrigen?«

»Allerdings«, erwiderte er mit Würde, »ohne die Frauen könnten wir gar nicht auskommen; sie sind die besten Irrenwärterinnen; sie haben so ihre besondere Art, Sie verstehen; ihre strahlenden Blicke üben eine ganz andere Wirkung aus — eine hypnotische, etwa wie das Auge der Schlange, verstehen Sie.«

»Zweifellos«, sagte ich, »zweifellos! Aber sie benehmen sich ein wenig sonderbar, nicht! Sie sind nicht so ganz richtig, wie? Meinen Sie nicht auch?«

»Sonderbar! Nicht ganz richtig! Meinen Sie das im Ernst? Gewiß, wir hier im Süden sind nicht sehr etepetete, wir lassen uns gern ein wenig gehen — wir genießen das Leben, wissen Sie . . .«

»Zweifellos«, sagte ich, »zweifellos!«

»Und dann, vielleicht ist der Wein, der Clos de Vougeot, ein wenig schwer, wissen Sie — ein wenig stark — verstehen Sie, eh?«

»Zweifellos«, sagte ich, »zweifellos! Nebenbei erwähnt, Monsieur, erinnere ich mich recht, so sagten Sie, Sie hätten statt des berühmten Beschwichtigungssystems nun ein System drakonischer Strenge eingeführt?«

»Durchaus nicht. Die Kranken befinden sich zwar in strengem Gewahrsam, aber die Behandlung — die ärztliche Behandlung, meine ich — ist geradezu eine Wohltat.«

»Und ist das neue System Ihre eigene Erfindung?«

»Nicht ganz. Zum Teil geht es auf Dr. Teer zurück, von dem Sie sicher schon gehört haben; andererseits aber habe ich Modifikationen eingeführt, die, wie ich mit Vergnügen feststellen konnte, von dem berühmten Professor Feder stammen, mit dem Sie, wenn ich mich recht erinnere, die Ehre haben, näher bekannt zu sein.«

»Ich muß leider bekennen«, erwiderte ich, »daß ich bisher nicht einmal den Namen eines dieser Herren gehört habe.«

»Gütiger Himmel!« rief mein Wirt, schob seinen Stuhl zurück und rang die Hände. »Ich habe mich wohl verhört! Sie werden doch nicht im Ernst behaupten, Sie hätten von den beiden Berühmtheiten Dr. Teer und Professor Feder nie gehört?«

»Es ist so, wie ich beschämt zugeben muß«, entgegnete ich. »Aber nichts geht über die Wahrheit! Ich bin im tiefsten erschüttert über die Tatsache, daß ich mit den Werken dieser zweifellos hervorragenden Männer nicht vertraut bin. Ich werde das aber so bald wie möglich nachholen und ihre Schriften genauestens durchstudieren. Monsieur Maillard, Sie haben mich — ich muß es zugeben — Sie haben mich wahrhaftig tief beschämt.«

Und das entsprach den Tatsachen.

»Genug, lieber junger Freund«, sagte er wohlwollend und drückte mir herzlich die Hand — »trinken wir ein Glas Sauterne miteinander.«

Wir tranken, und die Gesellschaft folgte unserem Beispiel: alle tranken maßlos. Sie redeten, scherzten, lachten und trieben tausend Tollheiten. Die Geigen kreischten, die Trommel dröhnte, die Trompeten stöhnten und bellten, und je mehr der

Alkohol seine Wirkung tat, desto toller wurde das Spiel. Monsieur Maillard und ich, einige Flaschen Sauterne und Clos Vougeot vor uns, mühten uns indessen mit aller Lautstärke unserer Lungen, die Unterhaltung fortzusetzen. Ein mit normaler Lautstärke gesprochenes Wort hätte weniger Aussicht gehabt gehört zu werden, als die Stimme eines Fisches am Grund der Niagarafälle.

»Sie erwähnten vorhin«, brüllte ich ihm ins Ohr, »die Gefahren, die das alte Beschwichtigungssystem mit sich brachte. Möchten Sie mir dies näher erläutern?«

»Ja«, erwiderte er. »Es barg große Gefahren in sich. Die Launen Wahnsinniger sind unberechenbar, und sowohl ich als auch Dr. Teer und Professor Feder stimmten in der Ansicht überein, daß es niemals geraten ist, sie unbewacht herumgehen zu lassen. Ein Irrer mag für einige Zeit ›beschwichtigt‹ werden, wie man sagt, im Grunde neigt er aber immer dazu, in Tobsucht auszubrechen. Seine Verschlagenheit ist beispiellos, und wenn er einen Plan hat, so verbirgt er ihn mit bewunderungswerter Schlauheit. Ebenso stellt die Geschicklichkeit, mit der er Geheiltsein vortäuscht, den Psychiater vor eines der seltsamsten Probleme. In der Tat: sobald ein Geisteskranker den Eindruck eines vollkommen Gesunden macht, ist es hohe Zeit, ihn in die Zwangsjacke zu stecken.«

»Aber die Gefahr, lieber Monsieur Maillard, von der Sie sprachen — sagten Sie nicht, daß Sie sie als Leiter der Anstalt aus eigener Erfahrung kennengelernt haben? War es irgendein praktischer Fall, der Sie dahin brachte, die Freiheit eines Geisteskranken als gefährlich zu erachten?«

»Hier? Aus eigener Erfahrung? Ja, allerdings! Vor gar nicht langer Zeit ereignete sich hier im Haus etwas Seltsames. Das Beschwichtigungssystem war damals noch in Anwendung, und die Kranken gingen frei umher. Sie benahmen sich ausnehmend gut — ein kluger Mann hätte gerade daraus den Schluß ziehen müssen, daß irgendein verruchter Anschlag geplant war. Und eines schönen Morgens sahen sich die Wärter an den Händen und Füßen gebunden und in Zellen geworfen, wo sie von den Geisteskranken, die sich das Amt der Wärter angemaßt hatten, bewacht wurden, als seien sie die Kranken.«

»Nicht möglich! So etwas Verrücktes habe ich nie im Leben gehört!«

»Es ist aber Tatsache! — Und alles war das Werk eines verwegenen Idioten, eines Wahnsinnigen, der es sich in den Kopf gesetzt hatte, ein wirksameres System zur Behandlung Geisteskranker gefunden zu haben, als je eines dagewesen war. Er wollte vermutlich ein Experiment damit anstellen und überredete die anderen Kranken zu einer Verschwörung gegen die herrschende Macht.«

»Und hatte er Erfolg?«

»Restlos! Wärter und Kranke mußten die Rollen tauschen. Das ist allerdings nicht ganz richtig, denn die Irren waren früher frei gewesen, während die Wärter von nun ab in Zellen gesperrt und — leider muß ich es sagen — sehr unhöflich behandelt wurden.«

»Doch ich nehme an, daß bald eine Gegenrevolution erfolgte? Ein solcher Zustand kann nicht lange gedauert haben. Die Leute aus der Nachbarschaft, Besucher der Anstalt, irgendjemand muß Alarm geschlagen haben.«

»Sie irren. Der Rädelsführer war viel zu schlau. Er ließ keine Besucher ein — mit Ausnahme eines einzigen, eines ziemlich einfältig aussehenden jungen Mannes, von dem ihm keine Gefahr drohte. Diesem gestattete er den Eintritt, damit er sich die Anstalt besehe, er ließ ihn aus Spaß ein, der Abwechslung wegen. Und als er ihn dann lange genug an der Nase herumgeführt hatte, schickte er ihn wieder weiter.«

»Und wie lange dauerte das Regiment der Irrsinnigen?«

»Oh, ziemlich lange, mindestens einen Monat — um wieviel länger kann ich nicht mit Sicherheit angeben. Sie hatten eine gute Zeit, die Wahnsinnigen, des seien Sie gewiß! Sie legten ihre eigene schäbige Kleidung ab und schmückten sich mit den Gewändern und Juwelen der Familie des Anstaltsleiters. In den Kellereien des Schlosses gab es einen beträchtlichen Vorrat an Wein; und diese Verrückten tranken gern. Sie lebten in Saus und Braus, sage ich Ihnen!«

»Und die Behandlung? War es eine besondere Art von Therapie, die der Rebellenhäuptling einführte?«

»Warum? Ein Geisteskranker muß nicht unbedingt ein Narr sein, wie ich schon sagte; und es ist meine ehrliche Überzeugung, daß die neue Behandlungsweise bei weitem besser war als die vorhergegangene. Ja wirklich — es war ein vortreffliches

System — einfach — unkompliziert — mit einem Wort, ein ausgezeichnetes . . .«

Hier wurde meinem Gastgeber dadurch das Wort abgeschnitten, daß jene wilden Schreie, die sich schon einmal hatten hören lassen, sich wiederholten. Nur klang es jetzt so, als ob die Leute, die sie ausstießen, eilig näher kamen.

»Herr des Himmels!« schrie ich auf, »die Wahnsinnigen sind ausgebrochen!«

»Ich fürchte sehr, daß Sie recht haben«, sagte Monsieur Maillard, der erschreckend blaß wurde. Er hatte kaum gesprochen, als man unter den Fenstern laute Rufe und Flüche hörte; und gleich darauf versuchte man von draußen in den Saal einzudringen. Hammerschläge fielen gegen die Tür, und auch die Fensterladen wurden mit aller Kraft bearbeitet.

Eine entsetzliche Verwirrung im Saal war die Folge. Monsieur Maillard kroch zu meiner höchsten Verwunderung unter das Büffet. Ehrlich gesagt hätte ich bei ihm mehr Mut und Geistesgegenwart vorausgesetzt. Die Mitglieder des Orchesters, die während der letzten Viertelstunde offenbar zu betrunken gewesen waren, um ihren Aufgaben nachzukommen, sprangen nun alle auf einmal auf ihre Instrumente los, kletterten auf den Tisch und brachen in den »Yankee Doodle« aus, den sie, wenn auch nicht ganz im Takt, so doch mit anormaler Lautstärke während des ganzen Aufruhrs wieder und wieder anstimmten.

Jener Herr, der vorher so schwer davon abzuhalten gewesen war, hatte den Speisetisch mit seinen zahllosen Flaschen und Gläsern erklommen. Kaum hatte er oben Fuß gefaßt, so setzte er zu einer Rede an, die zweifellos großartig war, wenn man sie nur hätte verstehen können. Gleichzeitig begann der Mann, der sich für einen Kreisel hielt, sich wie ein solcher mit Kraft und Ausdauer durch den Raum zu drehen; seine Arme hatte er in rechtem Winkel von sich gestreckt, so daß er wirklich wie ein Kreisel aussah und jeden niederwarf, der ihm in den Weg trat. Plötzlich aber hörte ich ein sonderbares Knallen und Sprudeln wie von einer Sektflasche, die man öffnet, und stellte fest, daß es von jenem Mann herrührte, der schon vorhin bei Tisch das Benehmen einer Sektflasche vorgeführt hatte. Und der Frosch quakte, als hinge sein Seelenheil an jedem Ton, den er zum besten gab. Über all das scholl das laute I-ah eines Esels. Was meine alte Feundin, Madame Joyeuse, anging, so hätte ich aus

Mitgefühl beinahe Tränen vergossen, so entsetzlich erschrokken schien sie. Ihre einzige Maßnahme bestand darin, daß sie sich beim Kamin in einen Winkel stellte und ununterbrochen mit kreischender Stimme »Ki-keri-ki-i« rief.

Dann aber trat der Höhepunkt der Katastrophe ein. Da der einzige Widerstand, der den Leuten draußen entgegengesetzt wurde, in Schreien, Quaken und Krähen bestand, waren die zehn Fenster sehr rasch und fast gleichzeitig eingeschlagen. Nie werde ich das Entsetzen vergessen, mit dem ich diese Wesen betrachtete, die nun durch die Fenster sprangen und sich stampfend, heulend, schlagend und kratzend unter uns stürzten. Sie wirkten wie ein Heer von Schimpansen, Orang-Utans oder schwarzen Pavianen vom Kap der Guten Hoffnung.

Ich erhielt einen furchtbaren Hieb, der mich unter das Sofa beförderte. Dort lag ich wohl fünfzehn Minuten und horchte mit Interesse auf die Vorgänge im Saal. Schließlich fand ich die Lösung der Tragödie. Monsieur Maillard, der mir seine Erlebnisse mit dem Wahnsinnigen, der seine Genossen zur Revolution aufstachelte, erzählte, hatte nichts anderes als seine eigenen Taten geschildert. Dieser Herr war tatsächlich vor zwei oder drei Jahren Leiter der Anstalt gewesen, wurde dann aber selbst verrückt und unter die Patienten aufgenommen. Diese Tatsache war meinem Reisegefährten, der mich hier eingeführt hatte, nicht bekannt gewesen. Die Wärter, zehn an der Zahl, waren plötzlich überwältigt worden; dann hatte man sie mit Teer bestrichen, in Federn gewälzt und in unterirdischen Zellen eingesperrt.

Mehr als einen Monat wurden sie auf diese Weise gefangengehalten, während welcher Zeit Monsieur Maillard ihnen großzügigerweise nicht nur Teer und Federn, woraus sein »System« bestand, sondern auch etwas Brot und viel Wasser zukommen ließ. Mit letzterem wurden sie täglich übergossen. Einer von ihnen entkam schließlich durch einen Abzugskanal und befreite dann die anderen.

Das »Beschwichtigungssystem« ist, mit bedeutenden Einschränkungen, im Schloß wiederaufgenommen worden; dennoch muß ich Monsieur Maillards Ansicht zustimmen, daß seine eigene »Behandlungsmethode« in ihrer Art ganz vorzüglich war. Wie er richtig bemerkte, war sie »einfach und unkompliziert und machte gar keine Schwierigkeiten — durchaus keine«.

Ich habe nur noch hinzuzufügen, daß ich alle Buchhandlungen Europas nach den Werken des Dr. Teer und Professor Feder durchstöbert habe, daß aber bis auf den heutigen Tag alle meine Bemühungen vergeblich geblieben sind.

DER GOLDKÄFER

Es ist jetzt viele Jahre her, da ich mit einem Herrn William Legrand sehr nahe befreundet war. Er war der Abkömmling einer alten Hugenottenfamilie und ursprünglich wohlhabend gewesen; durch verschiedene Unglücksfälle aber war sein Vermögen dahingeschwunden, so daß er nun nicht mehr als das allernötigste besaß. Um Demütigungen, die seine geänderte Lage zur Folge haben könnte, auszuweichen, verließ er New Orleans, die Heimat seiner Väter, und ließ sich auf Sullivans Insel nahe bei Charleston in Südkarolina nieder.

Diese Insel ist sehr seltsam. Sie besteht fast zur Gänze aus Seesand und ist etwa drei Meilen lang. Ihre Breite beträgt an keiner Stelle mehr als eine Viertelmeile. Ein schmaler Meeresarm trennt sie vom Festland. An seinen Ufern befindet sich eine Wildnis von Schilf und Schlamm, die einen Lieblingsaufenthalt der verschiedensten Wasservögel bildet. Die Vegetation ist, wie man sich vorstellen kann, spärlich und verkümmert. Größere Bäume gibt es überhaupt nicht, doch am Westende, da, wo Fort Moultrie steht, kann man die stachlige Zwergpalme antreffen. Auch gibt es hier einige Holzhäuser, Sommerwohnungen von Charlestoner Bürgern, die dem Staub und dem Fieber ausweichen wollen. Der ganze übrige Teil der Insel, ausgenommen den harten weißen Strand, ist von der wohlriechenden Myrte überwuchert, die bei englischen Gärtnern sehr gesucht ist. Der einzelne Strauch erreicht hier oft eine Höhe von fünfzehn bis zwanzig Fuß und bildet ein undurchdringliches Buschwerk, das in weitem Umkreis die Luft mit Wohlgerüchen erfüllt.

Mitten in diesem Myrtendickicht und nicht weit von der einsamen Ostküste der Insel hatte Legrand sich eine kleine Hütte gezimmert, die er zu der Zeit bewohnte, als ich ganz zufällig seine Bekanntschaft machte. Wir wurden bald zu Freunden, denn der Einsiedler gewann mir Achtung und Interesse ab. Es stellte sich heraus, daß er ein gebildeter Mann von hohen Geistesgaben war, nur sehr menschenscheu und in Abständen krankhaften Anfällen von Begeisterung und Schwermut unterworfen. Er war von einer Menge von Büchern umgeben, aber er las selten darin. Sein Hauptvergnügen war der Fischfang und die Jagd, doch liebte er es auch am Strand entlang zu schlendern, um Muscheln zu suchen oder das Myrtendickicht nach seltenen Insekten zu durchforschen. Von letzteren besaß er eine Sammlung, um die selbst ein Swammerdam ihn beneidet haben würde. Bei seinen Wanderungen begleitete ihn meistens ein alter Neger namens Jupiter, dem die Familie seines Herrn, als sie noch wohlhabend war, die Freiheit geschenkt hatte, er aber hatte sich weder durch Drohungen noch durch Versprechungen dazu hergeben lassen, die Fürsorge für seinen jungen »Massa Will« aufzugeben. Es ist nicht unwahrscheinlich, daß es die Verwandten Legrands waren, die dem Neger diesen Starrsinn eingegeben hatten, weil es ihnen angebracht schien, den exzentrisch veranlagten jungen Mann behüten und überwachen zu lassen.

Sullivans Insel liegt auf einem Breitengrad, auf dem strenge Winter selten sind und man nur ausnahmsweise eines wärmenden Feuers bedarf. Mitte Oktober 18 . . aber hatten wir einmal einen sehr frostigen Tag. Gegen Sonnenuntergang bahnte ich mir meinen Weg durch das immergrüne Buschwerk zur Hütte meines Freundes, den ich seit Wochen nicht mehr gesehen hatte. Ich wohnte damals in Charleston, das neun Meilen von der Insel entfernt liegt, und die Verbindungen waren zu jener Zeit nicht so bequem wie heutzutage. Als ich bei der Hütte angelangt war, klopfte ich wie gewöhnlich an, und als ich keine Antwort bekam, nahm ich den Schlüssel aus dem Versteck, das mir bekannt war, schloß auf und trat ein. Im Kamin brannte ein lebhaftes Feuer — eine Überraschung, die mir überaus angenehm war. Ich warf meinen Mantel ab, rückte mir einen Lehnstuhl an das Feuer und erwartete gelassen die Heimkehr meines Wirtes.

Sie kamen bald nach Eintritt der Dunkelheit und begrüßten mich auf das herzlichste. Jupiter grinste von einem Ohr bis zum anderen, während er Anstalten traf, uns ein paar Marschhühner zum Abendessen zu bereiten. Legrand hatte einen seiner Begeisterungsanfälle — ich kann es nicht anders nennen. Er hatte eine bisher unbekannte zweischalige Molluske gefunden, die eine neue Gattung bildete, aber das war nicht alles, er hatte mit Jupiters Hilfe einen Käfer eingefangen, den er für etwas nie Dagewesenes hielt, und worüber er noch am anderen Morgen meine Meinung hören wollte.

»Und warum nicht schon heute?« fragte ich und wärmte meine Hände über der Flamme. Im stillen wünschte ich alle Käfer der Welt zum Teufel.

»Ja, wenn ich nur gewußt hätte, daß Sie kommen!« sagte Legrand. »Aber es ist so lange her, seit Sie das letztemal hier waren, und wer hätte auch ahnen können, daß Sie gerade heute abend kommen würden? Auf dem Heimweg begegnete mir Leutnant G. von der Festung, dem ich dummerweise den Käfer lieh; so werden Sie ihn vor morgen früh nicht sehen können. Übernachten Sie doch hier! Bei Sonnenaufgang schicke ich dann Jup, um den Käfer zu holen. Sie können sich so etwas Schönes gar nicht vorstellen!«

»Den Sonnenaufgang?«

»Unsinn! — den Käfer, meine ich. Er ist von leuchtender Goldfarbe — etwa von der Größe einer Walnuß — mit zwei jettschwarzen Punkten an einem Ende des Rückens und einem größeren am anderen Ende. Die Fühlhörner sind —«

»Kein bißchen Horn dran, Massa Will, sag' ich Ihnen nochmals«, fiel hier Jupiter ein; »Tier ist ein Goldkäfer, schweres Gold, jedes bißchen ganz Gold, außen und innen, Flügel und alles — nie im Leben habe so schweren Käfer in Hand gehalten.«

»Nun, angenommen, du habest recht, Jup«, erwiderte Legrand ernster, als es mir nötig schien, »ist das aber ein Grund, daß du die Hühner anbrennen läßt? Die Farbe« — hier wandte er sich mir zu — »bestätigt allerdings Jupiters Ansicht. Noch nie haben Sie etwas Strahlenderes gesehen als die Flügel dieses Insekts. Doch das können Sie morgen selbst beurteilen. Einstweilen will ich Ihnen einen Begriff von seiner Gestalt geben.« Mit diesen Worten setzte er sich an einen kleinen Tisch, auf dem sich Tinte und Feder befanden; Papier war nicht vorhanden. Er suchte in einer Schublade danach, konnte aber nichts finden.

»Macht nichts«, sagte er schließlich, »dies hier tut es auch.« Und er zog aus der Westentasche einen Zettel und zeichnete mit der Feder darauf.

Ich nahm indessen meinen Platz beim Feuer wieder ein, denn

ich fror. Als er die Zeichnung fertig hatte, reichte er sie mir herüber, ohne aufzustehen. Kaum hatte ich sie in der Hand, als draußen ein lautes Knurren ertönte, dem ein Kratzen an der Tür folgte; Jupiter öffnete, und ein großer Neufundländer, Legrands Hund, stürmte herein, legte die Pfoten auf meine Schulter und überschüttete mich mit Zärtlichkeiten, denn ich hatte mich bei meinen Besuchen sehr mit ihm angefreundet. Als er sich beruhigt hatte, blickte ich auf das Papier und war nicht wenig verwundert über das, was mein Freund da hingemalt hatte.

Nachdem ich es eine ganze Weile betrachtet hatte, sagte ich: »Der Käfer ist wirklich seltsam, das muß ich zugeben; er ist mir gänzlich neu — ich habe nie so etwas gesehen — er gleicht einem Schädel, einem Totenkopf, damit allein hat er Ähnlichkeit.«

»Ein Totenkopf!« wiederholte Legrand. »Nun ja, möglich, daß er auf dem Papier etwas davon hat. Die zwei oberen schwarzen Punkte sehen wie Augen aus, nicht? Und der längere unten wie ein Mund — und die Form des ganzen ist oval.«

»Vielleicht liegt es daran«, sagte ich. »Aber, Legrand, ich fürchte, Sie sind kein Zeichenkünstler. Ich muß mich wohl gedulden, bis ich den Käfer mit eigenen Augen gesehen habe, ehe ich mir eine Vorstellung davon machen kann.«

»Sonderbar«, sagte er, ein wenig verletzt, »ich zeichne ganz gut — jedenfalls habe ich vortreffliche Lehrer gehabt und darf mir wohl auch einbilden, nicht ganz unbegabt zu sein.«

»Ja, mein lieber Freund, dann hatten Sie wohl einen Scherz im Sinn?« sagte ich. »Dies hier ist ein nicht übel gezeichneter Schädel, ja, ich kann wohl sagen, ein meisterhaft gezeichneter Schädel — und Ihr Skarabäus muß der merkwürdigste Käfer von der Welt sein, wenn er ihm gleicht; er könnte geradezu unheimliche Vorahnungen erwecken. Ich nehme an, Sie werden den Käfer *Scarabaeus caput hominis* oder so ähnlich benennen; es gibt eine ganze Reihe derartiger Namen in der Naturgeschichte. Doch wo sind die Fühlhörner, von denen Sie sprachen?«

»Die Fühlhörner!« sagte Legrand in noch ärgerlicherem Ton; »die Fühlhörner müssen Sie doch sehen. Ich habe sie in natürlicher Größe aufgezeichnet, das müßte für ihre Erkennbarkeit doch genügen.«

»Nun, nun«, erwiderte ich, »mag sein; ich sehe sie aber

nicht.« Und ich gab ihm ohne ein weiteres Wort das Papier zurück, um ihn nicht noch mehr zu reizen. Ich war aber über den Verlauf der Angelegenheit sehr überrascht. Seine schlechte Laune verdroß mich. Was konnte ich schließlich dafür, daß die Fühlhörner nicht zu sehen waren und daß das Ganze eine verblüffende Ähnlichkeit mit der üblichen Darstellung eines Totenschädels hatte?

Mißmutig nahm er das Papier entgegen, offenbar in der Absicht, es ins Feuer zu werfen, als ein zufälliger Blick auf die Zeichnung ihm plötzlich Einhalt gebot. Sein Gesicht wurde glühend rot und gleich darauf unheimlich bleich. Minutenlang starrte er regungslos auf das Blatt in seinen Händen. Endlich stand er auf, nahm eine brennende Kerze vom Tisch und setzte sich in der hintersten Ecke des Zimmers auf einen Schiffskoffer. Dort prüfte er das Blatt von neuem mit genauester Aufmerksamkeit, indem er es nach allen Seiten drehte und wendete. Er sprach aber kein Wort, und sein Benehmen setzte mich in Erstaunen; ich hielt es jedoch für ratsam, seine üble Laune nicht durch irgendeine Bemerkung noch zu verschlimmern. Er nahm jetzt ein Notizbuch aus seiner Rocktasche, legte das Papier sorgsam hinein und verschloß beides in einem Schreibpult. Sein Benehmen war nun ruhiger geworden, aber seine frühere Begeisterung dahin; doch schien er eher nachdenklich als verdrossen. Je mehr die Nacht vorrückte, desto mehr versank er in seine Gedanken. Es war meine Absicht gewesen, die Nacht hier in der Hütte zu verbringen, wie ich es früher des öfteren getan hatte. Bei der trüben Stimmung meines Gastgebers aber schien es mir besser, mich zu empfehlen. Er forderte mich nicht zum Bleiben auf, doch als ich ging, schüttelte er mir die Hand noch herzlicher als sonst.

Etwa einen Monat später — in der Zwischenzeit hatte ich von Legrand nichts gesehen — erhielt ich in Charleston den Besuch seines Dieners Jupiter. Der gute alte Neger war in ausnehmend gedrückter Stimmung, und ich fürchtete schon, daß meinem Freund irgendein Unglück zugestoßen sei.

»Nun, Jup«, sagte ich, »was gibt es? Wie geht es deinem Herrn?«

»Ja, ehrlich, Massa, ihm nicht so gutgehn, als sein sollte.«

»Nicht gut? Das tut mir sehr leid. Worüber beklagt er sich denn?«

»Da! Das es sein! Er nie über nichts klagt — aber sehr krank sein.«

»*Sehr* krank? — Warum hast du das nicht gleich gesagt! Muß er zu Bett liegen?«

»Nein, nicht so. Ich nicht herausfinden, was es sein. Das sein das Schlimme. Mein Herz sein sehr schwer über armen Massa Will.«

»Ich wollte, ich könnte dich verstehen, Jupiter. Du sagst, dein Herr ist krank. Und er hat dir nicht gesagt, was ihm fehlt?«

»Ach, Massa. Massa Will sagen, ihm fehlen gar nichts — aber warum denn so herumgehen, Kopf nach unten und dann stehenbleiben — und so weiß wie Gans? Und Reden halten ganze Zeit . . .«

»Was halten, Jupiter?«

»Rede halten mit Zeichen auf Tafel — sehr sonderbare Zeichen — ich noch nie gesehen haben. Ich dir sagen, Massa, er sein gefährlich. Ich müssen immer viel acht haben auf ihn. Einmal Massa sein mir fortgelaufen — früh mit Sonne — und fort sein ganzes Tag. Ich mir geschnitten haben großes Stock und wollen schlagen, wenn zurückkommen. Aber ich solches Esel — ich nicht haben können — Massa so elend aussehen.«

»Wie? Was? Aber Jupiter, ich denke, du solltest nicht gar zu streng sein gegen den Armen — nicht schlagen, Jupiter — das kann er nicht gut vertragen. Aber hast du gar keine Ahnung, was die Ursache dieser Krankheit ist — oder vielmehr für dieses veränderte Benehmen? Ist irgend etwas Unangenehmes geschehen, seit ich zuletzt bei euch gewesen bin?«

»Nein, Massa, nichts Schlimmes sein gewesen *seitdem* — es waren *vorher*, ich fürchten — es waren das Tag, wo du bei uns waren.«

»Wie? Was willst du damit sagen?«

»Ich meinen das Käfer, Massa. Nun du wissen!«

»Das — was?«

»Das Käfer — ich es wissen ganz gewiß, das Goldkäfer Massa gebissen haben wo am Kopf.«

»Und was für einen Grund hast du für deine Vermutung, Jupiter?«

»Viel Klauen, Massa, und auch Maul. Ich nie haben gesehen so ein verflixtes Käfer — es stoßen und beißen alles, was ihm in

»O ja!« erwiderte er und errötete heftig, »ich bekam ihn schon am nächsten Morgen. Nichts könnte mich je dazu bewegen, mich von diesem Käfer zu trennen. Wissen Sie, daß Jupiter mit dem Käfer ganz recht hatte?«

»Inwiefern?« fragte ich mit einer trüben Ahnung.

»In der Meinung, daß der Käfer von massivem Gold sei.« Er sagte dies mit so tiefem Ernst, daß es mich erschütterte.

»Dieser Käfer wird mein Glück machen!« fuhr er mit triumphierendem Lächeln fort. »Er wird mich in mein Erbgut wiedereinsetzen. Ist es so erstaunlich, daß ich ihn verehre? Da Fortuna es für gut befunden hat, ihn mir zu schenken, kommt es nur darauf an, daß ich den richtigen Gebrauch davon mache, um zu dem Gold zu kommen, zu dem er mir den Weg zeigt. Jupiter, bring mir den Skarabäus!«

»Was? Das Käfer, Massa? — ich lieber es mögen nicht anrühren. Massa selbst holen muß.«

Legrand erhob sich hierauf mit ernster, feierlicher Miene und brachte mir das Tier aus seinem Glasbehälter. Es war tatsächlich ein prächtiger Skarabäus und den Naturforschern derzeit noch unbekannt — also in wissenschaftlicher Hinsicht von großer Bedeutung. Er hatte zwei runde schwarze Flecken am oberen und einen länglichen am unteren Ende des Rückens. Die Flügel waren außerordentlich hart und glänzten wie poliertes Gold. Das Gewicht des Insekts war sehr beträchtlich, und wenn ich das alles ins Auge faßte, konnte ich Jupiters Ansicht durchaus verstehen; was ich aber von Legrands Benehmen halten sollte, war mir keineswegs klar.

»Ich schickte nach Ihnen«, sagte er in gewichtigem Ton, nachdem ich die Untersuchung des Käfers beendet hatte, »ich schickte nach Ihnen, um Ihren Rat und Beistand zu erhalten, wenn ich die mir vom Schicksal mittels des Käfers gezeigte Glücksspur verfolge.«

»Mein lieber Legrand«, rief ich, ihn unterbrechend, »Sie sind sicherlich krank. Legen Sie sich doch ins Bett, und ich will ein paar Tage bei Ihnen bleiben, bis Sie es überstanden haben. Sie fiebern ja, und —«

»Fühlen Sie meinen Puls!« sagte er.

Ich fühlte ihn und fand, um die Wahrheit zu sagen, auch nicht das leiste Anzeichen von Fieber.

»Aber Sie können ja auch krank sein, ohne Fieber zu haben.

Erlauben Sie mir nur dieses eine Mal, Ihnen Vorschriften zu machen. Vor allem gehen Sie ins Bett, dann —«

»Sie irren«, fiel er ein, »ich fühle mich so wohl, als es bei der Aufregung, unter der ich lebe, nur irgend möglich ist. Wenn Sie wirklich für meine Gesundheit etwas tun wollen, so werden Sie diese Aufregung von mir nehmen.«

»Und wie kann dies geschehen?«

»Sehr einfach. Jupiter und ich unternehmen eine Wanderung in die Hügel auf dem Festland und brauchen dabei die Unterstützung durch einen Menschen, in den wir Vertrauen setzen können. Da sind Sie der einzige. Ob wir nun Erfolg haben oder nicht — die Aufregung, in der Sie mich sehen, wird damit jedenfalls zu Ende sein.«

»Ich will Ihnen gern gefällig sein«, erwiderte ich; »doch wollen Sie damit sagen, daß dieser höllische Käfer zu Ihrer Wanderung in irgendwelcher Beziehung steht?«

»Allerdings.«

»Dann, Legrand, muß ich Ihnen sagen, daß ich an einem so unsinnigen Unternehmen keinen Teil haben will.«

»Das tut mir leid — sehr leid — denn in diesem Fall müssen wir es allein versuchen.«

Allein versuchen! Der Mann ist verrückt, dachte ich. »Wie lange gedenken Sie fortzubleiben?«

»Voraussichtlich die ganze Nacht. Wir brechen sogleich auf und sind bei Sonnenaufgang zurück.«

»Und wollen Sie mir auf Ehrenwort versprechen, daß Sie heimkehren und meinem Rat wie dem Ihres Arztes folgen werden, sobald diese Aktion vorüber und die Käfergeschichte zu Ihrer Befriedigung erledigt ist?«

»Ja, ich verspreche es! — Und nun wollen wir aufbrechen, denn wir haben keine Zeit zu verlieren.«

Mit schwerem Herzen begleitete ich meinen Freund. Wir waren zu viert. Legrand, Jupiter, der Hund und ich. Der Neger schleppte Sichel und Spaten; er hatte es sich nicht nehmen lassen, alles zu tragen, wohl mehr aus dem Wunsch, jegliches Werkzeug aus der Reichweite seines Herrn zu entfernen, als aus übertriebenem Pflichteifer oder gar aus Höflichkeit. Er war überaus mürrisch, und »das verflixte Käfer!« waren die einzigen Worte, die wir von ihm auf dem ganzen Weg zu hören bekamen. Ich selbst war mit einigen Blendlaternen beladen, während Legrand sich mit dem Skarabäus begnügte, der an einem Bindfaden baumelte, den er mit der Miene eines Magiers im Gehen hin und her schwenkte. Als ich diesen letzten klaren Beweis von der Geistesverwirrung meines Freundes feststellen mußte, konnte ich die Tränen kaum zurückhalten. Ich hielt es jedoch für das beste — wenigstens vorläufig, bis ich mit Aussicht auf Erfolg energischere Maßnahmen zur Anwendung bringen konnte —, seinen Wahn nicht zur Kenntnis zu nehmen. Inzwischen versuchte ich, allerdings ganz vergeblich, ihn über den Zweck der Expedition auszuforschen. Nachdem er mich so weit gebracht hatte, daß ich ihn begleitete, schien er nicht gewillt, sich über Belanglosigkeiten zu unterhalten, und ließ sich auf alle meine Fragen zu keiner anderen Antwort herbei als: »Abwarten!«

Wir überquerten die Bucht mit Hilfe eines Bootes, erklommen die Höhe am Ufer des Festlandes und schritten in nordwestlicher Richtung fort, durch eine wüste und einsame Gegend, wo keine Menschenseele zu bemerken war. Legrand führte uns mit großer Entschiedenheit voran und blieb nur hie und da einen Augenblick stehen, um gewisse Wegzeichen, die er bei früherer Gelegenheit wohl selbst gemacht hatte, zu untersuchen.

So ging es etwa zwei Stunden dahin, und die Sonne war gerade am Untergehen, als wir in eine Gegend gelangten, die noch unendlich viel öder war als die, die wir bisher durchwandert hatten. Es war eine Art Hochebene nahe dem Gipfel eines fast unerklimmbaren Berges, der von unten bis oben dicht bewaldet war und hie und da riesige Felsblöcke trug, die lose auf dem Boden zu liegen schienen und am Hinabrollen ins Tal lediglich durch die Bäume verhindert wurden. Tiefe Schluchten, die sich nach allen Richtungen hinzogen, gaben der Landschaft einen noch düstereren Charakter.

Die Plattform, zu der wir emporklommen, war so dicht mit Brombeergestrüpp überwuchert, daß wir uns ohne Hilfe der Sichel nicht hätten durchdrängen können. Auf Befehl seines Herrn bemühte sich Jupiter, uns einen Weg zu einem ungeheuren Tulpenbaum zu bahnen, der in einer Gruppe von acht bis zehn Eichen auf der Höhe der Ebene stand. Der Tulpenbaum überragte sie alle und übertraf auch an Mächtigkeit und Laubfülle, an Weitästigkeit und Erhabenheit alle Bäume, die ich in meinem Leben gesehen. Als wir den Baum erreicht hatten, wandte sich Legrand an Jupiter mit der Frage, ob er den Baum wohl erklimmen könne. Der alte Neger schien durch diese Frage nicht wenig bestürzt und gab zunächst keine Antwort. Schließlich trat er an den riesigen Stamm heran, ging langsam um ihn herum und betrachtete ihn mit prüfenden Blicken. Als er damit zu Ende war, sagte er nur: »Ja, Massa. Jup erklettern jedes Baum, was gesehen im Leben.«

»Dann hinauf mit dir, und so schnell wie möglich. Es wird bald dunkel sein, daß man das nicht mehr sehen kann, worauf es ankommt.«

»Wie weit ich müssen hinaufsteigen?« fragte Jupiter.

»Klettere zuerst den Stamm hinauf, dann werde ich dir sagen, welchen Weg du nehmen mußt — und hier — halt! — den Käfer nimmst du mit.«

»Das Käfer, Massa Will? — Das Goldkäfer?« schrie der Neger, entsetzt zurückweichend. »Warum das tote Käfer sollen hinauf auf das Baum? — Verdammt, wenn ich das tun!«

»Wenn du dich fürchtest, Jup — ein so großer, starker Neger, wie du bist —, einen harmlosen, kleinen Käfer in der Hand zu halten, so kannst du ihn hier am Strick tragen. Aber wenn du ihn nicht wie immer du es anstellst, hinaufbringst, zwingst du mich, dir mit der Schaufel hier den Schädel einzuschlagen.«

»Was, Massa, sein los?« sagte Jupiter nachgiebig, da er sich offensichtlich schämte. »Immer wollen Streit mit altes Nigger. Jup nur Spaß machen. Das Käfer fürchten ich? Was mich tun das Käfer!«

Mit diesen Worten ergriff er vorsichtig das äußerste Ende der Schnur und begann den Baum zu erklettern, wobei er das Tier so weit wie möglich von seinem Körper abhielt.

Der Tulpenbaum, *Liriodendron tulipiferum*, der prächtigste Waldbaum Amerikas, hat solange er jung ist, einen eigentümlich glatten Stamm, der sich oft zu bedeutender Höhe erhebt, ehe er Äste ansetzt. In späteren Jahren aber wird die Rinde rissig und uneben, während viele kurze Äste vom Stamm abzweigen. So war in diesem Fall der Aufstieg nicht so schwierig, wie es erst den Anschein gehabt hatte. Indem Jupiter sich mit Armen und Knien so fest wie möglich an die kolossale Säule anpreßte und mit den Händen und Zehen kleine Vorsprünge geschickt benutzte, wand er sich, nachdem er ein- oder zweimal beinahe wieder heruntergeglitten wäre, schließlich bis in die erste große Gabelung hinauf und meinte nun, er habe seine Aufgabe großartig erfüllt. Die Gefahr der Sache war jetzt tatsächlich so gut wie überstanden, obgleich der Kletterer sich sechzig bis siebzig Fuß über dem Erdboden befand.

»Wo ich müssen weitergehen, Massa Will?« fragte er.

»Rutsche diesen stärksten Ast entlang — den auf dieser Seite hier«, sagte Legrand.

Der Neger gehorchte sofort und anscheinend mühelos, bis keine Spur seiner stämmigen Gestalt mehr durch das dichte Laubwerk hindurch zu sehen war. Plötzlich erschallte von oben ein Ruf: »Hallo! Wieviel ich noch müssen weiter?«

»Wie weit bist du oben?« fragte Legrand.

»Sehr viel weit«, antwortete der Neger. »Ich sehen den Himmel ober das Baum.«

»Kümmere dich nicht um den Himmel, sondern höre, was ich sage. Schau am Stamm entlang hinab und zähle die Hauptäste auf dieser Seite. Wie viele hast du unter dir?«

»Eins — zwei — drei — vier — fünf — ich haben fünf große Äste unter mir auf dieser Seite.«

»Dann geh noch einen Ast höher.«

Nach einigen Minuten erscholl Jups Stimme von neuem und zeigte an, daß der siebente Ast erreicht war.

»Jetzt, Jup«, rief Legrand, sichtlich in großer Aufregung, »wünsche ich, daß du auf deinem Ast so weit als möglich hinauskriechst. Wenn du irgend etwas Sonderbares siehst, so sage es mir.«

Hiermit war auch der letzte Zweifel, den ich vielleicht noch an meines Freundes Verrücktheit haben mochte, endgültig verflogen. Während ich darüber nachdachte, was wohl zu tun sei, ertönte Jupiters Stimme von neuem: »Ich Angst haben, auf dieses Ast viel weit vorgehen — sein fast ganz totes Ast.«

»Sagtest du, es sei ein toter Ast, Jupiter?« rief Legrand mit bebender Stimme.

»Ja, Massa — sein tot wie ein Türnagel — ganz tot für ganzes Leben.«

»Was in des Himmels Namen soll ich nun tun?« fragte Legrand in höchster Erregung.

»Tun?« sagte ich, erfreut über diese Gelegenheit zum Eingreifen. »Ja, heimgehen und sich ins Bett legen. Kommen Sie jetzt! Seien Sie verständig! Es wird spät, und überdies denken Sie an Ihr Versprechen!«

»Jupiter«, rief er, ohne mich im mindesten zu beachten, »hörst du mich?«

»Ja, ich hören Massa Will ganz deutlich.«

»Untersuche das Holz sorgfältig mit deinem Messer und sieh nach, ob es sehr morsch ist.«

»Holz morsch, ganz bestimmt«, erwiderte der Neger nach kurzer Pause, »aber nicht so morsch, als ich denken. Ich könnten ein wenig allein auf das Ast hinausrutschen. Das sein möglich.«

»*Allein*? — Wie meinst du das?«

»Ich meinen das Käfer. Sehr schweres Käfer sein. Wann ich lassen es hinunterfallen, dann das Ast mit Gewicht von bloß so ein Nigger werden nicht brechen.«

»Du verdammter Schurke!« schrie Legrand erleichtert. »Was soll das heißen, daß du solchen Unsinn plapperst! Wenn du den Käfer fallen läßt, breche ich dir den Hals. Paß auf, Jupiter, hörst du mich?«

»Ja, Massa. Nicht müssen so viel auf armes Nigger schimpfen.«

»Gut, also höre! — Wenn du dich auf dem Ast so weit, wie du es für möglich hältst, hinauswagen willst, ohne den Käfer fallen zu lassen, will ich dir, wenn du wieder herunterkommst, einen Silberdollar geben.«

»Ich es wollen tun, Massa — ja, ganz gewiß!« antwortete der Neger schnell. »Ich sein fast am Ende jetzt.«

»Am Ende?!« schrie Legrand heraus. »Willst du damit sagen, daß du ganz am Ende des Astes bist?«

»Bald ganz am Ende, Massa — oh, oh, oh — Gott sei mir gnädig! Was das sein hier auf Baum?«

»Nun«, rief Legrand hocherfreut aus, »was ist es?«

»Ho — nichts, nur ein Schädel — einer haben sein Kopf lassen auf Baum, und Krähen haben machen herunter jedes Stückchen Fleisch.«

»Ein Schädel, sagst du! — Gut, herrlich! Wie ist er am Ast befestigt? Womit wird er oben gehalten?«

»Ich müssen nachsehen, Massa. — Ho, sein ganz seltsames Befestigung — auf mein Wort! Da sein großes, dickes Nagel durch Schädel, das es festmachen auf Baum!«

»Also, Jupiter, paß auf. Tu genau, was ich dir sage. — Hörst du?«

»Ja, Massa.«

»Aufgepaßt! Suche das linke Auge des Schädels.«

»Das sein gut — kein Auge nicht da sein, überhaupt nicht.«

»Verdammter Esel! Kannst du deine rechte Hand von der linken unterscheiden?«

»Ja, ich wissen das — wissen alles gut — sein mein linkes Hand, das mit das ich hacken Holz.«

»Stimmt! Du bist Linkshänder. Und dein linkes Auge ist auf derselben Seite wie deine linke Hand. Ich hoffe, du kannst nun das linke Auge des Schädels finden — oder vielmehr die Stelle, wo es gewesen ist. Hast du es gefunden?«

Lange Pause.

Endlich fragte der Neger: »Sein linkes Auge von das Schädel auf selbes Seite wie linkes Hand von das Schädel? Weil Schädel nicht haben ein bißchen Hand. Aber macht nichts — ich finden linkes Auge! Was soll ich tun damit?«

»Laß den Käfer hindurchfallen, so lange der Strick ist. Aber paß auf und laß den Strick nicht aus der Hand.«

»Alles das sein fertig, Massa Will. Viel leichte Sache, das Käfer stecken durch Loch. Massa müssen es sehn unten.«

Während dieser Unterhaltung konnte man von Jupiters Gestalt nicht das geringste entdecken, aber der Käfer, den er herunterhängen ließ, wurde jetzt mit dem Ende der Schnur sichtbar und glitzerte wie eine Goldkugel in den letzten Strahlen der untergehenden Sonne, die unseren erhöhten Standort noch trafen. Der Skarabäus hing frei zwischen dem Astwerk und würde, wenn man ihn fallen gelassen hätte, vor unseren Füßen niedergefallen sein.

Legrand nahm unverzüglich die Sichel zur Hand und mähte genau unter dem Insekt einen Kreis von drei bis vier Ellen Durchmesser sorgfältig ab. Dann hieß er Jupiter, den Strick loslassen und herunterkommen. Genau an der Stelle, wo der Käfer hingefallen war, trieb er einen Pflock in die Erde und zog ein Maßband aus der Tasche, befestigte das eine Ende desselben an der Stelle des Baumstammes, die dem Pflock zunächst lag, rollte das Band auf, bis es an den Pflock reichte, und zog es in der durch die beiden Punkte an Baum und Pflock gegebenen Richtung noch fünfzig Fuß weiter, wobei Jupiter das Brombeergestrüpp mit der Sichel beiseite räumen mußte. An dem so erhaltenen Punkt trieb er einen zweiten Pflock ein, und von diesem Mittelpunkt aus beschrieb er einen Kreis von etwa vier Fuß Durchmesser. Legrand ergriff nun einen Spaten und reichte mir wie Jupiter ebenfalls einen. Dann ersuchte er uns, so schnell als möglich zu graben.

Ich muß gestehen, daß ich an einer solchen Betätigung niemals Gefallen gefunden habe und daß ich sie auch jetzt von Herzen gern zurückgewiesen hätte, denn die Nacht brach ein, und ich fühlte mich durch die überstandenen Strapazen schon sehr ermüdet. Aber ich sah keine Möglichkeit zum Ausweichen und befürchtete außerdem, durch eine Weigerung meinen armen Freund wieder aufzuregen. Hätte ich auf Jupiters Hilfe rechnen können, so würde ich wahrhaftig nicht gezögert haben, den Irrsinnigen gewaltsam heimzuschleppen! Doch kannte ich den alten Neger zu gut, als daß ich hätte hoffen können, er werde mich unter welchen Umständen immer bei einem Angriff auf seinen Herrn unterstützen. Ich zweifelte nicht daran, daß dieser von dem im Süden so häufigen Aberglauben in bezug auf vergrabene Schätze angesteckt und in seinem Wahn durch den Fund des Skarabäus möglicherweise auch durch Jupiters hartnäckige Behauptung, der Käfer sei von echtem Gold, bestärkt worden sei. Ein zum Wahnsinn neigender Geist muß durch solche Vorstellungen leicht in Verwirrung gebracht werden — besonders wenn sie mit langgehegten Wunschvorstellungen übereinstimmen —, und dann fielen mir auch des armen Burschen Worte wieder ein: der Käfer zeige ihm den Weg zu einem neuen Vermögen. Das Ganze verdroß und beunruhigte mich sehr, zuletzt beschloß ich aber, gute Miene zu machen und willig zu graben, um den Träumer dadurch möglichst rasch von der Haltlosigkeit seiner Hirngespinste zu überzeugen.

Die Laternen wurden angezündet, und wir alle begannen mit einem Eifer zu graben, der einer nützlicheren Sache würdig gewesen wäre. Im Lichtschein, der auf uns und unsere Werkzeuge fiel, mußten wir einem zufälligen Beobachter nicht nur ein romantisches Bild bieten, sondern auch unheimlich und verdächtig erscheinen.

Wir arbeiteten ununterbrochen zwei Stunden lang, wobei wir kaum sprachen, nur das Gebell des Hundes, der unsere Tätigkeit mit lebhaftem Interesse beobachtete, störte uns bisweilen.

Das Tier wurde schließlich so laut, daß wir befürchten mußten, es könne die Aufmerksamkeit von Vagabunden, die sich etwa in der Nähe befanden, auf uns lenken. Genau genommen war das nur Legrands Besorgnis — ich selbst hätte mich über jede Unterbrechung gefreut, die es mir ermöglicht hätte, das Abenteuer zu beenden. Der Hund wurde endlich durch Jupiter, der mit wütender Entschlossenheit aus der Grube stieg, auf sinnvolle Weise zum Schweigen gebracht: Der Neger band ihm mit seinen Hosenträgern das Maul zu. Darauf nahm er grinsend seine Arbeit wieder auf.

Nach Verlauf von zwei Stunden hatten wir eine Tiefe von fünf Fuß erreicht, und noch immer war nicht das geringste von einem Schatz zu entdecken. Wir hielten Rast, und ich gab mich schon der Hoffnung hin, die Posse sei zu Ende. Legrand aber machte sich trotz seiner sichtlichen Enttäuschung, nachdem er sich den Schweiß auf der Stirn getrocknet hatte, von neuem ans Werk. Schon hatten wir den ganzen Kreis von vier Fuß Durchmesser ausgegraben, als wir den Umkreis ein wenig erweiterten und noch zwei Fuß tiefer gruben. Noch immer war nichts zu sehen.

Der Schatzgräber, mit dem ich tiefes Mitleid empfand, kletterte nun aus der Grube und begann langsam und widerwillig seinen Rock wieder anzuziehen, den er zu Beginn der Arbeit abgeworfen hatte. Noch immer sprach ich kein Wort. Auf ein Zeichen seines Herrn raffte Jupiter das Handwerkszeug zusammen. Nachdem dies geschehen und dem Hund die Maulbinde wieder abgenommen worden war, wandten wir uns in tiefstem Schweigen zum Gehen.

Wir waren kaum zwölf Schritte heimwärts gegangen, als Legrand sich mit einem lauten Fluch auf Jupiter stürzte und ihn beim Kragen packte. Der Neger riß vor Verblüffung Mund und Augen auf, ließ das Werkzeug fallen und sank in die Knie.

»Du Schuft!« zischte Legrand durch die Zähne. »Du höllischer, schwarzer Schurke! Sprich, sag' ich dir! Antworte mir auf der Stelle und ohne zu fackeln! Wo — welches ist dein linkes Auge?«

»O — mein Hals, Massa Will! — Das hier sein nicht mein linkes Auge, ganz bestimmt?« heulte der entsetzte Jupiter, indem er die Hand auf sein rechtes Sehorgan legte und sie dort mit verzweifelter Entschlossenheit fest anpreßte, wie in wahnsinniger Angst, sein Herr könne es ihm ausreißen wollen.

»Das dachte ich mir! Nein, ich wußte es! — Hurra!« jubelte Legrand, den Neger loslassend, und führte einen wahren Freudentanz auf — sehr zur Verwunderung seines Dieners, der sich erhoben hatte und abwechselnd von seinem Herrn zu mir und von mir zu seinem Herrn blickte.

»Komm, wir müssen zurück!« sagte dieser, »das Spiel ist noch nicht verloren.« Und er machte sich von neuem auf den Weg zum Tulpenbaum.

»Jupiter«, sagte er, als wir am Fuß des Stammes angekommen waren, »komm her! War der Schädel mit dem Gesicht nach außen oder nach dem Stamm zu auf den Ast genagelt?«

»Das Gesicht außen waren, Massa — daß Krähen gut können kommen an Augen ohne alles Mühe.«

»Also schön. War es dieses Auge oder das, durch das du den Käfer herunterfallen ließest?« — und Legrand tippte auf Jupiters Augen.

»Dies Auge waren, Massa — linkes Auge — ganz wie Massa sagen«, und der Neger zeigte wieder auf sein rechtes Auge.

»Das genügt. Wir müssen es noch einmal versuchen.«

Jetzt nahm mein Freund, in dessen Wahn ich nun Anzeichen von Methode zu erkennen glaubte, den Pflock, der die Stelle bezeichnete, wo der Käfer niedergefallen war, und steckte ihn etwa drei Zoll weiter nach Westen in den Boden. Nun zog er das Bandmaß von der Stelle des Stammes, die dem Pflock zunächst lag, über diesen hinaus und wie vorher in gerader Linie fünfzig Fuß weiter. So ermittelte er einen Punkt, der einige Ellen von dem entfernt war, bei dem wir mit dem Graben begonnen hatten.

Rund um diese neue Stelle zog er nun einen Kreis, der etwas größer war als der vorige, und wieder begannen wir mit den Spaten zu arbeiten. Ich war entsetzlich müde, aber mein Widerwillen gegen die mir auferlegte Anstrengung war jetzt geschwunden, obschon ich den Wechsel in meinen Empfindungen selbst nicht begriff. Mich überkam ein unerklärlicher Eifer, ja, geradezu eine Begeisterung. Vielleicht war es die Bedachtsamkeit und Umsicht in dem seltsamen Betragen Legrands, was auf mich Eindruck machte. Ich grub eifrig weiter und ertappte mich hie und da dabei, wie ich selbst erwartungsvoll nach dem erträumten Schatz ausspähte, der meinen unglücklichen Gefährten um den Verstand gebracht hatte.

Als wir etwa anderthalb Stunden gearbeitet und jene seltsame Spannung wieder von mir Besitz ergriffen hatte, wurden wir von neuem durch ein wildes Geheul unseres Hundes aufgestört. Seine Unruhe war beim erstenmal wohl nur Spielerei oder Laune gewesen, jetzt aber nahm sie einen ernsten und drohenden Ton an. Als Jupiter wiederum versuchte, ihm das Maul zuzubinden, leistete er verzweifelt Widerstand, sprang in die Grube und warf mit seinen Klauen wütend die Erde auf. In wenigen Sekunden hatte er einen Haufen menschlicher Knochen bloßgelegt, die zwei vollständige Skelette bildeten; dazwischen lagen mehrere Metallknöpfe und Reste vermoderter Kleidungsstükke. Ein oder zwei Spatenstiche förderten die Klinge eines spanischen Messers zutage, und beim Weitergraben kamen drei bis vier verstreute Gold- und Silbermünzen ans Licht.

Beim Anblick dieser Münzen wurde Jupiter von einem wilden Jubel erfaßt, die Miene seines Herrn aber drückte beinahe Enttäuschung aus. Er ermunterte uns jedoch, die Arbeit fortzusetzen, und die Aufforderung war kaum ergangen, als ich stolperte und der Länge nach hinfiel: ich war mit der Schuhspitze in einem Eisenring hängen geblieben, der halb versteckt im aufgewühlten Erdreich lag.

Wir schafften jetzt mit wahrer Verbissenheit, und nie habe ich zehn Minuten größerer Aufregung durchlebt. In dieser Zeit hatten wir glücklich eine längere Holzkiste bloßgelegt, deren tadelloser Zustand und auffallende Festigkeit uns zu dem Schluß kommen ließen, daß sie einem künstlichen Versteinerungsprozeß, wahrscheinlich mit Quecksilberchlorid, unterworfen worden war.

Die Kiste war drei und einen halben Fuß lang, drei Fuß breit und zwei und einen halben Fuß tief. Sie war durch schmiedeeiserne, genietete Bänder, die das Ganze wie ein Gitterwerk umklammerten, fest verschlossen. Auf beiden Seiten der Kiste befanden sich oben drei Eisenringe, im ganzen also sechs, an denen sie von sechs Personen bequem getragen werden konnte. Mit unser aller äußerster Anstrengung konnten wir nur eine geringe Verschiebung der Kiste aus ihrer Lage erreichen. Wir sahen sogleich die Unmöglichkeit ein, ein so großes Gewicht herauszunehmen. Zum Glück bestand der einzige Verschluß des Deckels in zwei Schiebebolzen. Diese zogen wir in atemloser Erwartung auf. In diesem Augenblick lag ein schimmernder

Schatz von unvorstellbarem Wert vor uns. Als die Strahlen der Laterne in die Grube fielen, flammte von einem Durcheinander von Gold und Juwelen ein gleißendes Funkeln auf, das uns beinahe blendete.

Ich will gar nicht versuchen zu beschreiben, mit welchen Gefühlen ich hinunterstarrte. Legrand schien vor Aufregung erschöpft und sagte nur wenig. Jupiters Antlitz wurde für Minuten so bleich, wie die Natur dies einem Negergesicht gestattet. Er schien betäubt, wie vom Blitz getroffen. Plötzlich ließ er sich in die Grube fallen, wühlte die nackten Arme bis zu den Ellenbogen ins Gold und blieb still, als genieße er die Wonnen eine Bades. Endlich, nach einem tiefen Seufzer, rief er aus:

»Und das alles kommen sein von das Goldkäfer! O das liebe Goldkäfer! Armes, kleines Goldkäfer, was ich schimpfen haben so viel schlimm! — Müssen du dich nicht schämen, Nigger? — Mir das sagen!«

Es wurde schließlich nötig, daß ich Herrn und Diener aufforderte, den Schatz so rasch als möglich wegzuschaffen. Es wurde spät, und wir mußten uns beeilen, wenn wir alles vor Tagesanbruch in Sicherheit bringen wollten. Wie das geschehen sollte, war allerdings noch unklar, und es ging viel Zeit durch Beratungen auf — so durcheinander waren alle unsere Gedanken. Endlich erleichterten wir die Kiste um zwei Drittel ihres Inhaltes, wonach es uns unter großer Anstrengung gelang, sie aus dem Loch zu heben. Die herausgenommenen Gegenstände legten wir unter das Brombeergesträuch, und der Hund, dem Jupiter einschärfte, keinesfalls von der Stelle zu weichen, noch vor unserer Rückkehr einen Laut von sich zu geben, blieb als Wächter zurück. Wir eilten mit unserer Kiste heim und langten nach ungeheurer Anstrengung um ein Uhr glücklich in der Hütte an. Wir waren so ermattet, daß es uns unmöglich war, sogleich weiterzuarbeiten. Wir ruhten eine Stunde und nahmen das Abendessen ein. Dann machten wir uns wieder auf den Weg nach dem Festland. Drei große Säcke, die sich glücklicherweise im Haus vorgefunden hatten, nahmen wir mit. Kurz vor vier Uhr trafen wir wieder bei der Grube ein, wo wir den Rest der Beute möglichst gleichmäßig unter uns drei verteilten und machten uns, ohne die beiden Gruben wieder zuzuschütten, von neuem auf den Heimweg. Die Hütte erreichten wir gerade, als die ersten schwachen Strahlen der Morgensonne im Osten die Baumspitzen röteten, und legten zum zweitenmal unsere goldene Last nieder.

Jetzt waren wir jedoch völlig erschöpft, aber viel zu aufgeregt, um wirklich Ruhe zu finden. Nach drei bis vier Stunden unruhigen Schlafes erhoben wir uns wie auf Verabredung, um unseren Schatz in Augenschein zu nehmen.

Die Kiste war bis zum Rand gefüllt gewesen, und wir verbrachten den ganzen Tag und den größten Teil der folgenden Nacht mit der Sichtung ihres Inhalts, der offenbar wahllos zusammengehäuft worden war. Nachdem wir alles sorgfältig sortiert hatten, sahen wir uns im Besitz eines Reichtums, der unsere ursprüngliche Schätzung weitaus übertraf. An barem Geld gab es mehr als hundertfünfzigtausend Dollar, wenn wir die Münzen, soweit uns dies möglich war, nach dem derzeitigen Wert berechneten. Nicht ein Silberstück befand sich darunter, es waren ausschließlich alte ausländische Goldmünzen — französisches, spanisches und deutsches Geld nebst ein paar englischen Guineen und einigen Spielmarken, wie wir solche nie vorher gesehen hatten. Es gab auch mehrere sehr große und schwere Goldstücke, die so abgenutzt waren, daß wir ihre Inschrift nicht mehr entziffern konnten. Amerikanisches Geld befand sich nicht darunter.

Den Wert der Juwelen abzuschätzen war noch viel schwieriger. Da gab es Diamanten, darunter einige von außerordentlicher Größe und Schönheit — hundertundzehn im ganzen, und nicht einer gehört zu den kleineren, achtzehn Rubine von faszinierendem Feuer; dreihundertundzehn Smaragde, einer prächtiger als der andere, einundzwanzig Saphire und einen Opal. Die Steine waren sämtlich aus ihren Fassungen gebrochen und lose in die Kiste geworfen worden. Die Fassungen selbst, die wir aus dem übrigen Gold heraussuchten, schienen mit dem Hammer zusammengeschlagen zu sein, als sollten sie dadurch unkenntlich gemacht werden. Darüber hinaus gab es eine Menge reingoldener Schmucksachen, an zweihundert massive Ringe und Ohrringe, herrliche Ketten, etwa dreißig an der Zahl, wenn ich mich recht erinnere, dreiundachtzig große und schwere Kruzifixe, fünf goldene Weihrauchbecken von hohem Wert, eine riesige goldene Punschbowle mit Weinlaubornamenten und bacchantischen Figuren, zwei fein ziselierte Schwertgriffe und viele andere kleine Dinge, deren ich mich im einzelnen nicht mehr entsinnen kann. Das Gewicht dieser Wertsachen betrug mehr als dreihundertfünfzig Pfund, hundertsiebenundneunzig prachtvolle Uhren nicht eingerechnet, worunter sich drei befanden, deren jede etwa fünfhundert Dollar wert war. Einige davon waren sehr alt und, da das Werk vom Rost gelitten hatte, als Zeitmesser nicht mehr zu verwenden — doch alle waren mit Juwelen besetzt und hatten sehr kostbare Gehäuse. Wir schätzten in jener Nacht den gesamten Inhalt der Kiste auf anderthalb Millionen Dollar, und bei der späteren Veräußerung des Geschmeides und der Juwelen — einige Dinge hatten wir für unseren Gebrauch zurückbehalten — stellte es sich heraus, daß wir den Schatz noch viel zu niedrig bewertet hatten.

Als wir unsere Prüfung beendet hatten und die erste höchste Aufregung sich gelegt hatte, ließ sich Legrand, der merkte, daß ich darauf brannte, die Erklärung des wunderbaren Rätsels zu erfahren, zu einer umständlichen Schilderung aller Einzelheiten herbei.

»Sie werden sich«, sagte er, »der Nacht erinnern, da ich Ihnen die flüchtige Skizze reichte, die ich von dem Skarabäus entworfen hatte. Sie werden sich ferner erinnern, daß ich sehr ärgerlich wurde, als Sie behaupteten, daß meine Zeichnung eine auffallende Ähnlichkeit mit einem Totenschädel habe. Als Sie dies zum erstenmal sagten, hielt ich es für einen Scherz; nachher aber rief ich mir die charakteristischen Flecken auf dem Rücken des Insekts ins Gedächtnis und mußte selbst zugeben, daß Ihre Bemerkung nicht ganz unbegründet war. Dennoch ärgerte mich Ihr Spott über meine Zeichenkunst, denn ich gelte als leidlich guter Zeichner. Als Sie mir daher das Pergamentstückchen zurückgaben, wollte ich es aus Ärger ins Feuer werfen.«

»Das Papierstück meinen Sie«, sagte ich.

»Nein. Es sah nur so aus wie Papier, und zuerst hielt ich es auch für Papier, doch als ich darauf zu zeichnen begann, merkte ich sogleich, daß es ein Streifen feinsten Pergaments war. Sie werden sich erinnern, daß es schmutzig war. Ich warf noch einen Blick auf die Skizze, und denken Sie sich mein Erstaunen, als ich tatsächlich genau an der Stelle, wo ich den Käfer glaubte hingezeichnet zu haben, das Abbild eines Totenkopfes gewahrte. Einen Augenblick lang war ich viel zu verblüfft um nachzudenken. Ich war mir bewußt, daß meine Zeichnung im einzelnen sehr von diesem Bild abwich — obgleich man eine gewisse Ähnlichkeit der Umrißlinie zugeben mußte. Ich nahm sofort ein Licht, setzte mich in den fernsten Winkel des Zimmers und begann das Pergament genauer zu prüfen. Als ich das Blatt herumdrehte, entdeckte ich auf der Rückseite meine eigene Skizze, genau so, wie ich sie entworfen hatte. Meine erste Reaktion war lediglich das Erstaunen über die wirklich bemerkenswerte Übereinstimmung der Umrisse — über das seltsame Zusammentreffen, daß auf der anderen Seite des Pergaments sich genau unter meiner Zeichnung des Skarabäus das Bild eines Schädels befunden hatte, und daß dieser Schädel nicht nur im Umriß, sondern auch im Umfang meiner Käferzeichnung ähnlich gewesen war. Ich sage, die Seltsamkeit dieses Zusammentreffens verblüffte mich eine Zeitlang völlig. Das ist fast immer die Wirkung solcher Zufälle. Der Geist müht sich hinter die Beziehungen, das heißt die Kette von Ursachen und Wirkungen zu kommen — und leidet, da ihm dies unmöglich ist, unter zeitweiser Lähmung. Als ich mich aber von dieser Betäubung erholte, dämmerte allmählich in mir eine Erinnerung auf, die mich noch weit mehr überraschte als jenes zufällige Zusammentreffen. Ich wußte auf einmal klar, daß sich auf dem Pergament keine Zeichnung befunden hatte, als ich darauf den Skarabäus skizzierte. Diese Überzeugung festigte sich in mir noch, da ich mit Sicherheit wußte, daß ich auf der Suche nach der reinsten Stelle zuerst die eine und dann die andere Seite geprüft hatte. Wäre der Schädel damals zu sehen gewesen, so hätte er meinen Augen unmöglich entgehen können. Hier gab es also ein Geheimnis, dessen Lösung ich nicht kannte, aber schon damals stieg in mir eine schwache Ahnung jener Wahrheit auf, die das Abenteuer der letzten Nacht so phantastisch in die Wirklichkeit umgesetzt hat. Ich stand sofort auf, verwahrte sorgfältig das Pergament, um erst darüber nachzusinnen wenn ich allein sein würde.

Als Sie gegangen waren und Jupiter in tiefem Schlaf lag, ging ich von neuem und mit mehr Methode an die Untersuchung der Sache. Ich überlegte zunächst, wie ich in den Besitz des Pergaments gekommen war. Die Stelle, wo wir den Skarabäus gefunden hatten, lag an der Küste des Festlandes, ungefähr eine Meile östlich von der Insel, und war nur wenig über den Wasserstand der Flutzeit erhöht. Als ich das Insekt in die Hand nahm, kniff es mich so heftig in den Finger, daß ich es wieder fallen ließ. Jupiter aber, auf den das Insekt zugekrochen kam, sah sich nach einem Blatt oder dergleichen um, womit er es vorsichtig anfassen könne. Da fiel sein Blick — und auch der meine — auf das Pergamentstück, das ich damals für Papier hielt. Es lag fast im Sand vergraben, und nur eine Ecke schaute hervor. Nicht weit von der Stelle entdeckte ich die Trümmer eines Langbootes. Das Wrack mußte schon lange da gelegen haben, denn die Hölzer waren kaum noch als Schiffsmaterial zu erkennen.

Jupiter hob also das Pergamentstück auf, wickelte den Käfer hinein und reichte ihn mir. Daraufhin machten wir uns wieder auf den Heimweg, wo wir Leutnant G. begegneten. Ich zeigte ihm das Insekt, und er bat mich, es nach dem Fort mitnehmen zu dürfen. Da ich einverstanden war, steckte er es in seine Westentasche — ohne das Pergament, das ich, solange er den Käfer betrachtete, in der Hand gehalten hatte. Vielleicht fürchtete er, ich könnte mich noch besinnen, und hielt es für das beste, den Schatz gleich in Sicherheit zu bringen. Sie wissen ja, mit welcher Begeisterung er sich naturwissenschaftlichen Studien hingibt. Gleich darauf muß ich wohl ganz in Gedanken das Pergament in die Tasche gesteckt haben.

Sie erinnern sich wohl, daß ich an jenem Abend an den Tisch trat und mich dort nach einem Stückchen Papier umsah, um den Käfer darauf zu zeichnen. Es lag aber keines da. Ich suchte in der Tischlade, fand jedoch auch hier keines. Da griff ich in meine Taschen, in der Hoffnung, irgendeinen alten Brief zu finden, als meine Hand das Pergament fühlte. Ich erzähle Ihnen diese Einzelheiten deshalb so ausführlich, weil es gerade diese Einzelheiten sind, die besonderen Eindruck auf mich gemacht haben.

Sie mögen mich für überspannt halten — aber schon hatte ich gewisse Beziehungen entdeckt. Ich hatte zwei Glieder einer langen Kette zusammengefügt: da lag das Wrack eines Bootes und nicht weit davon nicht ein Papier, sondern ein Pergament, mit einem darauf abgebildeten Schädel. Sie werden natürlich fragen: wo gibt es da Beziehungen? Ich erwidere: der Schädel oder Totenkopf ist das bekannte Wappenbild des Piraten. Die Flagge mit dem Totenkopf wird bei jedem Kampf gehißt.

Ich habe schon betont, daß das Blatt Pergament war und

nicht Papier. Pergament ist sehr dauerhaft, eigentlich fast unzerstörbar. Dinge, deren Bedeutung gering ist, werden in der Regel nicht dem Pergament anvertraut, da es zum einfachen Schreiben oder Zeichnen bei weitem nicht so angenehm ist wie Papier. Diese Erwägung brachte mich dahin, dem Seeräuberwappen auf einem Pergamentblatt eine besondere Bedeutung beizulegen. Ich unterließ es auch nicht, die Form des Pergaments zu prüfen. Obgleich eine der Ecken auf irgendeine Weise zerstört worden war, konnte man noch erkennen, daß es ursprünglich ein längliches Format gehabt hatte. Es war genau so ein Blatt, wie man es für ein Memorandum gewählt haben mochte — für ein Dokument, das lange erhalten bleiben und sorgsam aufbewahrt werden sollte.«

»Aber«, warf ich ein, »Sie sagten doch ebenfalls, der Schädel habe sich nicht auf dem Pergament befunden, als Sie den Käfer zeichneten. Wie konnten Sie denn da irgendwelche Beziehungen zwischen dem Boot und dem Totenkopf herstellen, da der letztere, wie Sie selbst zugeben, erst zu einer Zeit gezeichnet worden sein kann — Gott allein mag wissen, wie und von wem —, als Sie Ihre Skizze des Skarabäus schon beendet hatten?«

»Eben darauf beruht das Geheimis, wenn ich auch, bei diesem Punkt einmal angelangt, alles Folgende verhältnismäßig leicht enträtselte. Meine Folgerungen waren so konsequent, daß sie nur zu einem einzigen Schluß führen konnten. Ich schloß zum Beispiel folgendermaßen: Als ich den Käfer zeichnete, war auf dem Pergament kein Totenkopf sichtbar. Als ich die Zeichnung fertig hatte, reichte ich sie Ihnen hin und behielt Sie dabei fest im Auge, bis Sie sie mir zurückgaben. Sie konnten also den Schädel nicht gezeichnet haben, und sonst war niemand da, der es hätte tun können. Es geschah also nicht durch Menschenhand — und dennoch geschah es!

Als ich in meinen Überlegungen dahin gelangt war, versetzte ich mich mit aller Kraft meines Erinnerungsvermögens an den betreffenden Abend zurück — und das glückte mir auch. Der Tag war kalt gewesen — o seltener und glücklicher Zufall! — und ein Feuer brannte im Kamin. Ich war von der Anstrengung des Tages ermüdet und saß am Tisch, Sie aber hatten sich einen Stuhl zum Feuer gerückt. Gerade als ich Ihnen das Pergament gereicht hatte und Sie es ansehen wollten, kam Wolf, der Neufundländer, herein und sprang an Ihnen empor. Mit der linken

Hand streichelten sie ihn und wehrten ihn ab, während Ihre Rechte, die das Pergament hielt, auf Ihren Knien und nahe beim Feuer lag. Einen Augenblick fürchtete ich schon, die Flamme würde das Blatt ergreifen, und wollte Sie warnen, doch ehe ich reden konnte, hatten Sie es wieder höher gehoben und betrachteten es.

Wenn ich alle diese Einzelheiten überlegte, zweifelte ich keinen Moment mehr daran, daß es die Hitze gewesen war, die den Totenkopf, den ich auf dem Pergament sah, ans Licht gebracht hatte. Es ist Ihnen ja wohl bekannt, daß es chemische Präparate gibt und seit uralten Zeiten gegeben hat, die es möglich machen, so auf Papier oder Pergament zu schreiben, daß die Schriftzeichen nur durch Einwirkung von Hitze sichtbar werden. Manchmal wird Saflor verwendet, das in Königswasser aufgelöst und mit dem vierfachen Gewicht Wasser verdünnt eine grüne Tinte ergibt. Eine rote erhält man, wenn man Kobalt in Salpetergeist auflöst. Diese Tinten verschwinden, nachdem sie sich abgekühlt haben, auf längere oder kürzere Zeit, und werden nur durch Einwirkung von Hitze wieder sichtbar.

Ich untersuchte nun den Totenkopf mit der größten Sorgfalt. Seine äußeren Linien, die Linien, die dem Rand des Blattes am nächsten kamen, waren weit deutlicher zu sehen als die im Inneren. Es war klar, daß die Erhitzung unvollkommen oder ungleichmäßig erfolgt war. Ich zündete sogleich ein Feuer an und setzte das ganze Pergament gleichmäßig der Hitze aus. Die einzige Wirkung war zunächst ein stärkeres Hervortreten der blassen Schädelzeichnung. Als ich aber das Experiment fortsetzte, erschien an der dem Totenkopf diagonal entgegengesetzten Ecke des Blattes das Bild eines Tieres, das ich zuerst für eine Ziege hielt. Bei näherem Zusehen aber fand ich, daß es ein Zicklein vorstellte.«

»Ha ha«, lachte ich, »eigentlich habe ich keinen Grund, Sie auszulachen — anderthalb Millionen sind eine etwas zu ernste Angelegenheit, um darüber zu lachen —, aber Sie wollen doch nicht etwa Ihrer Kette hier ein drittes Glied anfügen — Sie wollen doch nicht eine besondere Beziehung zwischen Ihrem Piraten und einer Ziege herausfinden? Denn Piraten scheinen mir mit Ziegen — diese gehören in den Bereich der Landwirtschaft — durchaus nichts zu tun zu haben.«

»Ich sagte Ihnen doch, daß es sich nicht um eine Ziege handelte.«

»Schön — also ein Zicklein, das ist doch so ziemlich dasselbe.«

»So ziemlich, aber nicht ganz«, erwiderte Legrand. »Sie haben vielleicht von einem gewissen Kapitän Kidd gehört. Ich hielt sofort das Tierbild für eine Art spaßhaftes Familienwappen und Namenszeichen, weil sein Platz auf dem Pergament darauf hinwies. Der Totenkopf in der diagonal gegenüberliegenden Ecke schien ebenfalls so etwas wie ein Siegel zu sein. Da außerdem aber durchaus nichts auf dem Blatt erscheinen wollte, wurde ich in meiner Annahme doch wieder wankend; mir fehlte der Resonanzboden zu meinem erdachten Instrument — der Text zu meinem Konzept.«

»Ich verstehe: Sie erwarteten zwischen dem Spiegelbild und dem Namensschild einen Brief zu finden.«

»Ja, etwas Derartiges. Tatsache ist, daß ich eine unerklärliche Vorahnung irgendeines gewaltigen Glücksfalls hatte. Ich weiß kaum warum. Vielleicht war es aber auch mehr ein Wunsch; aber wissen Sie auch, daß Jupiters naive Behauptung, der Käfer sei ganz aus Gold, von einem seltsamen Einfluß auf meine Phantasie war? Und dann, dieses Zusammentreffen von Zufällen, das war alles so überaus merkwürdig. Wissen Sie noch, welch reiner Zufall es war, daß diese Ereignisse gerade an dem einzigen Tag im Jahr eintraten, an dem es so kalt war, daß man ein Feuer anzünden mußte, und daß ohne dieses Feuer und ohne das Hereinstürmen des Hundes gerade in dem richtigen Augenblick ich den Totenkopf niemals erblickt und also auch niemals Besitzer des Schatzes geworden wäre?«

»Weiter, nur weiter! Ich bin ungemein neugierig.«

»Also gut. Vielleicht haben auch Sie die abenteuerlichen Geschichten und Gerüchte gehört — darüber, daß Kidd und seine Genossen irgendwo an der atlantischen Küste einen Goldschatz vergraben haben. Diesem Gerede muß doch eine Tatsache zugrunde liegen, und daß es sich so lange erhalten konnte, schien mir ein Beweis dafür, daß der vergrabene Schatz noch immer nicht gehoben war. Hätte Kidd seinen Raub nur vorübergehend verborgen und später wieder an sich genommen, so wären diese Geschichten wohl kaum in unveränderter Gestalt bis auf uns gelangt. Es wird Ihnen auffallen, daß die Geschichten alle von

Goldsuchern, nicht von Goldfindern handeln. Hätte der Pirat sein Gold wiedergefunden, so wäre damit die Sache erledigt gewesen. Es schien mir, als habe irgendein Zufall — nehmen wir an, der Verlust eines Schriftstücks, das die genauen Angaben über den Ort des Verstecks enthielt — ihn um die Möglichkeit gebracht, den Schatz wiederaufzufinden, und als sei dieser Umstand seinen Genossen bekannt geworden, andernfalls hätten diese wohl niemals von einem vergrabenen Schatz gehört und durch ihre vergeblichen Versuche ihn zu finden und ihre Gespräche darüber den Anlaß zu Gerüchten gegeben. Haben Sie je davon gehört, daß an der Küste ein Schatz ausgegraben worden sei?«

»Nein, niemals.«

»Daß aber Kidds geraubte Schätze gewaltig gewesen sein müssen, ist wohl bekannt. Ich hielt es also für gewiß, daß sie noch in der Erde ruhten, und es wird Sie nicht weiter wundern, wenn ich Ihnen sage, daß ich die bestimmte Hoffnung hegte, das auf so seltsame Weise in meinen Besitz gelangte Pergament enthalte die genauen Angaben über den Ort, wo der Schatz verborgen liege.«

»Und was unternahmen Sie nun?«

»Ich fachte ein stärkeres Feuer an und hielt das Pergamentstück wieder darüber; es kam aber nichts zum Vorschein. Da fiel mir ein, die Schmutzkruste, mit der das Blatt überzogen war, könne an dem Fehlschlagen meiner Bemühungen schuld sein; ich übergoß also das Pergament behutsam mit warmem Wasser, legte es dann, den Totenkopf nach unten, in eine zinnerne Pfanne und stellte diese auf ein glühendes Kohlenbekken. Als die Pfanne nach einigen Minuten heiß war, nahm ich das Blatt heraus und fand es zu meiner unaussprechlichen Freude hie und da mit reihenweise geordneten Zeichen bedeckt. Wieder legte ich es in die Pfanne und ließ es noch eine Minute darin — die Spannung wurde beinahe unerträglich. Als ich es diesmal herausnahm, war das Ganze so, wie Sie es jetzt hier sehen.«

Legrand, der das Pergamentblatt inzwischen erhitzt hatte, reichte es mir. Zwischen dem Totenkopf und der Ziege waren in roter Tinte und ungelenker Schrift folgende Zeichen zu sehen:

53 † † + 305)) 6*; 4826) 4†.) 4 †); 836*; 48 + 8 II 60))85; 1 † (;
: † * 8 + 83 (88) 5* + ; 46 (; 88 * 96 * ?; 8) * † (; 485) ; 5 * + 28
* † (; 49 56* 2 (5*—4) 8 II 8 *; 4 069 285);) 6 + 8) 4 † † ; 1 († 9;
48 081; 8 : 8 † 1 ; 48 + 85; 4) 485 + 528 806 * 81 († 9; 48; (88; 4
(† ? 34; 48) 4 † ; 161; : 1 88 ; + ?;

»Nun«, sagte ich ihm, indem ich ihm das Blatt wieder hinreichte, »ich bin um kein Haar klüger als zuvor. Und wenn es von der Lösung dieses Rätsels abhinge, daß mir der Schlüssel zu allen Juwelenschätzen Golkondas gegeben wird — ich bin gewiß, sie nicht gewinnen zu können.«

»Und doch«, sagte Legrand, »ist die Lösung durchaus nicht so schwierig, wie es bei flüchtigem Betrachten den Eindruck macht. Die Zeichen bilden, wie jeder erraten wird, eine Geheimschrift — das soll heißen, es liegt ein Sinn in ihnen verborgen. Aber nach alldem, was von Kidd bekannt ist, traute ich ihm nicht die Fähigkeit zu, eine wirklich schwierige Geheimschrift zu erfinden. Ich nahm also von vornherein an, daß sie recht einfach sein müsse — doch immerhin so verschlüsselt, daß sie dem ungebildeten Seemann ganz unverständlich erscheinen mußte, solange ihm eben der Schlüssel dazu fehlte.«

»Und Sie fanden ihn wirklich?«

»Ja, ganz leicht. Ich habe zehntausendmal schwierigere Geheimschriften enträtselt. Die Umstände kamen meiner Vorliebe und meinem Interesse für derlei Rätsel entgegen, und es mag mit Recht bezweifelt werden, ob menschlicher Scharfsinn imstande sei, ein Rätsel zu ersinnen, das menschlicher Scharfsinn nicht durch Ausdauer zu lösen vermöchte. Nachdem es mir gelungen war, zusammenhängende und lesbare Schriftzeichen zu entdecken, hielt ich deren Entzifferung kaum noch für besonders schwierig.

Im vorliegenden Fall — wie übrigens bei jeder Geheimschrift — galt es zunächst festzustellen, in welcher Sprache die Schrift abgefaßt war; denn das Prinzip der Entzifferung, zumindest soweit es die einfacheren Geheimschriften betrifft, steht mit gewissen Eigentümlichkeiten der Sprache in engstem Zusammenhang. Um nun die betreffende Sprache herauszufinden, bleibt dem, der die Lösung versucht, nichts anderes übrig, als der Reihe nach mit jeder ihm bekannten Sprache den Versuch zu machen. Bei der vorliegenden Schrift war ich durch das Namenszeichen aller Zweifel enthoben. Das Wortspiel ›Kidd‹ ist in keiner anderen Sprache als der englischen möglich. Ohne diesen Fingerzeig hätte ich meine Versuche mit Spanisch oder Französisch begonnen, das heißt mit den Sprachen, die die Piraten der spanischen Gewässer am ehesten zu schreiben verstehen. Wie die Dinge hier lagen, war es mir klar, daß es sich um englische Worte handelte.

Wie Sie sehen, weisen die Zeichen keine Wortzwischenräume auf. Hätte es diese gegeben, so wäre meine Arbeit sehr leicht gewesen. In diesem Fall hätte ich nämlich mit dem Auflösen und Vergleichen der kürzesten Wörter begonnen, und hätte ich ein Wort von nur einem Buchstaben gefunden, was ziemlich wahrscheinlich war (ein a oder i z. B.), so hätte ich die Lösung in der Hand gehabt. Da aber keine Zwischenräume vorhanden waren, war mein erster Schritt, die am häufigsten sowohl wie die am seltensten vorkommenden Buchstaben festzustellen. Nachdem ich alle gezählt, ergab sich folgende Tabelle.

Die Chiffre	8 ist	33 mal vertreten
	;	26
	4	19
	† und)	16
	*	11
	5	12
	6	13
	(	10
	+ und 1	8
	0	6
	9 und 2	5
	: und 3	4
	?	3
	II	2
	— und .	1

Nun ist im Englischen das e der am häufigsten vorkommende Buchstabe. Die weitere Reihung ist folgende: a o i d h n r s t u y c f g l m w b k p q x z. E ist in so auffallender Weise vorherrschend, daß es kaum einen Satz gibt, in dem es nicht der am häufigsten gebrauchte Buchstabe ist.

Somit haben wir schon die Grundlage für etwas, das mehr als

ein bloßes Erraten ist. Wie eine solche Tabelle angewendet wird, ist leicht zu verstehen. Für die vorliegende Schrift aber werden wir ihrer Hilfe nur ab und zu bedürfen. Da unser vorherrschendes Zeichen 8 ist, so müssen wir es als das e des Alphabets ansehen. Um die Richtigkeit dieser Annahme nachzuprüfen, wollen wir uns überzeugen, ob 8 häufig paarweise steht — denn e findet im Englischen oft paarweise Anwendung, zum Beispiel in Worten wie »meet«, »fleet«, »speed«, »seen«, »been«, »agree« undsoweiter. In unserem Fall erscheint es nicht weniger als fünfmal paarweise, obwohl die Aufzeichnung nur kurz ist.

Nehmen wir also an, 8 sei e. Nun ist von allen Worten der englischen Sprache der Artikel the der häufigste. Wir wollen darum nachsehen, ob wir nicht mehrmals drei in gleicher Reihenfolge stehende Zeichen finden, deren letztes 8 ist. Finden wir mehrere in der Weise angeordnete drei Buchstaben, so ist mit ziemlicher Sicherheit anzunehmen, daß sie das Wort the vorstellen. Beim Nachsehen finden wir nicht weniger als sieben solcher Zeichenstellungen, nämlich siebenmal die zusammenhängenden Zeichen ;48. Wir können daher folgern, daß ; für t, 4 für h und 8 für e steht — was für das letzte Zeichen schon voll erwiesen ist. Damit sind wir nun schon einen großen Schritt vorwärts gekommen.

Durch die Erkenntnis eines einzigen Wortes haben wir etwas sehr Wichtiges festgestellt, nämlich einige Anfänge und Endungen anderer Worte. Sehen wir uns zum Beispiel die Stelle an, wo die Kombination ;48 zum vorletztenmal vorkommt. Das geschieht am Ende der Aufzeichnung. Wir wissen, daß das unmittelbar daran anschließende ; den Anfang eines Wortes bildet, und von den auf das the folgenden sechs Schriftzeichen sind uns nicht weniger als fünf bekannt. Schreiben wir also die Buchstaben, die sie vorstellen sollen, auf, indem wir für den uns noch unbekannten einen kleinen Zwischenraum frei lassen

t eeth

Hier können wir sofort feststellen, daß wir das the vorläufig außer acht lassen müssen, da es unmöglich einen Teil von dem mit t anfangenden Wort bilden kann. Dies ergibt sich ohne

Mühe, wenn wir auf der Suche nach dem einzusetzenden Buchstaben das ganze Alphabet durchgehen. Wir sind also auf das

t ee

beschränkt, und wenn wir nun nochmals das Alphabet durchgehen, finden wir, daß das Wort »tree« das einzig mögliche ist. Wir gewinnen so einen neuen Buchstaben, dargestellt durch das Zeichen (und die nebeneinander stehenden Worte the tree.

Wenn wir nun ein kurzes Stück weiterschauen, so sehen wir wieder die Kombination ;48. Setzen wir an unsere zwei gefundenen Worte die darauf folgenden Zeichen an und bilden mit dem nächsten the den Schluß.

the tree ;4 († ?34the

Wenn wir die uns bereits bekannten Buchstaben einsetzen, erhalten wir

the tree thr†?3h the

Lassen wir nun an der Stelle der unbekannten Zeichen entsprechenden Raum frei oder setzen wir Punkte, so lesen wir

the tree thr . . . h the

wodurch wir ohne weiters auf das Wort through geraten. Diese Entdeckung verschafft uns wieder drei neue Buchstaben, nämlich o, u und g, dargestellt durch † ? und 3.

Sehen wir jetzt die Geheimschrift nach Zusammenstellung bekannter Zeichen genau durch, so finden wir nicht weit vom Anfang diese Anordnung

83 (88 = egree

was offenbar der Schluß des Wortes degree sein soll und uns wiederum einen Buchstaben liefert, nämlich d, dargestellt durch + .

Vier Buchstaben hinter dem Wort degree sehen wir die Kombination

;46(;88

Wenn wir die bekannten Zeichen übersetzen und die unbekannten wie vorher durch Punkte bezeichnen, so lesen wir:

th.rtee

eine Zusammenstellung, die uns auf das Wort thirteen führt und uns wiederum zwei neue Zeichen erklärt: 6 = i und * = n.

Nun wenden wir uns dem Anfang der Geheimschrift zu und finden die Kombination

53††+

Wir erhalten

.good

was uns den ersten Buchstaben als a deuten läßt und die beiden Worte als

A good

Nun sind wir so weit, daß wir, um Irrtümer zu vermeiden, eine Tabelle der uns bereits bekannten Buchstaben aufstellen können. Sie wird so aussehen

5 = a
\+ = d
8 = e
3 = g
4 = h
6 = i
* = n
† = o
(= r
; = t

Wir haben also im ganzen bereits zehn der wichtigsten Buchstaben festgestellt, und es erübrigt sich wohl, die einzelnen Phasen der Auflösung weiterhin zu entwickeln. Ich habe genug gesagt, um Sie davon zu überzeugen, daß Geheimschriften solcher Art nicht schwer zu entziffern sind, und Ihnen von dem Verfahren, das anzuwenden ist, ein Bild zu geben. Beachten Sie aber wohl, daß die uns vorliegende Geheimschrift zu den allereinfachsten ihrer Art gehört. Es bleibt nun nur noch übrig, Ihnen die vollständige Übersetzung der Aufzeichnung mitzuteilen. Hier ist sie:

A good glass in the bishop's hostel in the devil's seat forty-one degrees and thirteen minutes northeast and by north main branch seventh limb east side shoot from the left eye of the death's-head a bee line from the tree through the shot fifty feet out.«

(Deutsch: Ein gutes Glas in des Bischofs Haus in des Teufels Sitz einundvierzig Grad und dreizehn Minuten nordöstlich und gen Nord Hauptast siebenter Arm Ostseite schieße durch linkes Auge des Totenkopfs eine Meßschnur von dem Baum durch den Schuß fünfzig Fuß hinaus.)

»Aber«, sagte ich, »das Rätsel scheint mir noch geradeso unentwirrbar wie vorher. Wie ist es möglich in all diesem Durcheinander von devil's seats, death's-heads und bishop's hostel einen Sinn herauszufinden?«

»Ich gestehe«, erwiderte Legrand, »daß die Sache noch immer verworren aussieht, wenn man sie nur obenhin betrachtet. Mein nächstes Bemühen zielte nun dahin, das Ganze in die vom Schreiber beabsichtigten Einzelsätze zu zerlegen.«

»Sie meinen, es zu interpunktieren?«

»Ja.«

»Wie aber konnten Sie das zustande bringen?«

»Ich sagte mir, daß der Schreiber der Meinung war, mit dem Weglassen jeglicher Interpunktionen besonders schlau vorzugehen und die Entzifferung der Geheimschrift noch zusätzlich zu erschweren. Nun wird aber ein nicht allzu durchtriebener Schreiber sich gerade durch Übertreibung der Sache verraten. Wenn er beim Niederschreiben einen Gedanken ausgeführt hat, dies also durch eine Lücke oder einen Punkt angezeigt werden müßte, so wird er sicherlich gerade hier seine Zeichen mehr als nötig aneinanderrücken. Wenn Sie das Manuskript prüfen, so werden Sie mit Leichtigkeit fünf solch ungewöhnlich zusammengedrängter Stellen wahrnehmen. Diesem Fingerzeig folgend, trennte ich die Sache so:

A good glass in the bishop's hostel in the devil's seat — forty-one degrees and thirteen minutes — northeast and by north — main branch seventh limb east side — shoot from the left eye of the death's-head — a bee line from the through the shot fifty feet out.«

»Selbst diese Trennung«, sagte ich, »läßt mich immer noch im dunkeln tappen.«

»Auch mir wurde es nicht sofort klar«, erwiderte Legrand, »mehrere Tage lang forschte ich in der Gegend von Sullivans Island vergeblich nach irgendeinem Gebäude, das den Namen Bishop's Hotel führte, den veralteten Ausdruck hostel hatte ich natürlich außer acht gelassen. Da es mir durchaus nicht gelang, eine Auskunft zu erhalten, wollte ich gerade den Umkreis meines Forschungsgebietes erweitern und im ganzen überhaupt systematischer vorgehen, als es mir ganz plötzlich einfiel, daß dieses Bishop's Hostel mit einer alten Familie namens Bessop zusammenhängen könne, die in langvergangener Zeit etwa vier Meilen nordwärts von der Insel einen Herrensitz innegehabt hatte. Ich begab mich also in die Pflanzung hinüber und setzte dort meine Nachfrage unter den ältesten Negern fort. Endlich erzählte mir eine alte Frau, daß sie von so einem Ort wie Bessop's Castle reden gehört habe, und daß sie auch glaube, mich hinführen zu können. Es sei aber weder ein Schloß noch ein Wirtshaus, sondern ein hoher Fels.

Ich bot ihr eine gute Belohnung an, und nach einigem Zögern willigte sie ein, mich zu der Stelle zu führen. Nachdem wir sie ohne große Schwierigkeiten gefunden hatten, entließ ich die Frau und machte mich daran, den Platz zu untersuchen. Das ›Schloß‹ bestand aus einer unregelmäßigen Anhäufung von Klippen und Felsen — deren einer sowohl durch seine besondere Höhe als auch durch seine freie Lage und seine seltsame Form bemerkenswert war. Ich kletterte auf seinen Gipfel und war nun erst recht im Zweifel, was ich fernerhin unternehmen solle.

Während ich so nachdachte, fielen meine Blicke auf einen schmalen Vorsprung an der Ostseite des Felsens, etwa einen Meter unter der höchsten Spitze, auf der ich stand. Dieser Vorsprung hatte eine Ausladung von etwa achtzehn Zoll, und seine Breite betrug nur einen Fuß, während eine Vertiefung in dem Felsstück, das ihn überragte, dem Ganzen eine gewisse Ähnlichkeit mit einem tieflehnigen Sessel verlieh, wie sie bei unseren Großeltern gebräuchlich waren. Ich zweifelte nun nicht mehr daran, den im Manuskript erwähnten ›Teufelssitz‹ gefunden zu haben, und glaubte mich nun auch im Besitz des ganzen Geheimnisses.

Das ›gute Glas‹ konnte sich, wie ich wußte, nur auf ein Teleskop beziehen, denn das Wort ›Glas‹ wird von Seeleuten selten in anderem Sinn angewendet. Ich sah also ein, daß hier ein Teleskop vonnöten sei, sowie zu seiner Anwendung ein fester Standort, der nicht die geringste Abweichung zuließ. Ich wußte nun ferner, daß die Bezeichnung ›einundvierzig Grad und dreizehn Minuten‹ und ›nordöstlich und gen Nord‹ Richtungsangaben zur Einstellung des Glases bedeuteten. Durch diese Entdekkungen mächtig aufgeregt, eilte ich heim, holte ein Teleskop und kehrte auf den Felsen zurück.

Ich ließ mich auf den Vorsprung hinabgleiten und fand, daß man sich nur an einer einzigen Stelle auf ihm niedersetzen konnte. Diese Tatsache bestätigte meine vorgefaßte Meinung. Ich versuchte nun das Glas richtig einzustellen. Natürlich konnten die Worte ›einundvierzig Grad und dreizehn Minuten‹ sich nur auf die Höhenlage über dem sichtbaren Horizont beziehen, da die Stelle am Horizont schon durch die Worte ›nordöstlich und gen Nord‹ fest bezeichnet war. Diese letzte Richtung gewann ich mühelos mit Hilfe meines Taschenkompasses. Ich suchte nun das Glas in einen Winkel von einundvierzig Grad zu bringen und bewegte es ganz langsam auf und nieder, bis meine Aufmerksamkeit durch eine kreisrunde Lücke im Laubwerk eines großen Baumes in der Ferne, der alle anderen überragte, gefesselt wurde. Im Mittelpunkt dieser Lücke entdeckte ich einen weißen Fleck, ohne aber zunächst zu erkennen, was es sei. Ich stellte das Teleskop noch schärfer ein, blickte wieder hindurch und kam dahinter, daß es ein Totenkopf sei.

Bei dieser Entdeckung gewann ich die feste Überzeugung, das Rätsel gelöst zu haben, denn die Angaben ›Hauptast, siebenter Arm, Ostseite‹ konnten sich nur auf den Standort des Schädels auf dem Baum beziehen, während ›schieße durch linkes Auge des Totenkopfs‹ auch nur eine einzige Bedeutung haben konnte, nämlich den Hinweis auf den vergrabenen Schatz. Die Vorschrift besagte also, es sei durch das linke Auge eine Kugel hindurchzuwerfen und von der zunächst liegenden Stelle des Stammes durch den ›Schuß‹, also die Stelle, wo die Kugel niederfiel, und noch fünfzig Fuß darüber hinaus eine gerade Linie zu ziehen, was einen ganz bestimmten Punkt ergeben mußte. Und dort, unter diesem Punkt, ich hielt das wenigstens für wahrscheinlich, mußte der Schatz verborgen liegen.«

»Alles dies«, sagte ich, »ist durchaus klar und, obschon mit viel Scharfsinn ausgeklügelt, doch einfach und verständlich. Doch als Sie des ›Bischofs Haus‹ verließen — was taten Sie dann?«

»Nachdem ich mir die Lage des Baumes gut eingeprägt hatte, wollte ich mich auf den Heimweg machen. Sowie ich aber ›des Teufels Sitz‹ verlassen hatte, war die kreisrunde Lücke verschwunden, und wie ich mich auch drehte und wendete, ich konnte sie nicht wieder entdecken. Was mir also als die Pointe der ganzen Sache erschien, war die Tatsache, denn wiederholte Versuche überzeugten mich, daß es Tatsache war, daß die betreffende kreisrunde Öffnung von keinem anderen Punkt sichtbar ist als von dem schmalen Vorsprung auf dem Felsengipfel. Bei diesem Ausflug nach ›des Bischofs Haus‹ hatte mich Jupiter begleitet, der zweifellos schon seit Wochen meine nachdenkliche Verfassung bemerkt hatte und mich um keinen Preis allein lassen wollte. Am anderen Tag aber stand ich ganz früh auf, und es gelang mir, meiner Bewachung zu entkommen. Ich begab mich in das Hügelgelände, um den Baum zu suchen. Nach vieler Mühe fand ich ihn auch. Als ich in jener Nacht heimkam, trug sich mein Diener mit der Absicht, mich zu verprügeln. Den Rest des Abenteuers kennen Sie ja ebenso wie ich.«

»Ich vermute«, sagte ich, »Sie verfehlten die Stelle bei unserem ersten Grabungsversuch durch Jupiters Dummheit, der den Käfer durch das rechte anstatt durch das linke Auge des Schädels hatte fallen lassen.«

»Ganz recht. Dieser Fehler ergab eine Differenz von etwa zweieinhalb Zoll im ›Schuß‹, das heißt in der Stellung des Pflocks zum Baum. Hätte sich der Schatz unter dem ›Schuß‹ befunden, so wäre der Irrtum ohne Belang gewesen. Aber der ›Schuß‹ nebst dem nächsten Punkt des Baumes waren lediglich zwei Punkte, um eine Richtlinie zu erhalten. So gering der Irrtum anfänglich auch war, um so größer wurde die Abweichung bei Fortführung der Linie und warf uns, als wir fünfzig Fuß erreicht hatten, ganz aus der Spur. Hätte ich nicht im tiefsten Inneren die Überzeugung gehabt, daß hier irgendwo tatsächlich ein Schatz vergraben sei, so wäre alle unsere Mühe vergeblich gewesen.«

»Aber Ihr so sicheres Auftreten und Ihr merkwürdiges Verfahren mit dem Käfer, das Hinundherschwingen — wie seltsam war dies alles! Ich war überzeugt, Sie seien nicht normal. Und warum bestanden Sie darauf, statt einer Flintenkugel den Käfer durch den Schädel fallen zu lassen?«

»Ja — offengestanden, mich ärgerte Ihr ewiger Argwohn betreff meines Geisteszustandes, und ich beschloß daher, Sie auf meine Weise durch ein bißchen Mystifikation zu bestrafen. Aus diesem Grunde schwenkte ich den Käfer, und aus diesem Grunde ließ ich ihn vom Baum herabwerfen. Ich kam auf diesen Gedanken durch eine Bemerkung von Ihrer Seite, sein großes Gewicht betreffend.«

»Ich verstehe. Und nun ist mir noch eines nicht klar. Was bedeuteten die Skelette, die wir in der Grube fanden?«

»Das ist eine Frage, die ich ebensowenig beantworten kann wie Sie. Es gibt jedoch nur eine einzige einleuchtende Erklärung, und wenn es auch noch so gräßlich ist, der Vermutung, die ich hege, Glauben zu schenken. Es ist klar, daß Kidd — wenn eben, was ich nicht bezweifle, er es war, der den Schatz vergrub — bei dieser Arbeit Helfer verwendet hat. Nach Beendigung der Arbeit mag er es aber für nützlich gehalten haben, alle Mitwisser des Geheimnisses stumm zu machen. Vielleicht genügten einige Beilhiebe, während seine Helfer in der Grube tätig waren, vielleicht war auch ein Dutzend nötig. Wer kann es sagen?«

NACHWORT

Als Sohn von Wanderschauspielern, im Alter von drei Jahren bereits Vollwaise, von Zieheltern nach England mitgenommen, wo er mit mäßigem Erfolg die Schule besuchte, hernach mit gefälschter Altersangabe in die Armee eintrat und auf Sullivans Island in Südkarolina stationiert war, hatte der Dichter eine harte und bewegte Jugend hinter sich, als er Erzählungen für Zeitschriften zu schreiben begann und sich mit seiner dreizehnjährigen Kusine Virginia Clemm vermählte, deren langsamem Siechtum — sie litt an der Schwindsucht — er hilflos zusehen mußte. Als sie schließlich starb, verfiel der Dichter, vor Schmerz halb wahnsinnig, dem Teufel des Alkohols und wurde eines Tages betrunken auf der Straße aufgelesen und ins Hospital gebracht, wo er wenige Tage hernach erst vierzigjährig dahinschied.

In E. A. Poe (1809—1849) hat Amerika für lange Zeit seinen bedeutendsten Dichter hervorgebracht. In seinem Genie vereinigte sich das Dämonische und Hintergründige etwa eines E. T. A. Hoffmann, mit dem glasklaren Verstand — eben eines E. A. Poe — der ihn dazu befähigte, die Detektivgeschichte auf ein Niveau zu heben, das als Vorbild galt, von nachkommenden Schriftstellergenerationen aber nur selten erreicht wurde.

Die vorliegende Auswahl enthält einige dieser Erzählungen neben anderen, in denen das Unergründliche und Zwielichtige menschlicher Existenz seine Darstellung und Deutung findet.

INHALTSVERZEICHNIS

INHALTSVERZEICHNIS